Sarah Adler

Knochenjob!

Drachenmond Verlag

DRACHENMOND VERLAG
Astrid Behrendt
Rheinstraße 60
51371 Leverkusen
http: www.drachenmond.de
E-Mail: info@drachenmond.de

Lektorat : Alexandra Fuchs
Korrektorat: Michaela Retetzki
Satz: Marlena Anders
Layout: Astrid Behrendt
Umschlagdesign: Marie Graßhoff
Bildmaterial: Shutterstock
Illustrationen Tod: Sarah Adler

Druck: Booksfactory

ISBN 978-3-95991-192-4

Für Ernie

PROLOG

Manche Dinge geschehen im Jetzt. Manche haben bereits stattgefunden. Und manche geschehen in der Zukunft …

Hier beginnt meine Geschichte.

Irgendwann nachts, in einer schmutzigen kleinen Stadt, auf einem von Laub und durchnässten Zeitungen erstickten Gehsteig, starb eine Katze.

Es war – nach Menschenzeit – 01:26 Uhr morgens, an einem Donnerstag, der trübe war wie so viele Donnerstage, und die Geschichte ihres Todes war weder kurios noch besonders inspirierend. Es war ein Tod, wie ihn viele Katzen starben.

Verursacht hatte ihn folgender unglücklicher Zufall: Auf der anderen Straßenseite hatte etwas geraschelt. Es gibt vieles, das in der Art kleiner Nager raschelt, die sich im hohen Gras verstecken, und solch ein Geräusch kann lauter sein als das Dröhnen eines herannahenden Autos.

Scheinwerfer leuchteten grell auf, es gab einen dumpfen Aufprall. Es war kein besonders schöner Anblick, aber es dauerte nicht lange*.

Danach schleppte sich die Katze an den Straßenrand und brach kraftlos zusammen. Der Mörder hatte Fahrerflucht begangen und die Katze war ganz alleine, wie Sterbende es oft sind. Ihre Schnurrhaare zuckten. Ihr Atem verflüchtigte sich als dünner silberner Faden in der regenfeuchten Luft. Dann war alles still.

Einige Minuten verstrichen.

Auf der anderen Straßenseite bewegte sich etwas.

Aus der Dunkelheit, die vorhin so verlockend geraschelt hatte, löste sich ein Schatten. Eine zweite Katze, schwarz wie ein Rabenflügel in einer sternenlosen Nacht, senkte eine schmale Pfote auf

* Was der Katze garantiert kein besonders großer Trost war.

den feuchten Asphalt. Mit der Gewandtheit eines Wesens ganz aus Wasser und Seide tänzelte das Tier näher, umging lässig die Abwasserpfützen, die hier und dort in den dreckverkrusteten Schlaglöchern lauerten, und wich geschmeidig einer verbeulten Bierdose aus. Als sie vor ihrem gefallenen Artgenossen zum Stehen kam, verdunkelte sich der Nachthimmel. Knisternd sprangen die Lichter der Straßenlaternen der Schwärze entgegen. Die Katze hob ihren golden schimmernden Blick.

Und sah geradewegs durch mich hindurch.

»Kusch«, sagte ich. Für einen Moment herrschte Stille. Die Ohren der Katze zuckten sanft, als sie zu mir aufschaute und sich meinen Vorschlag durch den Kopf gehen ließ. Dann sträubte sich ihr Fell. Sehr weise. Katzen wussten besser als jedes andere Lebewesen, wann es Zeit war, sich aus dem Staub zu machen.

»Verschwinde«, wiederholte ich mahnend, und endlich wölbte das Tier seinen Buckel und sprang mit einem Geräusch wie ein geplatztes Reifenventil in die Dunkelheit davon. Ich blieb reglos stehen und gab mich dem Neid hin. Auch ich hätte gern einem kleinen Panther mit vom Mondlicht umspielten Fell geglichen, der leichtfüßig durch die Nacht tanzte und dessen Schwärze nur von der des tiefsten Punkts des Marianengrabens übertroffen wurde.

Stattdessen war ich ein Besen.

Ihr habt richtig gelesen.

Drei wissenswerte Tatsachen

1. Dies ist eine Geschichte über den Tod.

2. Dies ist eine Geschichte über den Tod,
die folgende Dinge erklären wird:

• warum ich aussah wie ein Besen,
• warum ich die schwarze Katze beneidete,
• warum ich – als Besen – dennoch sprechen konnte
• und wem ich dies alles zu verdanken hatte.

3. Dies ist eine Geschichte über den Tod,
und sie beginnt ganz am Anfang.

Lasst es mich euch erklären.

Macht es euch bequem.

Als sich die Seele der Katze in den übernächtigten Borsten des Besens verfing, lichtete sich der Himmel …

KAPITEL 1

Anderswo war die Luft schwer vor Nebel.

Das einzige Geräusch war das endlose Branden der Wellen gegen zerklüfteten Stein.

Wo befinden wir uns? An der Küste von Cornwall. In welcher Zeit? Sagen wir einfach: Eines Tages …

Eines Tages saß ich an der Küste von Cornwall und las in einem abgegriffenen Buch, und das Schicksal war auch da. Seine langen, himmelblauen Gewänder spielten im Wind. Es stand nur ein paar Meter von mir entfernt und beobachtete vergnügt zwei miteinander zerstrittene englische Anwälte, die sich auf den Klippen entgegenkrakselten und dadurch unerwarteterweise zu Wanderkumpanen wurden. Erst dann, als sie sich in neu gefundener Eintracht eine Packung Trockenpflaumen teilten, drehte Schicksal sich zu mir um und tat so, als hätte es mich gerade eben erst bemerkt.

Was für ein Heuchler. In der Tat wusste ich, dass es mich schon gesehen hatte, bevor ich überhaupt dazu gekommen war, mich zu setzen.

Unter dem Schleier hoben sich seine Mundwinkel zu einem Lächeln.

»Wie schön, dass man dich auch mal wieder sieht, Tod. Es muss Ewigkeiten her sein. Was tust du?«

Und hier wird unsere Geschichte merkwürdig.

Ich hob meine Lektüre ein bisschen an, um den Blick auf den Einband freizugeben. Auf ihm waren die leicht abgewetzten Worte »Erste Hilfe – Spezialausgabe Sanitäterausbildung« zu lesen. Darunter prangte das Bild eines recht bleich geschminkten Mannes mit Platzwunde am Kopf, der (das wusste ich aus Berufserfahrung) ganz bestimmt nicht tot war. Es war nicht der alltäglichste Lesestoff für jemanden meines Berufs, auch wenn die Umstände, unter denen ich an das Buch geraten war, dunkel und verworren waren und die ein oder andere Leiche natürlich nicht entbehren konnten.

»Ich lerne, wie man Menschen das Leben rettet.«

Wie das Schicksal so spielte, stand es plötzlich recht unerwartet neben mir – das war eine seiner nervenaufreibenderen Eigenschaften – und hieb mir ziemlich fest auf die Schulter*. Sein verschleierter Blick senkte sich neugierig auf die erste Seite und es ließ ein Geräusch hören, das entfernt an ein Lachen erinnern mochte. »Tod, du Trottel!«, verkündete es leichthin. Nerven muss man haben. »Das ist ein Buch von vor über zehn Jahren! Die Richtlinien sind bestimmt alle schon längst wieder überholt!«

Ich fragte nicht, woher es das wusste. Man hätte meinen sollen, das Schicksal habe mit Medizin nicht allzu viel am Hut – aber die traurige Tatsache war, dass die Type seine Finger so ziemlich überall drin hatte. Oh, natürlich kümmerte es sich in seiner Freizeit auch um tragische Liebende und was es an dergleichen Überflüssigkeiten noch so gab, aber einen erstaunlichen Großteil seiner Ränkeschmiedereien durfte am Ende der finstere Genosse auf dem Felsen mit dem Buch in der Hand ausbaden.

Wovon ich rede? Von Strängen, die im Hintergrund aus Langeweile gezupft, von Vorschriften, die geändert wurden, und von Todesopfern, die darunter leiden mussten, dass sich in den ersten paar Wochen niemand eine genaue Vorstellung davon bilden konnte, wie man sich mittlerweile zu verhalten hatte.

Davon, dass es auf der ganzen Welt mit ihrem unermesslichen Umfang nur einen gab, an dem dergleichen jedes einzelne Mal hängen blieb. Mich.

Dies ist eine Geschichte über den Tod, und sie beginnt nicht zufällig mit dem Schicksal.

Nennt es eine bis auf die Knochen reduzierte Biographie.

* Wie ihr euch denken könnt, war ich an diesem Tag ausnahmsweise in anständiger Erscheinung unterwegs. Besen haben keine Schultern.

Eine kleine Vorgeschichte

Ein aufmerksamer Leser wird nicht umhinkommen, sich zu fragen, wie ein sonst so pflichtbewusster Tod auf die Idee kommt, Leben retten zu wollen, anstatt sie zu nehmen.

Das Ganze begann vor sechstausendeinhundertsechsundachtzig Jahren und ein paar Zerquetschten.

Damals hing der Rauch in dicken Schwaden in der kleinen Hütte. Geräuchertes Fleisch und getrocknete Pflanzen lagen in gut verschnürten Bündeln neben der Feuerstelle.

Damals beugte ich mich gerade über die in einer Ecke kauernde vogelnesthaarige Alte, die aussah wie ein Dörrapfel, und wartete geduldig darauf, dass sie endlich den Löffel abgab, als es geschah.

Sie sah mich an. Sie entblößte einen scharfen, gelblichen Zahn. Sie fluchte.

»*Rotz* und Bärenscheiße!« spie sie mir ins Gesicht. »Ich *hasse* den Tod!«

Ich fuhr zurück. Das für sich allein genommen war schon beleidigend genug, aber nichts, woran ich nicht gewöhnt gewesen wäre*.

Es kam jedoch noch dicker. Damals ließ die ganze Sippe, die sich um die muffige Bettstätte versammelt hatte, ein einträchtiges Brummen hören, das in der heutigen Zeit mit zustimmenden Ellenbogenstößen einhergegangen wäre. Damals ließ das junge Mädchen, das auf Kopfhöhe der Alten am Bett saß und garantiert weder von Tuten oder Blasen noch von Sterben eine Ahnung hatte, ein enthusiastisches Quäken hören, das mir verdächtig nach »Ich auch!« klang.

In der folgenden halben Stunde, die ich mich unwohl fühlend im Kreis dieser düsteren Gestalten herumdrücken musste, keimte ein Gedanke.

Damals gab es noch keine Bücher über Erste Hilfe.

* Der große Vorteil an der Unsichtbarkeit ist, dass man immer genau weiß, wer hinterrücks über einen ablästert.

Am Tag besagten *Eines Tages* schreckte ich in die Zukunft zurück und warf Schicksal einen strafenden Blick zu. Es hatte sich die Sache gespannt angehört, und jetzt erschien es mir beinahe, als lachte es mich aus. Ich ließ meinen Blick noch ein klein wenig finsterer werden.

»*Rotz und Bärenscheiße, ich hasse dich.* Glaubst du denn, jemand käme auf die Idee, dem Leben in die Augen zu schauen und so etwas zu sagen?

»Ach, darum geht es also. Du regst dich mal wieder über Leben auf.«

Das war mehr oder weniger mein Job, und jeder andere hätte sich an meiner Stelle auch aufgeregt. Aber das wollte ich Schicksal nicht wissen lassen.

»Die Menschen sind schlecht erzogen. Die meisten von ihnen heulen sich zwar unentwegt darüber aus, wie *furchtbar ungerecht das Leben doch sei,* aber dann schicken sie ganz schnell ein *aber natürlich haben andere es schlechter* hinterher, oder zumindest einen flüchtigen Gedanken à la *aber sterben möchte ich doch noch nicht.* Heuchler.«

»Das erscheint mir ganz angebracht für Lebewesen mit einem gesunden Arterhaltungstrieb.«

Davon wollte ich nichts hören.

Ihr müsst verstehen, warum ich auf Schicksal nicht besonders gut zu sprechen war.

Letzten Endes lief es seit Jahrmillionen auf eines hinaus: Meine Kollegen hatten ihren Spaß, und ich bekam jedes Mal die Scherereien ab, ohne dass jemand auf die Idee gekommen wäre, mich vorzuwarnen. Das wäre auch mal eine nette Abwechslung gewesen: Dass jemand es ausnahmsweise, welch haarsträubender Gedanke, für nötig gehalten hätte, sich mit mir abzusprechen. Aber nein; der Tod kennt keine Kompromisse, hieß es.

Diese Sorte von alten Vorurteilen führt dazu, dass meinereiner nie einen einzigen Tag Urlaub bekommt. Ich bin sogar sehr kompromissbereit. Es versucht nur nie einer.

»Natürlich bin ich nicht der Einzige, der sich Woche um Woche und Jahrtausend um Jahrtausend den Hintern wund schuftet«, fuhr ich fort; in erster Linie, um oben genannte Kompromissfähigkeit zu beweisen.

»So wie ich«, sprang Schicksal hilfreich ein.

»Ja. So wie du. Und du findest deinen Job –«

»Großartig. Für Glück und Freude zuständig zu sein, die Menschen zum Lachen und Lieben bringen zu können …«

»Ich kann nicht umhin, zu bemerken, dass du die ganzen Todesfälle auslässt.«

»Es ist, wie der Geschäftsleiter der größten Süßwarenfabrik des Universums zu sein und ab und zu ein paar Tonnen Gratisbonbons zu verteilen.«

Und das, da musste ich zustimmen, war ziemlich treffend formuliert. Der einzige Nachteil war, dass sich irgendjemand um die anfallenden Bonbonpapierchen kümmern musste, die in der realen Welt nur allzu oft einem Haufen Leichen entsprachen. Und da, oh Freude, kam dann wieder ich ins Spiel.

Ich war sozusagen die Müllabfuhr.

»Es ist einfach keine besonders gerechte Aufteilung.«

»Und noch schlimmer als das.«

»Ja?«

»Du hast noch nicht einmal einen Hintern, den du dir wund schuften könntest. Du hast nur ein Becken.«

Wenn, wenn, wenn.

Wenn die Welt eine Grundschullehrerin gewesen wäre, hätte sie die ganzen Smileysticker an das Leben verteilt und an mich die Zusatzaufgaben in Mathe.

Ich hatte es satt, dass alle schrien: »Oh Gott, nicht du schon wieder!«, wenn ich mich meldete, um höflich meinen Senf beizutragen. Ich fand es unverschämt, dass das Leben die Mitte vom Pausenbrot bekam und ich immer nur die Ränder. Und ganz gewiss wollte ich keine deprimierenden Klassenbucheinträge mehr, nur weil ich rechtzeitig zur Schulstunde erschienen war!

Das würde sich alles ändern, hatte ich mir vorgenommen. Nun gut, vielleicht hatte ich sechstausendeinhundertsechsundachtzig Jahre gebraucht, um diesen Entschluss zu fassen, aber ich kann euch eines sagen: Von all den verwirrenden, sinnlosen und oftmals haarsträubenden Sprichwörtern der Vielzahl an menschlichen Sprachen gab es zumindest eines, das ausnahmsweise *immer* stimmte:

Der Tod hält sein Wort.

Neuerungen standen bevor.

I. TEIL

Berufliche Qualifikationen.
Ein Dossier

KAPITEL 2

Dies ist eure Erde, von oben gesehen. Sie ist mehr oder weniger kugelförmig. Manche Gegenden sind verdammt heiß, andere verflucht kalt. Das Wasser der großen Meere und schmalen Bachläufe steigt auf und schwebt in klammen Sahnehäubchen durch den Himmel. Gemeinhin bezeichnet man das als Wolken. Es gibt dunkle Wälder und tiefe Ozeane. Es gibt weite Steppen und verschneite Berge. Dies ist eure Erde, umgeben von tausenden von Sternen.

Milliarden von Jahre musste ich mich hier herumtreiben.

Gute Güte.

Was ich an meinem Job ganz besonders verabscheute?

Das ist leicht.

Natürlich erwartet ihr jetzt, dass ich mir dramatisch an die knochige Brust greife und rufe: »Die Menschen! Die Menschen in all ihrer Tragödie und Liebenswürdigkeit, die Menschen, die ich viel zu früh aus dem Leben reißen musste! Die Kinder! Die Säuglinge! Die weinenden Mütter! Ach – die *Menschen!*«

Nun ja. In einer Hinsicht zumindest würdet ihr in eurer grenzenlosen Egozentrik recht behalten. Es waren nämlich tatsächlich zu einem Großteil die Menschen.

Aber nicht aus oben genannten Gründen.

Ich hatte erwartet, in den Menschen dankbare Abnehmer zu finden. Sie zerbrachen sich schließlich so gerne über alles den Kopf und kleideten es in schöne Worte.

Tiere? Oh ja, die gehörten selbstverständlich auch zu meinen Kunden. Tiere flohen, sie mühten sich ab, sie kämpften, und dann starben sie, ohne groß darüber nachzudenken.

Aber Menschen, stellte sich heraus, *verendeten,* und das machte keinen Spaß. Menschen hielten den gesamten Betriebsablauf auf, indem sie so unnötige Fragen stellten wie: »Warum ich?!«, oder gar: »Warum nicht ein anderer?«, möglicherweise gefolgt von Anschuldigungen wie: »Warum nicht mein Nachbar, den ich so hasse, und der immer seine Feinrippunterhosen zum Trocknen an meine Wäscheleine hängt?« Fragen solcher Art hätten meiner Meinung nach an meinen alten Kumpel Schicksal weitergeleitet werden sollen, oder möglicherweise auch an Karma. Das Problem mit Karma war, dass es immer nur dann auftauchte, wenn man es am wenigsten erwartete – und ganz garantiert nicht dann, wenn man es ausnahmsweise einmal hätte brauchen können. Da machte es auch für mich keine Ausnahme.

»Warum?«, seufzten mir die Menschen wehmütig entgegen, und dann erwarteten sie tatsächlich auch noch eine Antwort. Ich bin genauso wenig für die Beantwortung philosophischer Fragen zuständig wie ein Klempner. Es gibt nur einen einzigen Grund, warum Toiletten verstopfen. Es gibt nur einen Grund, warum durchgerostete Rohre brechen, Regenrinnen sich lockern und Wasserboiler im Winter vereisen. Es gibt nur einen Grund, weshalb ihr sterben müsst.

Dinge existieren, und Dinge enden.

Ich hielt mich mit Erklärungen inzwischen gar nicht mehr auf. Tatsache war, dass es eines Tages jeden einzelnen der zig Milliarden Menschen treffen würde, die die Erde belagerten wie Großmütter einen Laden für reduzierte Backförmchen und garantiert juckende Unterwäsche. Ob Freund oder Feind, ob Enkel oder Ekel, alle mussten sie irgendwann dran glauben. Na und? So war das eben. Leben wollte jeder, nur nicht sterben. Aber so funktionierte das einfach nicht – man bekam uns nur im Doppelpack.

Und da begann auch schon das nächste Thema.

Die Sache mit dem Umhang.

Oh ja, ihr wisst ganz genau, was ich meine.

Die Sache mit dem Umhang spielt in genau demselben Orchester wie die Sache mit der Sense. Und es ist ein Orchester der Frechheit, dessen Instrumente aus Rufmord und Unverfrorenheit gefertigt sind.

Ein kleines Gedankenspiel

Versetzt euch für einen Moment in meine Lage.

Oh, ich spreche nicht vom Töten. Mit ein bisschen Glück kommt ihr darum herum.

Lasst mich euch ein ganz und gar nicht so abwegiges Szenario ausmalen.

Ihr seid jung und dynamisch, einer der besten Mitarbeiter eurer Firma. Als ihr hört, dass ein neuer Standort aufgemacht werden soll und ihr von heute auf morgen mitten ins Nirgendwo verlegt werdet, lasst ihr dies anstandslos über euch ergehen. Ihr seid immerhin ein zuverlässiger Angestellter – der Allerjüngste unter all euren Kollegen –, und ihr erledigt sämtliche eurer Aufgaben mit Bravour, Flexibilität und unter Einsatz all eurer Multitasking-Fähigkeiten!

Und plötzlich, von heute auf morgen, sind alle anderen befördert worden und ihr hockt alleine an eurem Schreibtisch, den irgendwer mit schwarzen Tüchern verhüllt hat, und in eurer Hand befindet sich ein rostiges mittelalterliches Landwirtschaftsgerät. Und als ob es der Ungerechtigkeit noch nicht genug wäre, werden plötzlich neue Regeln eingeführt, die euch vorschreiben, strenge Diät zu halten und nur noch in einer muffigen Kutte zur Arbeit zu kommen, die obendrein juckt wie ein Sack voller Flöhe, Nesseln und Hundehaare.

Ende des Szenarios.

Jahrtausendelang lief alles gut. Am Anfang machte mir die Sache sogar noch Spaß – weshalb auch nicht? Und dann, ohne jede Warnung, musste ich bemerken, dass ich in allerlei Kulturen rund um den Globus als düsterer Grufti dargestellt wurde. Entweder war ich all die Jahre lang extrem ignorant gewesen, oder sie hatten sich allesamt abgesprochen. Kümmerte es mich da, ob ich mit Beil oder Binsenboot, Sense oder Sichel, Schere oder Schnabelmaske, Schakalschnauze oder Straußenfeder bewaffnet durch die Gegend ziehen musste? *

In einigen Teilen der Welt war ich weiterhin willkommen, wurde in Liedern besungen, mit Respekt behandelt und mit Räucherstäbchen und weißen Blüten geschmückt.

In anderen Gegenden nannte man mich Hein Klapperbein.

Es ist leicht, zu erraten, wo mir meine Arbeit mehr Vergnügen bereitete.

Irgendwann schien man sich überall in einer Sache einig zu sein: Dass ich ein alter, griesgrämiger Zeitgenosse war, der nichts lieber mochte als Knochen. Die fehlende Logik schien niemandem aufzufallen. Sammelte ein Chirurg für sein Leben gern gebrauchte OP-Handschuhe? Liebte ein Schüler nichts mehr als leere Tintenpatronen? Hegte und pflegte ein Zuckerwatteverkäufer mit Inbrunst die Löcher in seinen Zähnen? – Na also. Die ganzen Knochen und Schädel waren nur ein Nebeneffekt.

Kleine Richtigstellung am Rande

Ich will ja nicht pingelig sein, aber eigentlich verhielt es sich so: Zeit war zuerst da. Dann, so ziemlich zum gleichen Zeitpunkt, drängelten sich Schicksal, Zufall und Glück durch die Tür. Daraufhin, in den tiefsten Tiefen des Ozeans, beschlossen auch Leben und Karma, sich endlich mal zu zeigen. Und *dann,* dann erst trat *ich* auf den Plan.

Ich war also genau genommen noch gar nicht so lange da.

* Oder Schachbrett, Waagschale, Schimmel – sowohl Pferd als auch Pilz –, Stundenglas, Mondscheibe, Geierhals, Schwert, Stachel, Giftkelch, Ruder, Münze, Ring… die Liste der Möglichkeiten war unendlich. Manchmal war ich auch einfach nur ein Anwalt.

Ich war der Jüngste von uns allen. Ich verdiente ein bisschen mehr Nachsicht.

Natürlich ahnte ich bereits, dass einiges an Scherereien auf mich zukommen würde, als ich Lebens allerersten, selbst gebastelten Einzeller in die Tonne kloppen musste. Doch dass die Nachfahren dieses mickrigen Geschöpfes mich Jahrmillionen später aus Rache als merkwürdiges Gruftgespenst darstellen würden, nein, damit hatte ich nicht gerechnet! Wenn ich das gewusst hätte, hätte ich vielleicht von Anfang an versucht, sämtliche Einzeller gleich wieder aufzusammeln, bevor sich daraus der erste Schimpanse entwickeln konnte.

Inzwischen aber war es dafür reichlich spät.

Und selbst wenn ich gewollt hätte, gekonnt hätte ich trotzdem nicht.

Denn das war genau das Problem mit meinem Job: Ich hatte keinerlei Verfügungsgewalt. Und obwohl Leben doch eigentlich viel betagter war als ich, musste ich immer den alten, fleischlosen Kauz spielen, während sich mein Kollege als wunderschöner Schmetterling oder lichterhelle junge Dame durch die Weltgeschichte gaukeln durfte.

»Oh, du bist ja so kreativ!«, hauchten alle ihm zu. »Du hast ja so viele innovative Ideen! Und wie du alles so schön evolutionierst – also, ich muss schon sagen! Das soll dir erst mal einer nachmachen!«

… Und ich?

Wenn ich mal kreativ war, fanden das alle gleich »grausam« oder bestenfalls noch »schockierend«. Entschuldigt mal – ich konnte mir auch mal was ausdenken. So schockierend war das nun wirklich nicht.

Aber zuerst

Wie gesagt, es begann alles in den Tiefen des Meeres.

Es war gut, dass ich nicht auf Augen angewiesen war, denn das winzige runde Etwas, das vor mir im düsteren Wasser dümpelte, war wirklich leicht zu übersehen.

»Das ist mein erstes Projekt«, verkündete jemand nervenaufreibend nahe an meinem Ohr. Ich konnte nicht umhin, den gewissen Berufsstolz in der Stimme zu bemerken – wie ein Zahnarzt, der soeben eine Alternative zur glühenden Schmiedezange erfunden hatte. Nur, dass es damals noch keine Zahnärzte gab. Genau genommen gab es nicht einmal Zähne.

»Es ist eine Zelle, die sich teilen kann. Damit hätte ich den Einstellungstest wohl bestanden«, fuhr das Stimmchen triumphierend fort.

Oh nein. Ich wusste ganz genau, wen ich da vor mir hatte. *Nicht schon wieder.*

Ich betrachtete die wacklig dahintreibende Zelle und schwieg für einen Moment.

»Na ja«, meinte ich dann mit einer gewissen Skepsis. Aber da es unser erster gemeinsamer Arbeitstag war, wollte ich nicht unhöflich sein. »Wenn du meinst, dass du damit Erfolg hast«, fügte ich deswegen großzügig hinzu.

»Es ist eine Basis, die sich in der Vergangenheit schon oft bewährt hat«, winkte mein Gegenüber ab und lieferte mir damit das Schränkchen, das ich später für mein Schubladendenken brauchen würde. In der Tat war mir bereits in diesem Moment klar, in welche Kategorien ich meinen Mitarbeiter stecken würde: A wie Angeber und F wie faul. Vielleicht würde er sich ja ein Beispiel an seinen Zellen nehmen und sich teilen, damit ich ihn problemlos in beiden Schubladen zugleich unterbringen konnte.

Damals wusste ich noch nicht, wie gut ich darin war, Dinge in der Mitte durchzuschneiden.

Mein Misstrauen war wohl bemerkt worden.

»Manche Ideen lassen sich einfach immer wieder anwenden. Einzeller sind leicht herzustellen und sogar tauglich zur Massenproduktion. Aber das Beste ist, dass man sie getrost sich selbst überlassen kann. Der Bestand wird auf jeden Fall fortgeführt. Schau, die da drüben habe ich auch alle hergestellt, und zwar heute Morgen. Noch bevor du gekommen bist!«

Eine körperlose Hand zeigte auf eine Stelle direkt neben mir, und als ich widerwillig den Kopf drehte, musste ich zu meinem Entsetzen eine ganze Gruppe durchsichtiger Pünktchen erkennen, die zielstrebig auf mich zuwaberte.

»Huch!«

»Tja ja«, kam die stolze Antwort, begleitet von einem selbstgefälligen Lachen, denn in diesem Augenblick teilte sich die erste Zelle tatsächlich und trieb gemächlich in zwei verschiedene Richtungen davon.

»Wer soll das alles aufräumen?«, fragte ich entsetzt und starrte auf die nervtötenden Partikelchen, die sich überall um uns herum ausbreiteten. Ich war deshalb so entsetzt, weil ich die Antwort bereits wusste, und mein unsichtbares Gegenüber kannte sie ebenfalls.

»Die da kannst du gleich wieder mitnehmen«, meinte er fröhlich und schnipste eine seiner Kreationen lässig in meine Richtung. Die Zelle trudelte durchs Wasser wie ein hilfloses Luftbläschen. Irgendwie war ich von dieser Innovation nicht richtig überzeugt. Die Dinger sahen einfach nicht aus, als ob sie's draufhätten.

»Hättest du die nicht ein bisschen stabiler bauen können?«, fragte ich leicht giftig. Die Einzeller starben bei einer Rate weg, bei der ich nie im Tod hinterherkommen würde – ein wasserfester Staubsauger wäre mir jetzt ganz gelegen gekommen. Oder zumindest ein Strohhalm.

Der andere schien sich nicht besonders von meinem Einwand beeindrucken zu lassen, denn er schenkte mir nur einen nachdenklichen Blick und ließ eine Handvoll neuer Jungzellen ins Salzwasser blubbern.

»Man merkt, dass du noch nicht lange im Job bist«, stellte er nüchtern fest – oder vielmehr *es*, denn mit all dem komplizierten

Geschlechterzeug waren wir noch nie allzu gut zurechtgekommen. »Was sich bewährt hat, ist gut. Ich habe Vorgaben von der Zeit, an die ich mich halten muss.«

»Zeit?«, wiederholte ich. Ich musste zugeben, ich war davon ganz schön beeindruckt. Zeit hatte das ganze Unternehmen sozusagen gegründet. Ich war ihr noch nie persönlich begegnet. Sie war eine Legendengestalt, ein weit entferntes Stückchen Geschichte, das ich nur vom Hörensagen kannte. Dass sie sich dazu herabließ, uns ihre Vorgaben persönlich mitzuteilen – noch dazu jemandem, der seinen Tag damit verschwendete, so etwas Nutzloses herzustellen –, das war doch in etwa so allerhand wie die vielfingrige Göttin Hlaktamsnflrg des Planeten Minxskx! »Na, da könnten wir doch mal mit ihr reden. Ihr sagen, dass wir bei dem Materialverbrauch …«

»Du willst eine Audienz mit der *Zeit* ausmachen?«, wurde ich (recht unhöflich) unterbrochen, begleitet von einem skeptischen Räuspern. »Wenn mir das Wortspiel gestattet ist: Du *tickst* nicht mehr ganz richtig*. Verzeihung. Aber weißt du, wie schwer so etwas ist? Und das gleich am ersten Tag? Nein, lass das lieber und sieh zu, dass du deinen eigenen Kram erledigt bekommst. Wie wir das hier alles regeln, geht dich sowieso nichts an. Du bist nur für's Wegräumen zuständig.« Blicke können sehr bedeutsam sein, selbst wenn man sie nicht sehen kann. »Nicht, dass ich dich entmutigen möchte. Zeit wird nicht gern gestört. Du weißt ja – sie ist ziemlich kostbar.«

Damit entschwebte mein neuer Kollege in die Dunkelheit, um die Meere mit weiteren Horden seiner willenlosen kleinen Monster zu verseuchen.

Vielleicht lag es nur am Wortspiel, aber in diesem Moment beschloss ich, dass ich Leben nicht ausstehen konnte.

* Natürlich gab es zu dieser Zeit noch keine Uhren, die in irgendeiner Weise hätten ticken können. Es war ein Witz, der (trotz aller Geschmacklosigkeit) in eurer plumpen Sprache nicht funktioniert.

Ein kleiner Einschub über regionale und interregionale Dienstleistung

Aber, allmächtiger Meister Tod, höre ich die Romantiker und Quantenphysiker unter euch jetzt schüchtern fragen; bei allem Respekt an Euch und Eurer Großartigkeit, aber was ist denn mit all den Parallelwelten da draußen, oder mit den ganzen Planeten, von denen sicherlich zumindest eine Handvoll ebenfalls Leben beherbergen? Und wo Leben ist, braucht es doch wohl auch einen Tod? Vermutlich liegt es an unseren nutzlosen kleinen Menschenhirnen, dass wir Euch falsch verstanden haben, aber möglicherweise könntet Ihr in Eurer unglaublichen Güte doch noch einmal erklären, warum Ihr das Leben nicht bereits schon von früheren … äh, Arbeitseinsätzen kanntet.

Nun gut, wenn ich so nett gefragt werde. Zuallererst lasst mich euch sagen, dass ich euch zu eurer ehrlichen Selbsteinschätzung applaudiere. Bei der Sache mit den Gehirnen liegt ihr ausnahmsweise so was von richtig.

Und zweitens: Es mag der Formulierung zuschulden sein, aber das ist doch tatsächlich der erste sinnvolle Einwand, den ich seit langer Zeit von einem Mitglied eurer Spezies gehört habe.

Lasst es mich euch erklären: Es gibt Millionen von Realitäten. Diese Realitäten, die sich in äußerst komplizierter Weise …

Ach, was soll's.

Die Realität ist ein Blätterteig.

Ein äußerst unschmackhafter Blätterteig, der aus sehr vielen, sich überlappenden Schichten besteht – oder die größte Fürst-Pückler-Torte, die jemals fabriziert wurde, wenn man so will.

Genau genommen besteht alles aus vielen feinen Schichten: Ihr Menschen seid da keine Ausnahme. Zwischen den metaphorischen Teiglappen eurer Seelen lauern Irrsinn und Glauben, Hoffnung und Wahn wie eingelegte Schnapskirschen. Bohrt man nur tief genug mit der Gabel, wird man früher oder später schon auf sie stoßen.

Mit der Wirklichkeit verhält es sich um einiges komplizierter. Einer der großen Vorteile meines Jobs ist es, dass ich mich zwischen den Schichten frei bewegen kann.*

Ich kann in unglaublich vielen Realitäten und Zeiten zugleich sein. (Das muss ich auch – gestorben wird immer und überall. Was glaubt ihr, wie ich die Zeit finde, dieses Buch zu schreiben? Na also.) Ich selbst, das Leben, der Raum, der Zufall, wir sind genau genommen alle gigantische Fürst-Pückler-Torten. Sogar (und ganz besonders) die Zeit – aber sagt ihr das bloß nicht ins Gesicht.

Es gibt natürlich, wie bei jedem großen Vorteil, auch einen Haken. Lassen wir den guten alten Tod einfach so in der Vergangenheit herumreisen, hat sich Zeit wohl gedacht, dann riskieren wir am Ende noch, dass er nachlässig wird, und wo würden wir denn da hinkommen. Nein, wir müssen ihm schön im Kram rumpfuschen und sichergehen, dass er alle seine Aufträge sofort erledigt und nicht auf die lange Bank schiebt, weil er weiß, dass er sie jederzeit im Nachhinein nachholen kann.

Das bedeutet: Zeigt sich die Sonne vierundzwanzig Stunden nach meinem Auftrag am Horizont, und dieser ist noch nicht erledigt, gibt es kein Zurück und der Fehltritt kommt raus. Würde ich versuchen, auf einen Sprung in der Vergangenheit vorbeizuschauen und mich an die vernachlässigte Arbeit zu machen, könnte ich mir die Szene nur tatenlos anschauen, anstatt noch etwas daran ändern zu können. Außerordentlich witzig, nicht wahr? Was wäre so ein Job auch ohne Komplikationen. Aber was soll's. So etwas ist mir selbstverständlich sowieso ** noch nie passiert.

* Um eure Vorstellungskraft nicht überzustrapazieren: Es verhält sich sozusagen wie mit Schokosoße.

** fast

Jedenfalls könnt ihr euch das Ganze vorstellen wie eine Schicht Blätterteig, die mit Überwachungskameras ausgestattet ist und sich nach einer gewissen Weile selbst zerstört, um …

Na schön, ich gebe zu, hier hat sich die Gebäck-Metapher fürs Erste erschöpft.

Am Anfang machte mein Job der Redewendung »sterbenslangweilig« alle Ehre.

Ähm, Tod …?

Was ist denn jetzt schon wieder?

Und wie kommst du bei so einem komplizierten System nicht ständig durcheinander?

Oh. Ach so.

Ein weiterer Einschub, der Verständlichkeit halber

Um das alles zumindest ansatzweise auseinanderzuhalten, hat sich irgendjemand mal ein recht geschicktes Verfahren ausgedacht, das es mir ermöglicht, mich immer ganz auf die Realität zu konzentrieren, in der ich gerade unterwegs bin. Natürlich weiß ich, dass ich auch in tausenden von anderen Versionen durch das Universum streife, aber zumeist gelingt es mir, dies geflissentlich zu ignorieren. Es ist sozusagen, als hätte ich mir für jeden meiner Arbeitgeber einen eigenen E-Mail-Account angelegt, in den ich mich bei Bedarf einloggen kann. Nur so kann ich das ganze Kuddelmuddel irgendwie ordnen. Welche Aufträge, Konversationen oder Kontaktdaten in tod777@keinechance.com gespeichert sind, geht nichtschlafesbruder@deadmail.web überhaupt nichts an.

So gesehen war es also Jahrmillionen vor eurer Zeit, in den Tiefen des Meeres, tatsächlich das allererste Mal, dass Leben mich mit irgendwelchen Einzellern nervte.

Ob ich manche Realitäten lieber mag als andere? Aber, aber. Du musst doch nicht gleich eifersüchtig sein. Ich denke, seine persönlichen Vorlieben hat jeder. Auf einem wirklich ausgesprochen liebreizenden roten Planeten beispielsweise, der in einigen hundert Jahren vermutlich von einem gewaltigen schwarzen Loch verschlungen werden wird, werde ich als wunderschöne Hirschkuh mit hübsch geschwungenen gläsernen Flügeln dargestellt.

Na gut, und mit einem Maul voller Tentakel und Dornenranken, aber das tut hier nichts zur Sache.

So, nun aber.

Am Anfang machte mein Job der Redewendung »sterbenslangweilig« alle Ehre. Den ganzen langen Tag war ich nur damit beschäftigt, irgendwelche Zellen aus dem Meer zu picken, was in etwa so spaßig ist, wie es sich anhört.

Auch als es sich dann anstelle von einzelnen Zellen plötzlich um mehrere davon handelte, die alle in irgendeiner Weise zusammenhingen, wurde die Sache nicht unbedingt spannender. Auch die Vielzahl raffinierter Bakterien, die Leben sich ausdachte, ließen mich eher kalt.

Auf jeden Fall, irgendwann steckte Zufall kurz die Nase ins Büro, und plötzlich schwammen überall glibberige Würmer und Quallen rum – oder so. Ganz genau weiß ich das auch nicht mehr, es ist immerhin schon um die dreitausend Millionen Jahre her. Hier und da wuchsen schwammartige Gebilde, die sich zwar nicht sonderlich viel bewegten, aber immerhin ein bisschen komplizierter aufgebaut waren als Lebens allererste Prototypen. Noch ähnelten all diese neuen Modelle unabweisbar ihren Vorgängern – allesamt waren sie fragil und glitschig und erweckten den Anschein, als ob ein einziges Niesen ausreichen würde, sie fein säuberlich zu durchlöchern. So gesehen war es vermutlich ein echter Glücksfall, dass sie sich einen Lebensraum unter Wasser ausgesucht hatten, wo niemand über Nasenlöcher verfügte. Ich weiß nicht, wie lange ich wie ein Obdachloser auf der Suche nach Flaschenpfand durch die Ozeane gestrichen war und gleichgültig Pilze, Algenpartikel, Anemonen und Keime aufsammelte.

Irgendwann verlagerte Leben einen Teil seiner Arbeit in Ufernähe, wo es sich den ganzen Tag damit beschäftigte, langweilige farnähnliche Strukturen herzustellen, die sich kaum bewegten und von denen ich nicht einmal genau sagen konnte, ob es sich um Tiere oder Pflanzen handelte. Es war alles furchtbar primitiv, und ich kann euch versichern: Ein Kassenschlager wäre das alles schon damals nicht gewesen.

Tja, und dann, urplötzlich, geschahen zwei Dinge, die meine Arbeit um Längen interessanter machten. Fragt mich nicht, was damals mit Leben los war, aber plötzlich bekam ich es so gut wie überhaupt nicht mehr zu Gesicht. Dies führte dazu, dass ich meine Tiefseeschwämme nun mit sehr viel mehr Genuss ausquetschte und mich für ein paar Wochen sogar freute, einfach mal meine Arbeit erledigen zu können, ohne dabei ständig von besserwisserischem Gequatsche unterbrochen zu werden – bis dann eines Tages, als ich gerade damit beschäftigt war, eine verendende Koralle einzusacken, ein winziges, vielbeinig zappelndes Etwas an mir vorbeizog. Jetzt erklärte sich auch, warum ich in letzter Zeit so gar nicht über ein faul herumdümpelndes Leben gestolpert war: Es hatte das Wunder der Bewegung entdeckt! Wurde aber auch langsam mal Zeit.

In den folgenden Jahren fing mein Beruf mir zum ersten Mal seit der Erschöpfung der Einzeller-Idee an, Spaß zu machen. Und an diejenigen unter euch, die gerade hörbar entsetzt gekeucht haben: Die Logik erklärt sich von alleine. Es ist einfach sehr viel abwechslungsreicher, etwas Flinkes, Kampfbereites, Denkendes zur Strecke zu bringen anstatt eine flach auf dem Ozeanboden aufliegende Scheibe, die entfernt an einen platt gewalzten Wurm erinnert und sich auch in etwa so faszinierend verhält. So oder ähnlich sahen nämlich meine Hauptinteressenten der ersten paar Millionen Jahre aus – bis das Leben sich endlich mal auf die Socken machte. Bis heute kann ich mir nicht erklären, was damals passiert war, dass es sich plötzlich so aufraffte, aber ich muss gestehen, ich war begeistert. In den folgenden

Jahrtausenden lernte ich, wie viele unterschiedliche Arten es gab, zu sterben: Korallen ließen sich dafür so viel Zeit, dass ich sie teilweise mit Steinen verwechselte, Seesterne lachten mir ihrer tödlichen Verwundungen ungeachtet ins Gesicht, während sie sich einfach fröhlich neue Gliedmaßen wachsen ließen. Bakterien zerfielen und lösten sich im Wasser auf, Algen trudelten langsam auf den Meeresboden und verwandelten sich in grünlichen Glibber. Neunaugen wälzten sich in meinen Armen dem Verfall entgegen. Meeresschnecken zogen sich verwundet in ihre Häuser zurück und taten so, als ob sie friedlich entschliefen. Tintenfische verpufften in einer hübsch anzusehenden Wolke aus Furcht und Trotz und schwebten wie zerrissene Brautkleider durch die unterseeischen Strömungen. Gräser versuchten bis zuletzt, ihre Wurzeln noch tiefer ins Erdreich zu graben.

Eines Tages ertappte ich einen merkwürdig geformten Fisch dabei, wie er versuchte, an Land zu gelangen, und wies ihn nachdrücklich darauf hin, dass seine Kiemen außerhalb des Wassers ziemlich nutzlos waren. Das schien Leben damals stark zu verärgern, denn kaum ein halbes Jahrtausend später ließ sich eine ziemlich ähnlich aussehende Fischart den ersten Prototyp einer Lunge wachsen, nur um sich dann in Scharen an Land zu stürzen und mir frech zuzugrinsen, während sie sich im Dreck wälzten. Sollten sie doch!

Ach ja, damals war alles so viel einfacher. Manchmal sehnte ich mich voll sinnloser Nostalgie in die guten alten Zeiten zurück, in denen ich noch schuld- und formlos durch die Gegend wabern und nach Lust und Laune töten konnte.

Was?! Jetzt schaut mich doch nicht schon wieder so an! Zugegeben, hätte irgendwer anders das gesagt, wäre das wohl ziemlich daneben gewesen. Aber ich bin der Tod! Von mir wird man ja wohl erwarten, dass ich meinen Job mache. Na also.

Ich gebe es ungern zu, aber damals, im wunderschönen Devon-Zeitalter, gab es sogar Tage, an denen ich mich mit Leben ganz gut verstand. Hatte es am Anfang noch peinlich genau aufgepasst, dass ich jede einzelne Zelle zur rechten Zeit abholte, gab es sich jetzt damit zufrieden, mir alle paar hundert Jahre freundlich über die Schulter zu schauen. Ab und zu lobte es mich sogar, dass ich zur Ausrottung der ungeeigneten Individuen beitrug, was mich insgeheim freute.*

Manchmal, in beschämenden Momenten der Gefühlsduselei, erschien es mir beinahe, als ob wir beide unablässig an derselben Sache arbeiteten – ein wundervoller Kreislauf von Entstehen und Vergehen, Kreation und Zerfall. Wie jung und idealistisch ich damals noch war. Kaum viertausend Millionen Jahre auf der Erde, und schon hatte ich den Eindruck, dass ich tatsächlich etwas verändern könnte. Im Nachhinein war ich wohl ziemlich blauäugig. Aber was soll ich sagen? Es war die Zeit der Evolution! Praktisch jeden Tag gab es eine neue Erfindung, und ich war dafür zuständig, auszutesten, ob sie funktionierte. Languste im Baum? Keine so gute Idee. Spinne im Baum? Schon besser! Vermehrung durch saubere Teilung in der Mitte? Hatte bei den Einzellern noch ganz gut geklappt, war aber für einen Aal keine geeignete Strategie, auch wenn beide Hälften irgendwie gleich aussahen. Ich wusste nach einer Weile beinahe genauso gut über die vielen Fallstricke der Gesundheit Bescheid wie das Leben selbst, und ganz ehrlich: Wenn mein Job heute noch so wäre, würde ich mich kaum beklagen. Kein Kugelfisch hielt mir jemals eine Moralpredigt. Keine Urzeithaidame machte mir Vorwürfe, wenn ich ihr ihre Eier wegnahm, weil sie bei Ebbe zu nah an den Strand geraten waren. Das Klima war trocken und mild, zu Wasser tummelte sich allerlei unterhaltsames Getier, und das Land war dicht von riesigen Bäumen überwuchert. Heutzutage hätte man so etwas als Kur an gestresste Städter verkaufen können, und glaubt mir: Genau so fühlte es sich auch für mich an.

Aber jetzt war ich hier.

Wie bereits zuvor erwähnt: Gute Güte.

* In meinem Beruf bekommt man nicht so oft Komplimente.

KAPITEL 3

Auf Veränderungen reagiert man mitunter etwas langsam, wenn man sich seit Jahrmillionen in einer bestimmten Routine festgefahren hat. Deswegen ist es der guten alten Erde in ihrer Begriffsstutzigkeit auch noch nicht eingefallen, die nervigen Krabbelviecher, die ihre sorgfältig frisierte Ozonschicht durchlöchern und all die wunderhübsch angelegten Wälder niederwalzen, mit einer Ladung explosiver Lava von ihrem Angesicht zu pusten. Aber glaubt mir: Das kommt schon noch.

Inzwischen hatte ich immerhin eines begriffen: Was heute von der Evolution noch übrig war, äußerte sich viel mehr in der Technologie als in den Genen. Ich war – erlaubt mir einen flüchtigen Moment des Selbstmitleids – beinahe nutzlos geworden. Woher solch ungewohnt finstere Töne? Früher hatte meine Aufgabe einen tieferen Sinn gehabt. Erinnert ihr euch noch an all das pathetische Gerede vom Zusammenspiel von Leben und Tod etwa zwei Seiten zuvor? Das Hohelied auf den ewigen Kreislauf der Evolution? Besagte Hymne war hier krächzend zum Ende gekommen, der Chor schluchzte und der Erste Geiger ließ sein Instrument fallen, was mit einem Scheppern und dem vielstimmigen *Twoioioioioing* gesprungener Saiten vonstattenging. Hier war ich an einem Punkt angelangt, an dem alles stillstand. Die Zeit des Recyclings war vorbei. Lebensformen, die sich jahrtausendelang bewährt hatten, starben mir ohne mein Zutun unter der Sense weg und kamen nie wieder. Das war keine Neuigkeit. In der Tat hatte ich die Veränderung bereits vor Hunderten von Jahren bemerkt, aber ihr wisst ja, wie schnell die Zeit verfliegt, wenn man eine unangenehme Tatsache mit aller Kraft verdrängt.

Eine kleine Anekdote von einer alten Vogelart

Als ich den letzten Dodo abholen musste, fühlte ich mich verraten. Jahrtausendelang hatte Leben am Erbgut herumgetüftelt, und jahrtausendelang hatte ich die fehlerhaften Eier abgeholt – alles nur, um diesen fetten, hässlichen, flugunfähigen Vogel zu kreieren. Ein Vogel, der den Eindruck erweckte, als ob er über mindestens zehn verschiedene Abonnements für Hochglanzzeitschriften über das Leben der europäischen Königsfamilien verfügte. Ein Vogel, der sich trotz seiner überragenden Fähigkeit, zu ertrinken, in Felslöcher zu fallen, über weithin sichtbare Gegenstände zu stolpern, an etwas Schmackhaftem zu ersticken, sich den eigenen Fuß ins Auge zu rammen, über sehr genießbares, nahrhaftes Körperfett zu verfügen und gelegentlich in Dingen stecken zu bleiben – oftmals alles zur selben Zeit –, beharrlich durch die Irrwindungen der Evolution gekämpft und es all unserer Wetteinsätze zum Trotz und gegen jede Chance bis ins siebzehnte Jahrhundert geschafft hatte.

Und jetzt war er einfach weg!

Ich war empört.

Es war ein deprimierendes Jahr, 1662. Nicht wegen irgendwelcher schottischer Königinnen. Nicht wegen der Hungersnöte oder chinesischen Piraten (Ich persönlich hatte schon immer eine Schwäche für Freibeuter. Sie setzen mein Gesicht auf ihre Fahnen.) – nein, wegen eines sowohl krummschnablig als auch verdattert dreinschauenden Flattermanns, den ich zähneknirschend aus dem von Schweinen zertretenen Unterholz fischen musste.

Im Rückblick glaube ich, dass ich schon damals wusste, dass es an der Zeit war, etwas zu ändern.

Der Unterschied zwischen damals und heute war:

Ich hatte nicht den geringsten Hauch einer Ahnung, wie ich das anstellen sollte.

Und da kam der Zufall ins Spiel.

Eine kleine Anekdote von einem alten Vogel

Eines Tages, im März, geschah etwas sehr Unwahrscheinliches. In einem japanischen Linienbus mitten in Nagoya, kippte eine alte Oma ganz plötzlich aus den Latschen.

Na ja.

So unerwartet war das eigentlich gar nicht, denn ich saß schließlich schon die ganze Zeit über neben ihr. Der Bus war sehr voll und es war sehr heiß. Im Grunde genommen ärgerte es mich, dass es so lange dauerte, bis ihr Kreislauf das auch mal spitzkriegte.

Es passierte, als sie schließlich aufstand, um sich mit ihren zwei prall gefüllten Einkaufstaschen durch die sitzplatzlose Menge Richtung Tür zu kämpfen. Ich konnte praktisch hören, wie sich ihre Blutgefäße weiteten und das Blut in ihre Beine absackte, und dann fiel sie in einem wunderschönen Schauer aus eingedosten Ananas und kleinen Salatblättchen auf den dreckigen Boden des Busses.

Na endlich. Ich raffte mich auf, schritt mitten durch die Menge der aufgeregt gestikulierenden Fahrgäste hindurch auf sie zu, wie es nur ein höchst entschlossener Tod zustande bringt, fixierte sie mit einem starren Blick und – wurde von einem schmächtigen Bürschchen überholt, das mir unsanft den Ellenbogen in die Rippen stieß und heroisch neben dem Großmütterchen auf die Knie fiel. Im Nullkommanichts hatte er ihr die Bluse ausgezogen* und drückte ihr enthusiastisch auf dem Brustkorb herum, was ich mit einigem Vergnügen zur Kenntnis nahm. Ich wusste, was er da tat – ich war oft genug in Kinos unterwegs gewesen, um cholesterinverseuchte Platzanwärter abzuholen, im Höhepunkt der Gefühle mit helfender Hand einzugreifen und Zuschauer von ihrer Hysterie zu erlösen, oder einfach nur, weil ich gerade nichts Besseres zu tun hatte. Allerdings war ich auch der Tod, weswegen ich besser als jeder andere wusste, dass derlei Wiederbelebungsversuche zumeist nur in schlechten Filmen Erfolg hatten. Auf keinen Fall würde er ihr Herz

* Was unter anderen Umständen wohl für Empörung gesorgt hätte.

wieder zum Schlagen bringen – es war verstopft wie eine alte Handpumpe, in die jemand zum Spaß lauter Staubflusen gequetscht hatte. Ich lehnte mich entspannt zurück und sah ihm dabei zu, wie er sich abmühte. Der Bus war inzwischen holpernd zum Stillstand gekommen und auf der Stirn des jungen Helden formten sich dicke Schweißtropfen. An diesem Tag, im März, in einem japanischen Linienbus mitten in Nagoya, geschah etwas sehr Unwahrscheinliches. Es war nicht die Tatsache, dass die alte Omi einen Herzinfarkt hatte. Es war vielmehr die Tatsache, dass wir uns in einer schlecht geschriebenen Geschichte zu befinden schienen.

Denn am Ende, nach einigen langen Minuten des Drückens und Pustens und Keuchens und Fluchens – fing das Großmütterchen wieder an zu atmen. Am empörendsten aber, am empörendsten fand ich die Tatsache, dass der Jüngling ganz nebenbei auch noch in einem Buch las.

Erst später, im allgemeinen Notarztgetümmel, erhaschte ich einen Blick auf den Einband. Auf ihm prangte das Bild eines blass geschminkten Mannes mit Platzwunde am Kopf, der – das wusste ich aus Berufserfahrung – ganz gewiss nicht tot war. Und da ich hier nichts mehr zu tun hatte, blätterte ich das plattgetretene, eselsohrige Büchlein durch und stieß auf eine detaillierte Anleitung zur Herzmassage, und ein Gedanke, der vor sechstausendeinhundertsechsundachtzig Jahren zu keimen begonnen hatte, regte sich leise. Ich schnappte mir rasch die Seele des Buches* und steckte sie in meine Tasche.
Vierzehn Jahre lang vergaß ich sie. Ich wünschte, es wären dreizehn gewesen, das hätte dramatischer geklungen.

* Jeder Gegenstand hat eine feinstoffliche Abbildung seines Selbst, die euch mit euren plumpen Pfoten und blinden Augen nicht zugänglich ist. Mir allerdings schon. Die Seele des Buches war sozusagen seine Essenz – das, was davon übrig blieb, wenn man ihm sämtliche Materie entzog. Es war nicht wirklich Diebstahl – der dürre Knabe hatte nichts davon mitbekommen und würde auch in Zukunft hilfreich zur Tat schreiten können, wann immer ich auch versuchte, meinen Beruf auszuüben. Und währenddessen trug ich, ungeachtet sämtlicher Copyrights, eine genaue Kopie seiner Broschüre in meinem Umhang. Wie das geht, erkläre ich euch irgendwann anders.

Und dann fand ich sie wieder, auf einer Reise nach Cornwall, wo sich ein englischer Anwalt an einer Trockenpflaume verschlucken würde.

Ich fasste eine Entscheidung.

Die alte Oma bekam ich letzten Endes übrigens doch, und zwar, als sie drei Stunden später aus ihrem Krankenhausbett direkt auf mich fiel.

Sie hätte sich auch wirklich einen besseren Landeplatz aussuchen können.

Inzwischen kannte ich das Büchlein auswendig und ich brannte darauf, mein Wissen anzuwenden. Einmal, ein einziges Mal nur im Laufe meiner langen Karriere, wollte ich einer der Guten sein. Einer, den die Leute bestaunten, während er sich selbstlos ins Zeug legte, um das Richtige zu tun. Nur ein einziges, mickriges Mal.

Es gab nur folgendes Problem – und das lag in einem meiner ganz … *speziellen* Kollegen begründet, der mir soeben ziemlich auf den Senkel ging. Das hatte einiges zu bedeuten, denn immerhin befanden wir uns in einer ausgesprochen reizenden, nach Verwesung und Faulgas duftenden Sumpflandschaft, in der so einiges vor sich hinmoderte. So, wie ich es gern mag.

»JETZT ERKLÄR MIR DOCH MAL, WIE JEMAND WIE DU BITTE SCHÖN EINE MUND-ZU-MUND-BEATMUNG MACHEN WILL! DU HAST JA NICHT MAL EINE LUNGE!«

Ihr und ich sind uns nicht immer einig. In einer Hinsicht jedoch dürftet ihr mir zustimmen: Manchmal war das Glück ganz schön nervig.

Ich persönlich, da ich in das zweifelhafte Vergnügen komme, die Kaffeepausen und einige Aufträge mit ihm teilen zu dürfen, würde sogar noch weitergehen und sagen: Eigentlich sogar immer. An schlechten Tagen war es launisch und wechselhaft, und an guten machte es sich einen Spaß daraus, einen auf die Palme zu bringen. Seine Stimme war das Ächzen hoffnungsvoller Lottozahlen. Sein Blick war wie eine Münze, die genau auf der Kante stehen bleibt.

Und heute – heute hatte es die Gestalt einer betörenden jungen Dame angenommen, komplett mit goldenem Füllhorn voll reifer Feldfrüchte und üppigen Rundungen*. Ich wollte es nicht darauf hinweisen, dass es in Sachen überholter Klischees selbst mir hätte den Rang ablaufen können, denn ich erinnerte mich nur allzu gut an unsere letzte Begegnung, bei der es sich für das Aussehen einer Horde unablässig tanzender Kleeblätter entschieden hatte, die im Rhythmus einer durchdringenden irischen Weise in der Luft durcheinanderpurzelten. So etwas konnte einen ziemlich aus dem Takt bringen, und alles in allem war mir die goldlockige Jungfer lieber.

»*Ach, du weißt nicht, worauf ich hinauswill? Lüfte doch mal dein Häubchen für mich*«, lockte es mangels einer Antwort meinerseits und vergoss, wohl aus Versehen, einen ganzen Schwall Goldtaler und fetter Maiskolben über den Erdboden. Ich seufzte einen tiefen Seufzer der Sorte Grabeshauch, auf den ich mich so gut verstehe, und schob widerwillig die Kapuze meiner Kittels zurück. Es war die einzige Haube, die mir auf die Schnelle einfiel, da wir uns weder in der Werkstatt eines Automechanikers noch in einem Museum über das historische Preußen und dessen modische Fehltritte befanden.

Ich grinste Glück an, was mir ziemlich leichtfiel, da mein Gesicht ein Totenschädel war. Glücks Gesicht hingegen war ganz und gar kein Totenschädel, und trotzdem hatte ich in diesem Moment das Gefühl, dass es noch süffisanter lächelte als ich. Ich fühlte mich plötzlich ziemlich verurteilt.

»Was denn? Wir sind in Frankreich. Der Tod kommt entweder als Skelett oder in Gestalt einer Weinflasche.«

»*Und da entscheidest du dich für das Skelett? Meine Güte.*«

»Entschuldige mal. Wer von uns beiden läuft denn ständig in Schornsteinfeger-Verkleidung herum?«

»*Schon gut, schon gut. Sei nicht gleich beleidigt!*«

»Ich werde mir doch nichts sagen lassen von jemandem, der von Berufs wegen in anderer Leute Kamine klettert!«

* Ich spreche selbstverständlich immer noch vom Füllhorn.

Glück nickte selbstzufrieden.

»MANCHMAL BIN ICH AUCH EINFACH NUR DIE ZAHL ACHT.«

»Siehst du? Du darfst als überdimensionierte Acht durch die Weltgeschichte kullern, aber ich darf kein Skelett sein?«

»IN ORDNUNG, ICH NEHME ALLES ZURÜCK.«

Das Problem mit Glück – ach, was rede ich da, *eines* der unglaublich langen Liste an Problemen – war, dass man unmöglich mit ihm streiten konnte. Nicht, weil es immer recht hatte. Nicht, weil es stets einlenkte. Nein, ganz einfach, weil es sich bewusst war, dass *jeder* früher oder später auf es angewiesen sein würde. Sogar ich. Und das war auch exakt der Grund, warum es wusste, dass es sich alles herausnehmen konnte. Der Tod? Wann brauchte irgendjemand schon mal den *Tod?* Das Glück hingegen kam einem immer gelegen. Selbst mir. Genau genommen hatte ich sogar vor noch gar nicht allzu langer Zeit, in einer anderen Realität, einen Gefallen bei ihm eingefordert, den ich nun mit aller Macht zu vergessen versuchte.

Es ist nicht leicht, Verhandlungen zu führen, wenn man weiß, dass man von vornherein verloren hat.

Ein Gefallen

Manchmal kann mein Job Ausmaße der Gemeinheit annehmen, die die Zustände auf der Erde wie die reinste Luxuskreuzfahrt erscheinen lassen, mit Gratistanzstunden und gemütlicher Abendunterhaltung.

Als ich das Glück brauchte, war eben einer dieser Fälle eingetreten.

Eigentlich war es der Traum eines jeden Angestellten – ein winziger Auftrag mit nur einem einzigen Kunden, der sich, so hätte man denken können, im Handumdrehen erledigt hatte.

Pustekuchen.

Mein Auftrag war insofern winzig, als dass ich auf einem Zwergplaneten festsaß, was für sich genommen gar nicht so schlecht war. Tatsächlich verbarg er sich in einem dunklen Seitenläufer einer größtenteils unbevölkerten Galaxis und wäre für meine Bedürfnisse (die da Ruhe,

Einsamkeit und Berylliumhydroxid umschließen) eigentlich perfekt gewesen. Wenn ihr jetzt das alles zerschmetternde *Wenn* erwartet, liegt ihr damit ganz richtig, und es präsentierte sich mir in Form eines gigantischen Schimmelpilzes, der sich seit Jahrtausenden durch Sporenwurf vermehrte und sich langsam immer tiefer in den durchlöcherten Boden vorfraß. Für mich bedeutete das: Ich steckte fest. Ich musste mir den Planeten mit einem riesigen Etwas teilen, das ungefähr so gut roch, wie man es von einem jahrtausendealten Schimmelpilz erwartet, und Leben schien in einer Art Schaffenskrise versumpft zu sein. Form- und gestaltlos waberte ich zwischen scharfkantigen Felsnadeln umher, auf der Suche nach irgendetwas des Tötens auch nur ansatzweise Würdigem, und fand nichts.

Und genau in solchen Fällen kommt normalerweise Glück ins Spiel. Wenn es einem gewogen ist, lässt es beispielsweise einen Meteoriten mit Spuren interstellaren Lebens auf die Erdoberfläche krachen, damit sich ein paar spannende neue Organismen entwickeln können und gelangweilte Tode etwas zu tun haben. Wenn es nicht gut auf einen zu sprechen ist, verstreichen weitere Äonen von Jahren, in denen der Himmel schwarz und kometenlos bleibt.

Drei Mal dürft ihr raten, was damals passiert ist.

Aus irgendeinem Grund schien das Glück niemals auf meiner Seite zu sein – und das, obwohl ich ihm gar nichts angetan hatte. Wenn ich ihm dies allerdings behutsam klarzumachen versuchte, meinte es bloß, das läge bestimmt an all dem miesen Karma, das ich im Laufe meines Berufs gesammelt hätte, und dann lachte es fünf Minuten lang ziemlich laut über seinen eigenen Witz.

Über das Glück

Glück schneite eines Morgens einfach so in die Tiefen des enttäuschend sandwichlosen Süd-Sandwich-Grabens, wo ich gerade damit beschäftigt war, einem Anglerfisch die Tragweite des Wortes ›angeln‹ beizubringen, und behauptete, dass es schon die ganze Zeit über da gewesen wäre.

Sobald ich es ein wenig näher kennengelernt hatte, wurde mir klar, dass es Leben in Sachen Arroganz kein bisschen nachstand. Wenn man Glück fragte, dann war es nur ihm allein zuzuschreiben, dass das Universum überhaupt erst entstanden war, also war es besser, überhaupt nicht erst mit ihm ins Gespräch zu kommen. Derartige Lobeshymnen auf seine eigene Großartigkeit konnten sich mitunter über Stunden hinziehen. Schließlich gehöre doch ein ganzes Stück Glück dazu, dass so etwas wie das Universum überhaupt erst entstand, wollte es mir großspurig weismachen. Und die Einzeller der Marke Eigenbau wären ohne Licht, Wasser und Sauerstoff doch bereits am Zellkern gescheitert – auch für so eine unerwartet günstige Konstellation der Umstände brauche man ziemlich viel Glück. So gesehen verdankte ich ihm also, schenkte man seinen Worten Glauben, nicht nur meinen Beruf, sondern meine gesamte Existenz.

Ich dankte ihm ausgiebig, während ich griesgrämigen Tiefseeschwämmen und öden Muscheln auf den Leib rückte, aber leider nahm es mich ernst.

Es gibt Menschen – üble Charaktere –, die alles haben und sich trotzdem unablässig beschweren. Glück war kein Mensch, aber dennoch eindeutig von üblem Charakter, und es beschwerte sich andauernd. Größtenteils ging es darum, dass man ihm nicht genug Anerkennung zollte, dass es im Gegensatz zu uns gleich zwei Jobs auf einmal erledigen musste, weil es bei Abwesenheit oder schlechter Laune gemeinhin als Pech fungierte, dass es unfair war, dass die Leute es beschimpften, wenn es zur Abwechslung mal einen miesen Tag hatte, und dass wir ihm bei Weitem nicht so viele Komplimente machten, wie es verdiente.

»Ach, du Ärmster«, knurrte ich dann, während ich ellenbogentief in einem Kadaver herumwühlte und mir eine Made von meinem unschön verhornten Geierschnabel schüttelte. Ich kann nicht gerade behaupten, dass ich von einem Anflug unbezähmbaren Mitleids überwältigt wurde. Pech war in Ordnung. Pech war ein Trost. Pech war etwas, auf das man sein jämmerliches menschliches Versagen schieben konnte und das andere Leute dazu brachte, solche Sachen zu sagen wie: »Armer Tropf! Nächstes Mal hast du bestimmt wieder mehr Glück. Du bist einfach an den Falschen geraten. Bestimmt liegt es nur an deinem furchtbaren Pech, dass du so vermöbelt wurdest, und nicht an deiner penetranten Art, die sich ein Adjektiv mit deinem Körpergeruch teilt. Übrigens, du kannst gerne jederzeit meine Dusche benutzen. Und meine Seife.«

Pech war also etwas Gutes. Aber Glück schien das nicht zu kapieren.

Ganz schlimm wurde es, wenn man seine Arbeit nicht zu würdigen wusste. Bei dem Sprichwort »Jeder ist seines Glückes Schmied« ging ihm wortwörtlich der Hut hoch, und das verursachte manchmal eine ziemliche Rußwolke.

»Das Glück ist mit den Tüchtigen« schien ihm da schon besser zu gefallen, aber da lachte es bestenfalls drüber. Und ich auch. Denn tatsächlich hatte ich Glück noch nie bei der Arbeit gesehen – allerhöchstens pfuschte es dem armen Karma im Werk herum oder platzte wahllos in ein Geschehen hinein, um einen Favoriten nach der altbewährten Eene-Meene-Muh-Methode zu ermitteln. Und manchmal steckte es seine neugierige Nase in meine Arbeit. Das scheint ihm ganz besonderen Spaß zu machen.

Ein Beispiel

Da wartet man stundenlang geduldig darauf, dass dem alten zittrigen Onkel endlich das Baby aus den Armen fällt, und was passiert? Es landet auf der Hauskatze, beide erschrecken sich ein bisschen und das war es auch schon; es überlebt den Sturz – von ein paar Krallenspuren abgesehen – vollkommen unversehrt.

»Ach, was für ein Glück!«, flöten dann alle, schieben den armen Onkel ins Altenheim ab und wiegen das kleine Balg mit verzückt glänzenden Augen hin und her. »Was für ein Glück, dass dem Engelchen nichts passiert ist!«

Ein ganzer Nachmittag vergeudet.

Und in zwanzig Jahren?, wage ich dann einzuwenden. Wenn das Engelchen das Familienkonto leergeräumt hat, um vor dem Tierschutzverein auf die Malediven zu flüchten, weil es in seinem Trauma sämtliche Katzen der Stadt erwürgt hat? Ist das dann immer noch so ein großes Glück?

Aber auf mich hört ja keiner. »Unwahrscheinlich und übertrieben« nennen sie solch berechtigte Bedenken.

Zusammenfassend darf man also sagen: ich mochte Glück nicht, und Glück mochte mich nicht. Wer von uns beiden damit angefangen hatte, war mir wohl im Laufe der Jahrmillionen entfallen, aber es war Zeit, endlich Frieden zu schließen.

Vor allem jetzt, da ich es brauchte.

»Ich habe einfach das Gefühl, als Flasche nimmt einen niemand so wirklich ernst«, erklärte ich ihm in freundlichem Plauderton, von dem mir ganz schlecht wurde. Freundlichkeit ist nicht gerade meine Stärke, und genauso verhält es sich mit Plauderei. Aber die Geschichte mit dem Pilzplaneten hatte mich eines gelehrt: Ganz egal, wie lange, oft und kreativ ich auch fluchte, Glück ließ sich von so einem Verhalten nicht beeindrucken. Es kostete nur unnötigen Energieaufwand, ihm Vorwürfe machen zu wollen. Das einzige Vorgehen, das mir Erfolg versprechend erschien, war: Schleimen, was das Zeug hielt. Meine Kiefer knackten vor lauter Mühe, eine unbeschwerte Miene aufrechtzuerhalten. »Ich glaube, diese Form passt viel besser zu dir. Das Glück liegt schließlich im Alkohol. Möglicherweise haben wir mehr gemeinsam, als du denkst«, setzte ich dann noch einen drauf, nur um sicherzugehen, dass meine Höflichkeitsversuche nicht vollkommen unbemerkt an ihm vorbeigingen. Vielleicht lag es daran, dass Glück so langsam dämmerte, dass ich es als Flasche bezeichnet hatte, aber es musterte mich lediglich mit der Herablassung, mit der edle Rennpferde alles betrachten, bei dem es sich nicht um edelstes Futter handelt, und zog in stiller Verachtung die fein gezupften Augenbrauen zusammen. Auch das schien also zu stimmen: Man konnte das Glück nicht erzwingen. Mit seiner Sprichwörtlichkeit ging es mir langsam wirklich auf den Senkel.

»*NUR UM DAS KLARZUSTELLEN, FALLS ES DIR ENTGANGEN SEIN SOLLTE: EIN SKELETT SOLLTE EINEN HAUFEN PRAKTISCHER PROBLEME DABEI HABEN, JEMANDEN WIEDERBELEBEN ZU WOLLEN. UND EINE WEINFLASCHE SOWIESO.*«

»Ein Skelett sollte auch praktische Probleme dabei haben, einen Stepptanz aufzuführen und Xylophon auf seinen Rippen zu spielen, und dennoch ist es das, was man gemeinhin von Skeletten erwartet.«

Glück schien nicht überzeugt.

»*DU BIST DER TOD! DU KANNST KEINE MENSCHEN RETTEN.*«

Das hielt ich für maßlos übertrieben, aber dennoch war es mein Stichwort.

»Außer vielleicht mit ein bisschen ... *Glück?*«

Das Wort kam mir kaum über die Lippen.* Dennoch gab ich mir alle Mühe, so lieb und reizend zu lächeln, wie es einer schwarz gekleideten, fleischlosen Leiche nur möglich war. Glück musterte mich für einen wortlosen Augenblick, dessen Stille nur von dem dumpfen Aufschlagen der saftigen Auberginen unterbrochen wurde, die aus seinem Füllhorn purzelten. Dann, ganz langsam, erwiderte es mein Lächeln. Ich hatte noch nie jemanden hintergründiger lächeln sehen. Bei dem Anblick sträubten sich mir alle Wirbel.

»*DU BRÄUCHTEST SCHON EIN GROSSES BISSCHEN GLÜCK, UM MIT SO EINEM VORHABEN ERFOLG ZU HABEN. ABER ... DU KANNST ES JA MAL VERSUCHEN! VIELLEICHT WIRST DU BEMERKEN, DASS WIR UNS IN DER TAT SO UNÄHNLICH GAR NICHT SIND. ABER JETZT*«, und dann schnalzte es achtlos mit der Zunge, woraufhin das Füllhorn in die Länge wuchs, mich beinahe in die Augenhöhle traf und zu einer lässig geschulterten Holzleiter wurde, »*HABE ICH LEIDER KEINE ZEIT MEHR FÜR DICH. KANNST DEIN GLÜCKSHÄUBCHEN JETZT WIEDER AUFSETZEN, GOLDJUNGE. VIELLEICHT SEHEN WIR UNS BALD WIEDER.*«

* Vermutlich lag es daran, dass ich überhaupt keine Lippen habe.

Und direkt vor meinem Nasenbein ließ sich das Mädchen einen ganzen Satz Schornsteinfeger-Klamotten wachsen, inklusive schmutzigem Hut und einem neckischen schwarzen Schnurrbart, und damit marschierte es davon. Hätte es sich nicht noch einmal zu mir umgedreht, wäre ich halbwegs beruhigt gewesen. Hätte es mir nicht noch jenen letzten, zusätzlichen Kommentar ins Gesicht geschleudert, wäre ich davon ausgegangen, dass wir eine Vereinbarung hatten.

Aus irgendeinem Grund endeten sämtliche meiner Glückstreffer unbefriedigend, stellte ich fest, als es sich fröhlich summend von dannen machte. Beinahe hätte ich mich in Sicherheit wiegen können, wenn da nicht jener letzte Satz gewesen wäre, der da lautete:

»*KOMMT DRAUF AN, WIE LANGWEILIG MIR IST.*«

Was mich motivierte, die Sense ein für alle Mal an den Nagel zu hängen

Wie euch vielleicht inzwischen klargeworden ist, bin ich kein Freund von unnötiger Arbeit.

Im Grunde genommen gibt es eigentlich kaum etwas, das ich lästiger, unangenehmer und frustrierender finde, als Aufgaben, die ich mir sparen könnte. Da geht es mir wohl so ähnlich wie dem ganz normalen Durchschnittsmenschen. Fühlt ihr euch jetzt geschmeichelt? Solltet ihr auch. Es geschieht nicht jeden Tag, dass man seine eigene Faulheit an einer echten Prominenz bewundern darf.

Dass ich mich umspezialisieren wollte, hatte eine Menge Gründe. (Oh, glaubt mir, als Tod hat man einen ganzen Haufen Schlüsselerlebnisse – das hat wohl damit zu tun, dass man so oft damit beschäftigt ist, Türen für immer zu verrammeln.)

- Alte Weiber, die mir Beleidigungen zuzischten.
- Als ich erfuhr, dass Pandas auf der roten Liste der beinahe ausgestorbenen Tiere standen. Ich *mochte* Pandas. Es hatte unglaublich lange gedauert, etwas zu entwickeln, das so niedlich aussah, dass die Menschen darüber ganz vergaßen, dass es ihnen die Bauchdecke aufschlitzen konnte.
- Als mehrere Zirkustiger eingeschläfert werden mussten, nur weil sie sich einen Spaß daraus gemacht hatten, ihren peitschenschwingenden Dompteur ein ganz kleines bisschen in den Kopf zu beißen. Ich hatte zwar schon viele grenzwertige Dinge gesehen, aber das fand sogar ich ungerecht.
- Das Sprichwort »Hässlichkeit ist eine der sieben Todtugenden«.
- Als sich ein pickliger Jugendlicher zu Halloween als Tod verkleidete* und seine Freundin ihn mit den Worten »Igitt, geh weg, keiner mag dich!« beiseite schubste. Er zog ihr nicht mal aus Rache die Plastiksense über den Kopf! Mal sehen, ob sie mir das in fünfzig Jahren auch ins Gesicht sagen würde, wenn ich sie holen kam.
- Das Vorurteil, der Tod »habe keinen Kalender«. Entschuldigt mal, ich bin kein Schlamper. Ich arbeite sehr organisiert. Versucht doch mal, eine Zettelwirtschaft mit geschätzt einer Quintillion Vermerken zu führen. Ihr könnt es gerne ausprobieren – ihr werdet nur feststellen, dass es nicht funktioniert.
- »Der Tod kommt als Dieb und scheidet Leid und Lieb'.« Was bitte?
- Diese kurze, aber schmachvolle Phase im europäischen Mittelalter, in der ich als entkleideter alter Mann dargestellt wurde, dem nicht einmal ein Lendenschurz gewährt wurde. Ich habe auch meine ästhetischen Werte.

* Eine unglaublich poplige Version meines selbst, die dem Original in Großartigkeit und Attraktivität nicht einmal annähernd gerecht wurde.

- Eines Tages belauschte ich doch allen Ernstes eine professionelle Wahrsagerin dabei, wie sie einem Kunden beteuerte, diese Tarotkarte sei doch »nichts Schlimmes, nur weil der Tod darauf abgebildet ist. Natürlich hat jeder eine gesunde Abneigung gegen den Tod, aber in Ausnahmefällen kann er auch gute Dinge symbolisieren«. Gut, dass sie gleich darauf herausfand, dass sie allergisch auf Bienen reagierte. In Ausnahmefällen kann ich auch gute Dinge symbolisieren.
- sämtliche Adjektive der Kategorie *todmüde, todwütend, todesmutig, todlangweilig, todbleich, todernst, todelend, todunglücklich und todschick,* deren Verwendung meiner Meinung nach nur mir erlaubt sein sollte. Ganz besonders todschick.
- dasselbe gilt für negativ belegte Begriffe wie »Todessehnsucht«. Lebensfreude war in Ordnung, aber nach mir durfte sich niemand sehnen, oder wie musste ich das sehen?

Es war höchste Zeit, meinem Ruf eine Politur, einen neuen Haarschnitt und einen ordentlichen Tritt in den Hintern zu verpassen.

Wäre ich ein ganz klein wenig dramatisch veranlagt, hätte ich die Sache mit dem Buch garantiert auf das Schicksal geschoben. Allerdings kann ich mit Sicherheit sagen, dass Schicksal an diesem schwülen Tag im Bus nicht anwesend war, und das aus einem guten Grund: Es war wirklich unerträglich heiß. Nein, manche Dinge geschehen einfach. Möglicherweise braucht nicht immer alles einen tieferen Sinn. Manchmal passiert es, nicht einmal durch Zufall, dass man im richtigen Moment die Augen aufmacht und Dinge bemerkt, die schon die ganze Zeit über da waren*.

* Und tatsächlich muss ich zugeben – als ich damals in Nagoya unterwegs war, war ich in der Tat im Besitz von Augen, die mir das ganze Prozedere des Öffnens und Bemerkens überhaupt erst ermöglichten. Genau deswegen war mir Japan so lieb: Die wenigsten erwarteten dort von mir, dass ich mal eben

Aber manche Dinge geschehen im Jetzt. Und *jetzt*, so ziemlich genau vierzehn Jahre, drei Monate, eine Woche, einen Tag, zehn Stunden, achtundvierzig Minuten, sechsundzwanzig Sekunden und fünf Millisekunden später (von wegen, der Tod habe keine Ahnung von Zeitplanung!), kniete ich ziemlich skeptisch auf einem steinigen Strand irgendwo an der Küste Portugals und fragte mich, ob es sich tatsächlich gelohnt hatte, besagtes Buch vierzehn Jahre, drei Monate, eine Woche, einen Tag, zehn Stunden, achtundvierzig Minuten, sechsundzwanzig Sekunden und fünf Millisekunden mit mir herumzuschleppen. Es wog zwar nichts, aber auch immaterielles Gewicht kann eine Belastung sein, und so langsam fühlte es sich wie ziemlich unnötiger Ballast an.

Vielleicht hatte Glück doch recht gehabt. Möglicherweise war der Tod einfach nicht der richtige Ansprechpartner, wenn es darum ging, ein Leben zu retten.

Was hatte ich mir dabei gedacht?

Ich hatte mir gedacht:

- Man kann es ja mal versuchen. Jeder hat mal klein angefangen.
- Ich erwarte ja nicht einmal, dass sie alle wieder aufwachen.
- Es reicht schon, wenn einer der Sterbenden sich wieder aufrichtet und allen, die es hören können, mit vor Rührung bebender Stimme von dem netten Gerippe erzählt, das so heroisch versucht hat, ihn zu retten.

Ich hatte mir gedacht:

- Schaden könnte so ein bisschen Angeberei meinem Ruf jedenfalls nicht.
- Es war schließlich schon länger her, dass man sich mal etwas Schmeichelhaftes über mich erzählt hatte.

Haut und Fleisch ablegte und dafür einen muffigen Jutesack überstreifte. Als wäre das irgendeine Art von Ersatz.

☠ Es wäre ein bisschen wie damals, bei den alten Griechen, als man mich noch Thanatos nannte und ich als hübsch geflügelter Jüngling zwischen duftenden Olivenhainen umher flattern durfte …

… Aber selbst damals, das muss ich einräumen, war man sich bereits einig gewesen, dass ich ein ziemlicher Schurke war.

Ich wagte zu widersprechen. Hätte jemand von so zweifelhaftem Charakter versucht, einen verunglückten Schwimmer an den Strand zu schleppen und in die stabile Seitenlage zu drehen?

Gut, zugegeben, vielleicht hatte ich ihm beim Atemcheck aus Versehen ein kleines bisschen den Nacken gebrochen. Aber kein Grund zur Sorge:

Ersthelfer dürfen, ungeachtet der Konsequenzen ihres Eingriffs, rechtlich nicht belangt werden.

So besagte es meine Lektüre. Na, das war doch immerhin mal ein Trost – eine Klage musste ich also schon mal nicht befürchten. Vielleicht, so dachte ich mir in einem ungewohnten Anflug von Gemeinheit, würde die Familie des Toten sogar froh sein, ihn jetzt loszuhaben, denn seine Seele war ganz schön nervig. Sie saß mir mit der Leichtigkeit und Anschmiegsamkeit eines XXL-Werkzeugkoffers auf der Schulter und weigerte sich beharrlich, in ihren Körper zurückgestopft zu werden. Mehr noch, je verzweifelter ich versuchte, sie zu packen und dem Urlauber irgendwie zurück in den Mund zu schieben, umso tiefer verkroch sie sich unter meinem Umhang.

Nach Wochen von Fehlschlägen war ich am Ende meiner sonst so grenzenlosen Geduld angelangt.

»Na komm schon«, lockte ich (mit inzwischen unverhohlenem Zorn, der gewiss nicht zum allgemeinen Seelenfrieden beitrug). »So ein paar angeknackste Halswirbel – was ist schon dabei? Du kannst bestimmt trotzdem noch ein schönes Leben haben. Gut, du wirst vermutlich ein Pflegefall sein und allen furchtbar auf die Nerven gehen … «

Die Seele wand und krümmte sich wie ein Wurm und entschlüpfte meinen gereizten Fingern mit erstaunlichem Geschick. Ich fluchte, stolperte über meine Sense, renkte mir dabei den Kiefer aus und versuchte, mir die Hand zwischen die eigenen Rippen zu rammen.

Wie ich mich da so im Sand herumwälzte und die wunderlichsten Verrenkungen vollführte, um das hartnäckige Tröpfchen Aufmüpfigkeit zu fangen, das da in meinem Brustkorb herumturnte, wurde mir plötzlich klar, dass ich ganz schön lächerlich aussehen musste. Ich war der Tod! So etwas gehörte sich in meinem Beruf nicht. Was war denn, wenn mich jemand beobachtete? Mit leicht peinlich berührter Miene rückte ich meinen Umhang zurecht und sah mich argwöhnisch um. Aber Fehlalarm. Von den ganzen panisch umherlaufenden Menschen abgesehen hatte ich den Strand ganz für mich alleine.

Mit einem resignierten Seufzen gab ich mich geschlagen. Der Mann war hinüber. Es gab kein Zurück.

»Schon gut, schon gut. Na komm schon her. Du musst doch keine Angst vor mir haben. Jetzt ist sowieso alles zu spät. Angst, Furcht, Schrecken … das zählt jetzt alles nicht mehr. Für dich ist das Spiel zu Ende. Du bist tot. Dutzidutzidu.«

Es dauerte einen Moment, dann wagte sich die Seele endlich aus ihrem sicheren Versteck hinter meinem Brustbein hervor. Wie eine misstrauische Nacktschnecke umkroch sie meine Armknochen in einer langsamen Spirale und kam auf meiner Handfläche zum Ruhen. Ging doch.

Für einen schweigsamen Augenblick schauten Skelett und Seele gemeinsam auf den rettungslos verkorksten Körper hinab, der so lieblich von der Brandung umspült wurde, dann schüttelte ich betrübt den Schädel.

»Genau deswegen schwimmt man nicht so weit von der Küste weg. Man kann nicht immer das Glück haben, dass jemand vorbeikommt und einen rauszieht.«

Die Seele sah mich vorwurfsvoll an.

»Na schön, in deinem Fall war es vielleicht der Tod, der dich zurück ans Ufer gehievt hat. Na und? Es hätte auch weitaus schlimmer kommen können. Bist du schon mal dem Leben begegnet? Ein übler Bursche …«

Und hier verabschiedeten wir uns von der Welt. Mein Umhang bauschte sich auf wie von unsichtbaren Winden getragen. Dicke Salztropfen lösten sich von meinen Knöcheln, als ich aus der seichten Brandung in die Höhe stieg, und wie zwei merkwürdig geformte Ballons stiegen wir immer weiter aufwärts Richtung Sonne, bis das Meer sich unter uns einem glitzernd blauen Teppich gleich ausbreitete. Auf gewaltigen, ruhigen Wellen schaukelte es leuchtend weiße Segelschiffe und dampfende Tanker. Die aufgeregt wuselnden Menschen wurden immer kleiner und verschwanden schließlich ganz, je höher wir stiegen.

Eine kostenlose Unterrichtseinheit in Sachen Meteorologie

Vielleicht dauerte es nur einen Atemzug, bis wir die Troposphäre durchbrachen, vielleicht einige Hunderte. Wolken, Wasser und Land wurden ganz klein unter uns, als wir weit über die Tropopause hinwegschwebten und uns die Gluthitze der Stratosphäre umfing. Es war eine brütende, allumfassende Wärme, wie sie die Seele noch nie zuvor verspürt hatte, aber es schien ihr zu gefallen. Stellt euch den gigantischsten Hochofen aller Zeiten vor. Stellt euch vor, ihr könntet ihn durchqueren, ohne euch zu verletzen.

Stellt euch vor, am anderen Ende wartet das größte Gefrierfach des Universums auf euch, von einer Eisigkeit, die einem das Blut zu Kristall gefrieren lässt, und ihr könnt es euch darin gemütlich machen, ohne zu frösteln. Die knisternde Kälte der Mesosphäre ließ die Seele in meinen Händen wie einen wertvollen Diamanten funkeln, und für einen Moment fragte ich mich, so muss ich zugeben, ob so etwas als extravagantes Accessoire bei meinen Kollegen wohl gut ankommen würde.

Die Erde verabschiedete sich von uns wie von einem geliebten Kind. Gigantische Wolkenstrudel bahnten sich ihre Wege über das ungebrochene Blau, und wo die ewige Schwärze mit dem äußersten Rand des Horizonts spielte, wanden sich strahlende Nordlichter dem neuen Tag entgegen.

Ein letztes Mal sog die irdische Realität an uns – dann tat sich über uns die schwerelose, sternenbesprenkelte Unendlichkeit der Thermosphäre auf und wir hielten uns inmitten der flitzenden, drängelnden Gasteilchen eng aneinander fest. Milliarden Jahre altes Sternenlicht umflutete uns. Es war das letzte Bad des Schwimmers – in der geräuschlosen, sonnendurchfluteten Nacht zwischen den Welten.

Und falls ihr euch fragt, ob wir passend zu unserer Reise von unirdischen Sphärenklängen umschmeichelt wurden – ich jedenfalls hörte keine.

Nur ein leises Knacken in den Ohren.

Natürlich, ich hätte auch einfach eine Abkürzung nehmen können. Aber wenn man bedachte, dass ich der armen Seele nicht nur einen Heidenschrecken eingejagt, sondern darüber hinaus auch noch versäumt hatte, ihr das Leben zu retten, so war ich ihr wenigstens eine hübsche Aussicht schuldig.

Fehlschläge

Es sollte nicht mein letztes Versagen sein.

Ich will mich keiner Illusion hingeben. Ich wusste zwar: Es mangelte mir weder an Motivation noch an Verstand (nur, je nach Erscheinungsform, manchmal an Hirn), aber mir fehlte einfach jegliches Talent. So sehr ich es auch versuchte, ich konnte aus meinen Knochen einfach nicht heraus.

Und das Glück? Oh, es zeigte sich mir tatsächlich – ein einziges Mal, bei meinem allerersten Unfallopfer nach unserem Gespräch. Fröhlich durch die Zähne pfeifend und fest entschlossen, meine theoretischen Kenntnisse endlich in die Tat umzusetzen, kam ich am Unfallort an – nur um zu erkennen, dass der Kopf des Bahnarbeiters mehrere Meter vom Rumpf entfernt fein säuberlich abgetrennt auf dem Boden lag. Ich hätte schwören können, dass in der Luft der liebliche Duft von Kleeblüten lag und ein leises Kichern, in dem die Worte »Na, dann viel Glück!« mitschwangen.

Vielleicht war das aber auch nur ein erstes Anzeichen stressbedingter Paranoia.

Ich versprach euch eine Liste von Fehlschlägen, nicht wahr? Ich werde euch nicht enttäuschen.

Fakt war, dass alles schiefging. In einem atemberaubenden Großteil von Fällen wäre es selbst dem erfahrensten Team von Medizinern, Schönheitschirurgen und Ernährungswissenschaftlern nicht gelungen, meine Kundschaft auch nur halbwegs wieder in den Normalzustand zu versetzen. Diese Sorte Kunden ignorierte ich geflissentlich und nahm sie einfach, getreu nach Plan, in die Welt hinter den Welten mit. So furchtbar realitätsfremd war ich dann doch nicht.

In den anderen Fällen jedoch, den hilflos Besoffenen, den Schleudertraumata, den Herzinfarkten, den Schlaganfällen, den Krampfattacken, den Atemwegsverstopfungen, den Verbrennungen, den Knochenbrüchen, den Vergiftungen – da … hätte ich ebenfalls so vorgehen sollen. Denn was mit ihnen geschah, sobald ich versuchte, ihnen auch nur einen helfenden Fingerknöchel zu leihen, war meistens recht unschön. Aber konnte man mir einen Vorwurf machen, dass Betrunkene mich doppelt sahen und in ihrer Panik gleich zweimal so fatal die Treppe runterstürzten? War es meine Schuld, dass ein sowieso schon geschleudertes Hirn einfach seine Blutgefäße zum Platzen brachte, sobald ich auch nur ansatzweise in seine Nähe kam? Was konnte ich dafür, dass ich bei der Herz-Lungen-Wiederbelebung aus Versehen Lippen abbiss und Brustkörbe aufbrach? Dass meine Berührung bei Schlaganfall-Patienten noch viel schwerwiegendere Lähmungen auslöste, bis hin zur Leichenstarre? Dass gesplitterte Knochen bei dem kleinsten Stupser eine Kettenreaktion an ganzkörperlichen Brüchen herbeiführten, dass giftige Schlangen zur Sicherheit ein zweites Mal zubissen? Dass Epileptiker ihren Lebensfaden genau in meine Schere krampften, sich Leute bei meinem Heimlich-Griff die Lungenflügel aus dem Leib husteten, dass Feuer noch stärker zu lodern begann, sobald ich versuchte, es zu löschen?* Es konnte doch jedem mal passieren, dass bei einem Rettungsgriff die ein oder andere Gliedmaße abbrach. Ich wäre nie auf die Idee gekommen, jemandem dafür einen Vorwurf zu machen – doch wenn es elftausendneunhundertzweiundsiebzig Mal hintereinander passierte, konnte man sich durchaus Gedanken machen.

Gedanken, die so oder ähnlich lauteten:

1. Liegt es an meinem Pech? Nein, ich habe mir geschworen, niemals etwas auf derartige Lächerlichkeiten zu geben. Ich bin schließlich kein Mensch.

2. Liegt es an meiner Inkompetenz?

3. Oder doch daran, dass ich der Tod bin?

In meinem Fall lag die Antwort wohl nahe.

Es sollte wohl einfach nicht sein.

Es wäre bestimmt das Klügste gewesen, einfach aufzugeben, mich mit derselben Zuverlässigkeit wie in früheren Zeiten an meinen Job zu machen und die Sache zu vergessen. Alles andere wäre reine Dummheit gewesen.

Ich beschloss, schwerere Geschütze aufzufahren.

* Ich mag es, wenn man mir zeigt, wie sehr man für mich brennt, aber nicht in so einem Kontext.

KAPITEL 4

Die Logik war an sich ganz einfach.

An welchem Ort wurde der Tod wohl, statistisch gesehen, am häufigsten gebraucht?

Ganz richtig: in Massentierfarmen …

… und Krankenhäusern.

Und was gab es in Krankenhäusern, wenn nicht allerlei Apparaturen und Kniffe und Mittelchen, um mich zumindest ein kleines bisschen länger fernzuhalten? Irgendetwas Nützliches würde sich dort bestimmt finden lassen. Auf der anderen Seite – ironischerweise existierte für mich zur gleichen Zeit kaum ein kreativeres Einsatzgebiet als diese gigantische Brutstätte von Keimen, antibiotikaresistenten Krankheitserregern, gestressten Schwestern mit erhöhtem Blutdruck, mordlustigen Besuchern, fahrlässig geschwungenen Skalpellklingen, zu oft verwendeten Einmalhandschuhen, schmutzigen Laken, zittrigen Jungärzten und glutamatverseuchtem Kantinenfraß. Wirksamer als sämtliche Defibrillatoren, Medikamente, Sauerstoffpumpen, Tropfbeutel und zur Verpflanzung bereitstehenden Organe wäre vermutlich ein durchgestrichenes Bild von mir am Klinikeingang gewesen, unter dem die Worte »Ich muss leider draußen bleiben« zu lesen waren. Oder zumindest ein speziell ausgebildeter Türsteher – beispielsweise die Liebe, die ja angeblich so viel stärker ist als ich*.

Aber auf solche Ideen kam ja keiner. Und deswegen fiel es mir um einiges leichter, in jedes beliebige Krankenhaus auf der Erde reinzukommen, als den meisten Patienten, es lebendig wieder zu verlassen.

Ich musste so oder so mal wieder nach Zalaegerszeg, wo mich menschliches Sterben schon seit dem Paläolithikum immer wieder auf den Plan gerufen hatte. Kaum eine Gegend kannte ich so gut, und

* Ha, ha.

als ich eines Tages notgedrungen im historischen Stadtmuseum vorbeischaute, um einem Touristen mit starker Thrombose eine Strafpredigt über die Wichtigkeit von Stützstrümpfen zu halten*, erkannte ich mit Entzücken, dass man sich dort offensichtlich immer noch an meine Kundschaft vom Anbeginn der Menschheitsgeschichte erinnerte**.

Zala County Hospital sah von außen aus wie ein riesiger Backstein mit vielen Fenstern, und von innen wie ein winziger Backstein mit weitaus weniger Fenstern. Fragt mich nicht, wie das möglich war – ich war jedes Mal erneut erstaunt, dass noch niemand ein globales Kopfgeld auf sämtliche Krankenhausarchitekten ausgesetzt hatte. Wenn sogar der Tod sich beengt fühlte, sollte man meiner Meinung nach anfangen, sich über seine baulichen Ergüsse Gedanken zu machen. Ich war an *Särge* gewöhnt.

Doch ich war nicht hier, um Gebäudestrukturen zu bekritteln, sondern um jemandem vom OP-Tisch abzuholen. Vermutlich war es auch besser so, denn so aufgedunsen und fahl, wie der Typ aussah, hätte er bestimmt so oder so nicht mehr lange durchgehalten. Ich ersparte ihm zumindest die Schmerzen der Genesung – doch die Chirurgen und Arzthelfer schienen das aus irgendeinem Grund nicht so zu sehen und wuselten aufgeregt um mich herum und in zwei oder drei Fällen geradewegs durch mich hindurch. Das war für mich immer sehr viel unangenehmer als für den betreffenden Menschen. Es fühlte sich an wie ein übergroßer, melancholischer Bandwurm, der zudem noch nach billigem Deo müffelte.

Es dauerte eine Weile, bis ich die Seele des Patienten in den Händen hielt, aber das machte mir nichts aus. Ich hatte es nicht eilig *und* wollte mich sowieso noch ein wenig umsehen.

* Und zwar eine, die sich gewaschen hatte!
** Die Gebeine, die ich verursacht habe, erkenne ich mit hundertprozentiger Sicherheit wieder. Wer wissen will, wie dieser Trick funktioniert, möge sich entsinnen, dass ich der Tod bin. Mörder und Schlächter, Metzger und Archäologen, Ärzte und Historiker, alle wären sie ohne mich arbeitslos. Wenn irgendwo ein Knochen ist, war ich mit ziemlicher Sicherheit irgendwann schon mal da.

»Es stört dich doch nicht, wenn wir noch ein bisschen in diesem reizenden Etablissement bleiben, oder?«, fragte ich die Seele leichthin, als ich den OP-Saal fröhlich schlendernd verließ, untermalt vom panischen Piepsen der Maschinen und den aufgebrachten Wortfetzen, die sich die Ärzte gegenseitig an den Kopf schleuderten. Allzu oft war mein Abgang von solchen oder ähnlichen Geräuschkulissen unterlegt. Im Lauf der Zeit war es mir beinahe ans Herz gewachsen. »Du kannst dich auch ganz hinten in meiner Kapuze verkriechen. Dann bekommst du nicht so viel mit.«

Ein wissenswerter Fakt über das Sterben

Zugegeben, in der letzten Zeit war ich ein wenig nachlässiger geworden in meinem Job. Früher hätte ich mir so etwas nie erlaubt – seelischen Ballast den ganzen Tag mit mir herumzuschleppen, anstatt ihn einfach schnell am Zielort abzusetzen und mich dann wichtigeren Angelegenheiten zu widmen. Das hatte nicht nur mit Arbeitsmoral zu tun, sondern auch mit Kundenservice – wenn man schon sterben musste, dann wollte man es, schätzte ich, wenigstens schnell hinter sich bringen. So waren die Kontakte, die ich knüpfte, meistens eher oberflächlich und verständlicherweise von kurzer Dauer. Aber ich hatte zu meinem Erstaunen herausgefunden, dass es keinen zu *kümmern* schien, was ich mit den gesammelten Seelen machte. Solange ich sie über kurz oder lang ablieferte, beschwerte sich keiner. Und da es kaum eine bessere Methode gab, Menschen von ihrem ständigen Bedürfnis nach Kritik und Nörgelei abzubringen, als sie mehr oder weniger schnell und schmerzlos um die Ecke zu bringen, redeten mir diese auch nicht drein. In Angesicht des Todes beschwerte sich keiner. Niemand hatte mich jemals gefragt, ob man das Sterbeangebot auch umbuchen, auf einen anderen Namen verlegen oder einen Rückfahrschein kaufen konnte. Die meisten Seelen, die mir bisher begegnet waren, hatten sich einfach kleinlaut an irgendein beliebiges meiner Körperteile angeschmiegt und abgewartet, was jetzt wohl passieren würde. Manche waren auch einfach nur erleichtert gewesen, dass sie es endlich hinter sich hatten und hätten garantiert jedes Angebot verweigert, in ihre Körper zurückzukehren. (Ich dachte hier an den Schwimmer in Portugal, der letzten Endes mehr Salzwasser in als um sich gehabt und plötzlich bemerkt hatte, wie belebend so ein Tod sein konnte. Denn das war das wirklich Verblüffende an der ganzen Sache: Ein Mensch, ein Tier oder eine Pflanze sträubte sich jahrelang vor dem Unvermeidlichen und ging ungeahnte Längen, um mir zu entkommen ... nur um letztendlich doch noch dort zu landen, wo alle früher oder später enden – in meinen Armen.

Und dann begriffen sie, dass das Sterben eigentlich gar nicht so furchtbar war. Zack, Körper weg, Schmerzen weg. Mit Wasser gefüllte Lunge weg. Krampfende Waden weg. Gänsehaut weg. Ängstlich rasendes Herz weg.

Konnte man sich etwas Schöneres vorstellen als das? Die unbeschwerte Leichtigkeit, wenn plötzlich alles Materielle von einem abfiel, man auf seinen Körper hinabblickte, und die einzigen relevanten Gedanken solche oder ähnliche waren: *Oh nein, was habe ich mir bei dem Haarschnitt nur gedacht? Na ja, zumindest muss ich den nie wieder tragen. Jetzt hab ich's erst mal geschafft. Gott sei Dank. Ach, grüß dich, Tod. Du bist ja auch hier ...*

So kam es immer. Keine Schulden mehr, keine Steuern, keine nervige Briefkastenreklame – man hätte eine Kur für gestresste Anzugträger und Vollzeiteltern anbieten sollen, bei der zwei Wochen lang am Stück gestorben wurde. Danach hätten sie gar nicht mehr zurück nach Hause gewollt.

Wer brauchte schon das Leben, wenn man den *Tod* haben konnte?

Nun gut. Die Menschen schienen das anders zu sehen.

Obwohl ich eigentlich – objektiv betrachtet – so viel Gutes tat, dankte man mir das nicht im Geringsten.

Am Empfangstresen sah ich eine Flurdame misstrauisch ihre Topfpflanzen wässern, als ob sie inmitten des Massensterbens wenigstens ihre Kakteen vor mir beschützen wollte.

Im Toilettenraum wischte sich ein Jungarzt verstohlen eine Träne aus dem Augenwinkel, weil die Angehörigen einer ehemaligen Patientin nicht gerade gut auf ihn zu sprechen waren. Wohlgemerkt: Es war *seine* Patientin gewesen. Logischerweise war es also auch seine Schuld, dass die Frau jetzt unten im Leichenkeller anstatt oben gemütlich in ihrem Bett schlummern musste. Aber dennoch war mir jetzt schon klar, wem man die ganze Sache wieder in die Schuhe schieben würde.

Bei einer genaueren Inspektion der Vorratsschränke und Lagerräume fand ich, wie erwartet, einen ganzen Haufen von Dingen, die eigens zu dem Zweck erfunden worden waren, mich so lange wie möglich fernzuhalten. An sich unterstützte ich solch einen Ansatz, denn potentiell bedeutete das für mich weniger Arbeit. Heute allerdings fragte ich mich, ob ich unter all den Wundermittelchen und unheilverkündend aussehenden Maschinen nicht das ein oder andere Werkzeug finden würde, das sich später als nützlich herausstellen könnte. Die Erste Hilfe, so viel war mir inzwischen klar, konnte ich mir getrost an die Kapuze stecken. Eine Alternative musste her. Was war denn mit einem kleinen Defibrillator? Ach, Strom war vermutlich keine gute Idee. Aber hier, ein Wundspreizer? Na gut, das vielleicht dann auch nicht. Ich wusste ganz genau, wie *das* wieder ausgehen würde. Blutdruckmesser? Ziemlich unnötig. Fließendes Blut war bei meiner durchschnittlichen Zielgruppe eigentlich größtenteils ein Anzeichen für tödliche Wunden. Was hatten wir denn hier? Eine Pinzette. Niedlich, aber wozu? Ein Gläschen voller Wattetupfer, die zwar hübsch anzusehen, aber für meine Zwecke ungefähr so nützlich waren wie ein Heftpflaster auf einem geplatzten Autoreifen. Ein Zungenspatel?

Möglicherweise sollte ich es ja ganz einfach mal mit einem Medizinstudium probieren, grübelte ich vor mich hin, als ich der geduldig zusammengerollten Seele auf meiner Schulter eine löbliche Streicheleinheit verabreichte. Zwischen Job und Freizeit könnte ich das gerade noch so …

… Aha, es ging los.

Über mir, irgendwo im dritten Stock, wurde ganz eindeutig gestorben.

»Jetzt noch einen kurzen Abstecher, und dann geht es nach Hause«, versprach ich meinem unfreiwilligen Mitreisenden und ließ mich, in Ermangelung eines Fahrstuhls, einfach nach oben durch die Decke steigen*. Wenn ich tatsächlich Arzt werden wollte, spann ich das kleine Gedankenspiel weiter, so sollte ich mir zumindest einen kleinen Vorgeschmack gönnen – einen Kittel und ein vermummtes Gesicht trug ich ja bereits, und mir schien, als hätte ich die gegebenen Grundvoraussetzungen damit erfüllt.

Wie ich so am Bett der atemkranken Patientin stand, malte ich mir in allen Farben aus, wie ich mich als Mediziner in so einer Situation wohl zu verhalten hätte. (Im Nachhinein betrachtet, ist mir die ganze Sache sehr peinlich.) Die Diagnose war einfach – der Körper der Frau schien wohl die allererste goldene Regel der Lunge vergessen zu haben, und zwar, dass sie sich nicht besonders gut mit Wasser vertrug. Das schien nun auch die Lunge selbst zu bemerken, denn sie protestierte heftig gegen diese neue Verwendung als Behälter für ungewollte Flüssigkeiten. Ich konnte es ihr nicht verdenken.

Was tat man also bei Wasser in der Lunge?, fragte ich mich, als Herzmonitore aufleuchteten und Atemzüge gurgelnd vergingen.

Na ja, was *ich* bei Wasser in der Lunge zu tun hatte, war wohl klar. Nämlich so ziemlich dasselbe, was ich auch bei Blutvergiftungen, Mangelernährung, gerissenen Organen oder schweren Gehirnerschütterungen tat. Man kann meinem Job wirklich vieles nachsagen, aber nicht, dass er unwahrscheinlich kompliziert wäre. Aber was hätte ein *Arzt* getan? Vielleicht war eine Herzmassage vonnöten, denn die alte Pumpe schmierte jetzt auch ab und ohne Blut und Sauerstoff würde das Gehirn wohl bald nachfolgen. Vielleicht, wenn ich ihr einen dieser Schläuche in die Luftröhre schob? Aber was war nun

* Normalerweise nahm ich die Treppe, das hielt fit und sorgte für einen dramatischeren Effekt, aber heute hatte ich es eilig.

wichtiger, Atmung oder Herzschlag? Vielleicht sollte ich versuchen, sie zu beatmen. Ich hatte zwar keine Lunge, aber das war allemal besser als eine Lunge voller Wasser.*

Ich beugte mich gerade über die Dame, da geschah es.

Sämtliches Mark gefror mir in den Knochen, denn jemand hatte meinen Namen gesagt, und zwar in einer Art und Weise, die ein Ausrufe- und ein Fragezeichen suggerierte. In etwa so: »Tod!?« Und ich *kannte* diese Stimme.

Ich richtete mich so schnell auf, dass sämtliche meiner Wirbel verrutschten, und starrte auf die Gestalt in der Tür, die ebenso ungläubig zurückstarrte.

Mist, verdammter.

Es war Krankheit.

Krankheit

Ähm, nun ja.

Möglicherweise gibt es einen Grund dafür, dass ich Krankheit nicht schon früher erwähnt habe.

Es geschah relativ am Anfang der Evolutionsgeschichte. Genau gesehen passierte es bereits mit der Erschaffung der ersten Bakterien und ansteckenden Viren, nur wusste damals noch keiner so genau, wozu die eigentlich nütze waren.

Und dann kam Krankheit dazu.

Gleich an ihrem allerersten Tag schaffte sie es, mich mächtig zu beeindrucken. Ich war ziemlich von den Socken, dass sogar etwas so dämlich Simples wie ein Einzeller einer Seuche anheimfallen konnte,

* Vielleicht auch nicht. Menschen sind ziemlich kleinlich, wenn es um ihre Lunge ging.

und staunte mit offenem Mund, als sie mir von all ihren vielversprechenden Ideen für die Zukunft berichtete. (Vielleicht lieferte genau dieser Gesichtsausdruck Leben später die Inspiration für den ersten Fisch.)

Bald schon stellte Krankheit sich als unwahrscheinlich nützlich heraus: Sie kam überall dort ins Spiel, wo Leben es entweder vergessen oder verpatzt hatte, ererbte Schwachstellen und Mutationen aus den Genen zu entfernen. Sie kümmerte sich um die Fälle, die Schicksal achtlos beiseite wischte, weil sie ihm zu trivial waren. Sie sprach sich mit dem Zufall ab und entwickelte mit ihm ein geniales System, in dem es um Ansteckung und Resistenz, Keimverbreitung und natürliche Keimabwehr ging. Sie freundete sich mit Pech an und erhielt peinlich genaue Angaben von der Zeit, die in raffinierter Weise auf den jeweiligen Kunden angepasst waren.

Tja, und somit begann unsere Zusammenarbeit, und ich kann euch sagen: Trotz all ihrer merkwürdigen Launen und verschrobenen Ideen war sie mir bald die liebste* unter all meinen Kollegen. Wenigstens war auf Krankheit Verlass – man wusste immer ganz genau, worauf sie hinauswollte. Mal war sie da, mal verschwand sie wieder, aber wenn sie einen Fall für sich alleine haben wollte, dann stellte sie das auch klar. Und sie bekam immer, was sie wollte.

Mit dem Auftauchen der Menschheit wurde es erst richtig interessant. Zu meiner Verblüffung musste ich feststellen, dass Menschen sich in Intelligenz und Sinn zwar kaum vom Einzeller unterschieden, aber einer viel bunteren und wesentlich ansprechenderen Palette von Krankheiten anheimfallen konnten. Da gab es so faszinierende Dinge wie Husten, der sich unterteilte in Reizhusten, Keuchhusten, trockenen Husten, feuchten Husten, schleimigen Husten, blutigen Husten, produktiven Husten, Husten mit Auswurf, Husten aufgrund einer Lungenentzündung, Husten aufgrund einer Kehlkopfentzündung, Husten mit Heiserkeit und vorgetäuschten Husten, um eine peinliche Stille zu überbrücken.

* Sprich: Die am wenigsten verabscheute. Manchmal versuchte ich nicht einmal, unauffällig das Weite zu suchen, wenn ich sie nahen sah.

Es gab Masern und Windpocken, Mumps und Pusteln, Ohrenentzündungen und Darminfektionen. Ich musste feststellen, dass so ziemlich jedes menschliche Körperteil dazu imstande war, ungesunde Flüssigkeiten abzusondern: Der Mund, die Nase, die Augen, die Ohren, aufgerissene Gliedmaßen, entzündete Wunden und noch so einige andere Körperöffnungen, auf die ich hier nicht allzu genau eingehen will.

Es gab Krankheitsbilder, die genauso schnell wieder verschwanden, wie sie gekommen waren: Schnupfen und Erkältungen, Bindehautentzündungen oder Fieberanfälle. Es gab Krankheiten, die blieben ein Leben lang: Lähmungen und Hirnschäden, Blindheit und Blutzuckerkomplikationen. Und es gab Krankheiten, die beendeten ein Leben, entweder ganz plötzlich oder erst nach vielen Jahrzehnten. Und da kam dann ich ins Spiel.

Es war wirklich unglaublich, wie kreativ Krankheit sein konnte. Tatsächlich dachte sie sich so viele Dinge aus, dass mir manchmal allein schon vom bloßen Zusehen ganz schwindlig wurde, und Leben erschuf die passenden Rahmenbedingungen und Krankheitserreger, ganz besonders noch mehr Viren und Bakterien. Als ob wir nicht schon genug von den Dingern gehabt hätten. Es entwickelten sich Dinge wie Wundbrand, wuchernde Zellen, eiternde Schwellungen, aufsässige Blutkörperchen oder schmollende Drüsen. Und nicht nur das: Schließlich bemerkte ich, dass selbst der Geist eines Lebewesens genauso erkranken konnte wie sein Körper! Unsichtbare Fäden von Depression, Schizophrenie, Erschöpfung, Debilität, Neurosen, Phobien und Wahn woben sich um den Globus und direkt in die Gehirne der Menschen und Tiere. Manche waren harmlos. Manche waren tödlich. Aber mit keiner einzigen davon war zu spaßen. Krankheit wusste, was sie tat.

Tja, und dann … dann kam die Zeit der großen Epidemien.

Die Idee war Krankheit und Zufall irgendwann mal in der Mittagspause gekommen, als ihnen ganz besonders langweilig gewesen war. Eigentlich hätte mich der verstärkte Arbeitsaufwand nerven sollen. Eigentlich hätte ich es Krankheit verübeln sollen, da doch all diese neuen Todesfälle meine Arbeitszeit nicht nur verdoppelten, sondern manchmal bis um das Zehnfache ansteigen ließen. Eigentlich hätte ich Krankheit meine Sense um die Ohren hauen sollen, für die doch ausgerechnet sie der einzige Grund war.

Es war wirklich merkwürdig, denn obwohl Krankheit in gewisser Weise daran schuld war, dass man sich in der Bevölkerung Schauergeschichten von einem schwarz gewandeten Tod erzählte, der auf einem fahlen Ross durch die Lande ritt und Menschen die Pest ins Gesicht hauchte, konnte ich ihr keinen Vorwurf machen. Unermüdlich arbeiteten wir über Jahre, manchmal sogar Jahrhunderte hinweg zusammen, und jedes Mal fiel ihr schon eine neue Idee für unser nächstes Projekt ein. Wie sollte ich so einem kreativen Kopf böse sein? Natürlich fegte mich ihre unbändige Energie manchmal ziemlich vom Pferd, aber eigentlich tat mir so ein bisschen Initiative hin und wieder ganz gut. Malaria, die Spanische Grippe, Cholera, Tuberkulose, Lepra, Gelbfieber, Typhus, Syphilis – überall fielen die Menschen in Scharen, und im Rückblick wünschte ich mir fast, es hätte damals schon Mähdrescher gegeben. Das hätte mir meine Arbeit um einiges erleichtert.

Hach ja, das waren noch Zeiten.

Warum ich ihnen hinterhertrauerte, wo ich doch meine Freizeit so sehr schätzte?

Gute Frage.

Eines Tages, es muss wohl um die acht Jahrhunderte nach dem großen Sternspektakel über dem Mittleren Osten gewesen sein, stand ich erschöpft auf einem Hügel und blickte hinab auf ein kleines Tal. Genauer gesagt, interessierte ich mich vielmehr für die Ansammlung schäbiger Holzhäuser, die sich nahe eines dreckigen Bachlaufs baufällig zusammendrängte und in der sich jetzt garantiert nichts mehr rührte. Wer eigentlich auf die Idee gekommen war, alle Leprakranken des Stammes in das Sanatorium Gewebetod abzuschieben, war mir immer noch nicht ganz klar. Aber es hatte definitiv einige Vorteile: Man scherte sich nicht groß darum, wenn hier oder da ein abgefallenes Körperteil auf der Straße herumlag. Man musste sich gegenseitig nicht immer wieder umständlich klarmachen, dass man ansteckend war und deswegen auf Abstand bleiben musste, obwohl jeder Mensch mit Augen oder zumindest einer Nase im Gesicht das auch ohne jegliche Erklärung bemerkt hätte. Außerdem konnte man sich mit dem Gedanken trösten, dass man garantiert nicht allein und verlassen dahinsiechen musste, denn wohin sollten die anderen auch abhauen?

Tja, und jetzt waren sie alle tot, die da unten mal gehaust hatten, und ich nahm es mit Erleichterung zur Kenntnis. Dieser öde Landstrich ging mir auf die Nerven. All das Gejammer hatte auch ziemlich an mir gezehrt. Es war gut zu wissen, dass ich nie wieder in dieses trostlose Kaff würde zurückkehren müssen. Jahrzehntelang würden die Menschen es meiden und Eichen und Buchen würden von ganz allein dafür sorgen, dass es über kurz oder lang in Vergessenheit geriet. Es war niemand mehr übrig, der die Geschichte vom Dorf der Aussätzigen für die Nachwelt hätte festhalten können*.

In meinen modrigen Fingern hielt ich die allerletzte Seele und streichelte sie zärtlich.

Eine Hand senkte sich auf meine Schulter. Ich drehte mich nicht um, denn gerade zu dieser Zeit war Krankheits Anblick selbst für jemanden wie mich nicht besonders angenehm. Und ich musste mich jeden Tag im Spiegel tausender glasiger Augen selbst sehen. Ich war an grauenhafte Anblicke gewöhnt.

»Gut gemacht.«

Ich hörte das Lächeln in ihrer Stimme. Sie klang sehr zufrieden, wie eine Katze, die so lange auf Diät gewesen war, dass sie jetzt durch jedes Mauseloch passte. So in etwa sah sie auch aus, nur mit sehr viel mehr eitrigen Beulen und aufgeplatzten Geschwüren im Gesicht. Entschuldigt bitte. Ich mag es einfach nur, euch ab und an ein wenig zu ekeln.

* Und selbst wenn – wer hätte so etwas überhaupt hören wollen? Ihr bestimmt nicht. Ihr wollt, dass die Geschichte endlich weitergeht, damit ihr nicht mehr an Fäulnis und Einsamkeit und Elend denken müsst. Genau deswegen erzähle ich diese Anekdote.

»Wirklich gut gemacht, Tod. Du erledigst deine Arbeit so zuverlässig wie kein anderer. Hat dir das schon einmal jemand gesagt?«

Nein, das hatte mir bisher noch niemand gesagt. Ich hatte auch schon lange kein Lob mehr bekommen, nur weil ich meinen Job machte. Oder anders gesagt: Ich hatte schon lange kein Lob mehr bekommen, weil ich meinen Job machte. Ich drehte angenehm überrascht den Kopf, um Krankheit zuzugrinsen, und wünschte mir im gleichen Augenblick, ich hätte es nicht getan.

»Danke. Du selbst bist auch nicht ohne.«

Sie lachte. Bis heute erinnere ich mich mit Schaudern an dieses Geräusch.

»Gern geschehen. Ich hab da übrigens eine neue Idee in der Testphase. Sag mal, wie gefällt dir der Begriff ›Schwarzer Tod‹?«

Gar nicht, hätte ich damals sagen sollen. Aber ich konnte nichts dafür. Sobald man mich mit Schmeicheleien und Bewunderung einlullt, bin ich zu keinem klaren Gedanken mehr fähig. So gesehen war ich also selber schuld.

Seht ihr?! Das ist genau das, was ich meine. Ich muss mich nur an diesen Tag erinnern und schon zweifle ich an meiner eigenen Zurechnungsfähigkeit. Dabei weiß ich doch, dass nichts und niemand so unfehlbar ist wie ich selbst.

Krankheit wusste eben einfach, wie sie mich um ihren kleinen Finger wickeln konnte, wie einen verdauungsgeschädigten Bandwurm um einen wuchernden Dünndarmauswuchs.

Tja, und genau deswegen war ich auch nicht allzu erfreut, sie an diesem Tag im Krankenhaus zu sehen.

Dabei hätte ich es eigentlich ahnen sollen. Wo trifft man wohl eher auf die Krankheit als in einem Haus, das nach ihr benannt ist?

Als ich aufblickte, versuchte ich mein Allerbestes, so auszusehen, als hätte ich nichts auf dem Kerbholz. Millionen Jahre auf diesem Planeten, und ich hatte in Sachen Unschuldsbeteuerungen immer noch nichts dazugelernt. Mein argloses Lächeln ließ Krankheit nur noch verächtlicher dreinschauen, und die Seele, die mir in diesem Moment aus dem Ärmel kroch und verwirrt ins Zimmer blinzelte, machte die ganze Sache auch nicht besser. Ich fühlte mich plötzlich furchtbar unprofessionell.

»*Was* hast du da gerade gemacht?«

Es war eine Stimme, wie sie die Menschen seit Anbeginn der Zeiten in der tiefsten Dunkelheit ihrer Albträume vernommen hatten. Es war eine Stimme, die immer dort hörbar wurde, wo sich zu viele zu schmutzige Leiber auf zu engem Raum zusammendrängten.

»Ach, nichts«, beteuerte ich ihr so beflissen, wie es gegenüber einer furchtbar haarigen Dame mit eitrigem Löwenkopf nur möglich war. Keine Ahnung, warum sie so sehr an dieser Erscheinungsform festhielt – wenn ich mich recht entsann, hatte sie die vor einigen tausend Jahren irgendwo in Mesopotamien aufgeschnappt. Ich war immerhin dankbar für das Fell, da es einiges an ästhetischen Fehltritten verbarg, die selbst einem Gerippe gegen den Strich gehen konnten.

Die Löwin schien von meinem Ablenkungsmanöver jedoch nicht sehr beeindruckt.

»Hast du da gerade versucht, diese Frau wiederzubeleben?«, fragte sie sowohl scharfzüngig als auch scharfsinnig, und ich zuckte schuldbewusst zusammen.

»Nein, nein«, beteuerte ich wenig überzeugend und griff schnell in den Brustkorb besagter Frau, um mir ihre Seele zu schnappen*. »Das hat nur so ausgesehen.«

Ich zog die Seele aus ihrer nutzlosen Hülle, die sofort aufhörte zu keuchen und in sich zusammenfiel wie eine Qualle auf Beton.

* Ihr könnt mir glauben: *Normalerweise* bin ich um einiges professioneller. *Normalerweise* lasse ich Höflichkeit und Feinsinn walten. Aber ich war nervös.

»In Wirklichkeit wollte ich nämlich gerade, ähm, äh …«

»Also ist es tatsächlich wahr, was man sich über dich erzählt. Wie traurig.«

Krankheit sah allerdings kein bisschen traurig aus. Vielmehr schien sie so angewidert von mir zu sein, dass ich es beinahe schon unverschämt fand. Wer von uns beiden war denn diejenige mit den klumpigen Adlerfüßen? Wer fand Gefallen daran, mit einem halb abgefaulten, von Maden zerfressenen Gesicht durch die Gegend zu stolzieren? Wenigstens hielt *ich* meine Knochen sauber.

Allerdings war ich auch derjenige, der gerade dabei ertappt worden war, wie er das ganze Betriebssystem zu manipulieren versuchte.

Ich schämte mich wirklich ein bisschen.

»Glück hat mir schon erzählt, dass du dich vor deiner Aufgabe drücken willst. Aber ich habe ihm nicht geglaubt. *Tod* würde so etwas niemals tun, habe ich ihm gesagt. *Tod* nicht. *Tod* hat noch richtig Gefallen an seinem Beruf. *Tod* genießt es wenigstens, zur Arbeit zu gehen. *Tod* hat mir bisher immer geholfen, meine Ideen in die Tat umzusetzen, und es hat ihm *Spaß* gemacht. *Tod* wäre *entsetzt,* so etwas über sich zu hören. Du musst ihn falsch verstanden haben.«

Ich rang nach Luft wie die Verstorbene nur Sekunden zuvor, was die ganze Sache nur noch erniedrigender machte.

»Aber gut. Wenn du jetzt plötzlich unbedingt Leben nacheifern willst … Die ganzen Jahre über tust du so, als ob du es nicht ausstehen könntest, und jetzt stellt sich heraus, dass du in Wirklichkeit nur neidisch bist. Von allen hätte ich das erwartet, Tod, aber nicht von dir. – Schön. Wenn du mich unbedingt im Stich lassen willst, dann tu das. Aber erwarte *nie* wieder, dass ich dir helfe. Du bist abscheulich, ganz ehrlich. Ich kann nicht glauben, dass du so hinterhältig und verlogen bist! Wie lange wünschst du dir denn schon, dass du mich loswirst, häh? Zufall hat mir erzählt, er habe dich zufällig dabei beobachtet, wie du einen Schwimmer an Land gezogen hast. Schicksal hat gesehen, wie du in einem Buch über Erste Hilfe gelesen hast! *Erste Hilfe,* Tod! Mir wird ganz übel, wenn ich dich nur anschaue. Ich hoffe, du steckst dich mit irgendetwas richtig Schmerzhaftem an. Vielleicht Knochenschwund.«

Krankheit schüttelte den Kopf, dass die Fetzen nur so flogen, und musterte mich für einen Augenblick wortlos.

»Sieh dich nur an. Was ist aus dem Tod geworden, mit dem ich mich noch vor Kurzem über Ebola unterhalten habe? Du kamst mir damals schon irgendwie verändert vor. Willst du einen Tipp von mir haben? Du solltest immer einen Mundschutz tragen. Und sterile Handschuhe. Und wenn du noch ein praktisches kleines Arztköfferchen willst, dann nimm dir doch einfach eins. Wird schon keiner vermissen. Ach ja, und bei der Herzmassage? Halt dich an den Rhythmus. Ah – ah – ah – ah – stayin' alive, stayin' alive. Kennst du doch, das Lied, oder?« Sie lachte, bis sich das ganze Zimmer mit dem Geruch von fauligem Zahnfleisch gefüllt hatte. »Der Song müsste dir gefallen. Mach ihn doch zu deiner Titelmelodie. Sing ihn gleich jedes Mal, wenn du das Zimmer betrittst! Vielleicht können die Leute dich dann wieder besser leiden! Ganz im Ernst: Du hast vor mir dein Gesicht verloren. Und das meine ich übrigens wörtlich. Deine Kinnlade liegt auf dem Boden. Heb sie auf und verschwinde. Das hier ist mein Revier. Ich will dich hier nie wieder sehen, es sei denn, du erledigst deine Arbeit wieder *ordentlich*. Du machst uns allesamt lächerlich – bist du dir dessen bewusst?«

Damit und mit einem abfälligen Schnauben drehte sie sich um und ließ mich allein zurück, mit meinem instabilen Kiefer und den zwei Seelen, die sich besorgt an meine Seite drückten. Meine Knie knickten ein, als ich versuchte, mich nach meiner treulosen Kinnlade zu bücken, und ich rutschte kraftlos zu Boden. Die Seelen umkrochen mich wie zwei beinlose, ängstliche Hunde.

Ich schämte mich wortwörtlich in Grund und Boden.

Ruckartig sackte ich durch den gummibeschichteten Fußboden ab und sank ungehindert durch das gesamte untere Stockwerk, den Keller und durch das dunkle Erdreich bis ins Grundwasser hinein.

Ich hatte mich im Vertrauen an meine Kollegen gewandt, und was war passiert? Sie hatten mich verraten. Nie wieder würde ich mich auf das Glück verlassen. Nie mehr würde ich mit dem Schicksal über Literatur diskutieren!

Eine unangenehme Wahrheit und der wahre Grund, warum ich einsam im Grundwasser vor mich hindümpelte

In erster Linie, noch vor all meiner Entrüstung, wusste ich – Krankheit hatte recht.

Ich war wirklich eine Schande.

Eine eifersüchtige, hohlköpfige Schande für mich selbst und alle meine Amtsgenossen.

Es gab einen Grund dafür, dass ich der Tod war und nicht das Leben. Ich hatte eben einfach keine Begabung für Menschen; nur für Seelen. Und in letzter Zeit nicht einmal das.

»Aber ich bin der Tod«, murmelte ich ins licht- und klanglose Wasser hinein. »Man sollte mich respektieren.«

Ich erhielt keine Antwort.

Blut und Stille

Ich erinnere mich genau an das erste Mal, als die Menschen anfingen, sich Geschichten über mich zu erzählen.

Am Anfang war ich so überrascht, dass ich gar nicht genau registrierte, dass sie über mich sprachen.

Damals.

In dieser Welt aus hohem Gras und zerklüfteten, sonnengebleichten Klippen trug ich noch keinen Namen. Ich hatte keine körperliche Form. Ich kam wie der Wind und ging wie der Wind, ohne dass mich irgendjemand bemerkte. Unter meinen unsichtbaren Fingern lösten sich die Seelen in winzig kleine Partikel auf und stiegen mir nach in die unendlichen Weiten des Himmels.

Schon damals mochte ich den Blick von oben. Schon damals träumten die Menschen vom Fliegen, und ich brachte sie ihren Träumen näher.

Und dann fingen sie an, von Blut zu sprechen, und nach einer Weile bemerkte ich, dass es um mich ging. Das Wort hatte einen merkwürdigen Klang angenommen, und meist folgte ihm ein Moment des Schweigens.

Da wusste ich, was in den Köpfen der Leute vor sich ging. Sie hatten mich in ihre Sprache aufgenommen, und somit war ich Teil ihrer Kultur geworden.

Mancherorts geschah es viel früher als anderswo.

In der Dunkelheit einer Felsgrotte malte man mich zum allerersten Mal an rauen Stein, tief im Schoß der Erde, irgendwo zwischen weiten, einsamen Stränden und tiefgrünen Hügeln.*

Die Menschen erzählten sich mit lauten Stimmen von … Blut …, mit großen Gebärden und dem ein oder anderen herzhaften Lachen, als ob sie sich beweisen wollten, dass sie sich nicht vor mir fürchteten.

Was für eine großartige, mutige Lüge.

Und Blut wurde zu dem Tier-Ahnen, der auf zwei Beinen ging und ein fürchterlich großes Maul hatte, um die Menschen zu verschlingen. Blut bekam lange, geschwungene Hörner, die selbst im Schatten funkelten wie frisch geschliffener Feuerstein, und eine wilde Mähne, und mein Rachen verbog sich zu einem grausigen Lächeln.

Im Dunkeln kam ich und im Dunkeln ging ich, und die Nacht trug mich heran – und nicht einmal der hellste Feuerschein konnte mich vertreiben. Es war immer dunkel, wenn ich kam.

Ich wurde zum Stoff, aus dem Legenden gemacht waren. Zum ältesten, größten Mythos der Welt. Ich wurde zum Schatten, der sich

* Und ja, ich muss mich so dramatisch ausdrücken, denn hier geht es um Ereignisse weit vor eurer Zeit. Manchmal braucht es finstere Worte und archaische Satzstellungen.

in die Siedlungen schlich, zum brüllenden Bären, zum dunklen Eber. Ich wurde zur sich häutenden Schlange, zum silbernen Mondvogel, zur schweigsamen Mittagsmutter, zur großen Tiefe.

Und irgendwann erwähnte man meinen Namen nicht mehr.

Irgendwann war ich Stille.

Das allerälteste Tabu.

Das genoss ich.

Kapitel 8

Damals war damals. Heute war heute. Und heute sah mich niemand mehr so.

Dem Gespräch mit Krankheit folgte eine Episode tiefster Scham.

Sie hatte ja recht.

Ich war der Tod. Es war meine Aufgabe, zu *töten*. Ich fühlte mich wie eine Bratwurst, die auf ihre alten Tage versuchte, sich als Tofu-Spieß auszugeben. Ich musste mich damit abfinden, wie die Dinge waren. Ich war nun mal keine Schlange mehr. Ich konnte aus meiner Haut nicht heraus. Ich war weder Schlange noch Mondvogel, und schon gar kein Bär – ich war lediglich ein verbitterter, alter Tod, der sich seine Zeit mit schlechten Wortspielen und plumpen Metaphern vertrieb, genau wie ein …

Nein. Genug damit.

»Ich mag mich blamiert haben«, erzählte ich der Seele des verendeten Karibus störrisch, »aber das macht mir meine Arbeit auch nicht angenehmer. Im Gegenteil. Ich habe mich schon viel zu lange vornehm zurückgehalten. Menschen sind die Großmeister der Heuchelei, weißt du das?«

Das wusste das Karibu nicht.

»Frag auch nur einen von ihnen, was er von Mobbing und Schikane hält, und er wird dir lang und breit erzählen, wie verpönt und unschicklich solch ein Verhalten in seiner sogenannten zivilisierten Gesellschaft doch ist. Aber mit dem Tod, mit dem Tod kann man's ja machen! Wenn schon nicht der glatzköpfige Kollege im speckigen Hemd herhalten darf, kann man sich ja wenigstens zusammentun, um auf jemand anderem herumzuhacken. Jemandem, von dem man annimmt, dass er nicht anwesend ist, weil man ihn nicht sehen kann. Jemandem, von dem man denkt, dass er an einem vorbeiblickt, nur weil man es ebenso hält.«

Die Seele sah mich schief an.

»Richtig geraten. Ich rede von mir. Mit mir kann man's ja machen. Den Tod kann man ungestraft beiseiteschieben, verspotten, missachten und beschimpfen. Da kann einem die Sense schon mal ausrutschen!«

Mit etwas Mühe riss ich mich zusammen und ließ meinen Blick über die vor Frost glitzernde Ebene schweifen, die die Herde überquert hatte. Das Karibu verdiente meine Schimpftirade nicht. Noch nie hatte mir ein Karibu irgendetwas angetan, und es war nicht seine Schuld, dass ich die letzten paar Tage damit verbracht hatte, mich darüber aufzuregen, dass ich Leben beneidete. Ich! Und Leben beneiden! Ich konnte mir kaum mehr in die leeren, gefühllosen Augen schauen. Aber es entsprach der bitteren Wahrheit: Leben konnte stolz grinsend daneben stehen, wenn Professoren begeistert von der Evolution schwatzten (als ob *ich* nicht Teil davon gewesen wäre!) oder Ärzte schmierige, lilafarbene Säuglinge in die Höhe hielten und alle über das ›Wunder des Lebens‹ staunten. Was war denn mit dem Wunder des Todes? All den unverhofften Erleuchtungen und aufregenden Abenteuern?

Nichts. Wie immer.

Es war ernüchternd.

»Noch vor Kurzem hätte ich vermutlich versucht, dich wiederzubeleben, und es hätte dir gar nicht gefallen«, raunte ich der Seele der gefallenen Soldatin einige Stunden später verschwörerisch zu. »Diese Zeiten habe ich hinter mir. Ich bringe meine Kundschaft jetzt wieder auf die althergebrachte Weise um, anstatt sie mit Erster Hilfe zu bedrohen.«

Aber.

»Denkst du tatsächlich, ich werde mich so leicht geschlagen geben?«

Die Seele war klug. Sie kannte mich viel zu gut. Wir waren uns schon oft begegnet, wenn auch noch nie in so endgültiger Form.

»Ich bin der Tod. Das hast du bestimmt schon bemerkt. Und ich kann ziemlich dickköpfig sein. Weißt du, ich habe mir da etwas einfallen lassen. Willst du es hören?«

Das wollte sie nicht, aber ich erzählte es ihr trotzdem.

»Es gibt Menschen, die sind zum Sterben verurteilt und können nichts daran ändern«, vertraute ich mich dem gefallenen Fallschirmspringer an, der sich gewiss wünschte, er hätte die Gelegenheit wenigstens genutzt, um »verdammte Motten« zu rufen. »So wie dich. Nichts für ungut. Aber es gibt auch Menschen, die – ob unbewusst oder bewusst – anscheinend ganz erpicht darauf sind, ihren Todeszeitpunkt um Jahre vorzuverlegen. Kannst du dir das vorstellen? Warum mich mit Sterbenden aufhalten, wenn es so viel Leichtsinn und Dummheit gibt? Warum mich mit Todgeweihten herumstreiten, wenn sich anderswo Leute die Pulsadern aufschnitten und es sich mit ihrem Toaster in der Badewanne gemütlich machen?«

Oh, nicht, dass wir uns falsch verstehen.

Mir lag immer noch nichts an den Menschen. Aber mir lag etwas an *mir.* Ich persönlich fand mich toll. Und es wurde Zeit, dass es anderen auch so ging.

Um mich kurz zu fassen: Als ich ein Dessous-Model davon abhalten wollte, im Bett zu rauchen (denn damit schnappte ich Krankheit eine weitere Lungenkrebs-Patientin vor der Nase weg), ließ sie vor lauter Schreck das Streichholz fallen und setzte ihr Schlafzimmer in Brand. Und sich selbst leider auch.

Als ich einen wichtigen Geschäftsheini während einer langen Autobahnfahrt höflich darauf hinwies, dass man am Steuer keine SMS schreiben sollte, raste er mit vollem Karacho direkt in einen Autotransporter.

Als ich einer Suizidgefährdeten aufmunternd auf die Schulter klopfte, um sie daran zu erinnern, dass man doch über alles reden konnte, stolperte sie und stürzte zehn Stockwerke in die Tiefe.

Als ich einen adrenalingesteuerten Skifahrer vor dem Abgrund warnen wollte, der sich vor ihm auftat, änderte er armfuchtelnd die Richtung und rauschte prompt in eine dreißig Meter tiefe Gletscherspalte.

Ein Bergsteiger starb an einem Herzinfarkt, als ich ihm im freien Fall erklärte, er solle nächstes Mal gefälligst besser auf den Zustand seines Materials achten, aber dass ich gerne dazu bereit wäre, ihn unten aufzufangen.

Ein junges Mädchen verschluckte sich an einem Tequila-Deckel, als ich sie auf die Gefahren des Komasaufens aufmerksam machte.

Einer stinkreichen Touristin blieb vor lauter Überraschung das giftige Stück Kugelfisch im Hals stecken, von dessen Verzehr ich sie gerade hatte abhalten wollen.

Ein LKW-Fahrer erstarrte vor Schreck, als ich ihm zu verstehen gab, dass er vergessen hatte, die Handbremse anzuziehen, und wurde prompt von seinem Laster überrollt.

Und das alles an einem Tag!
Menschen sind wirklich unverbesserlich.

»Na, Tod, alter Freund?«

»Hallo, Schicksal.«

»Alles in Ordnung bei dir? Du siehst so bleich aus.«

»Ich komme gerade aus Indien. Weiß ist dort Trauerfarbe.«

»Weshalb trauerst du denn?«

»Ich trauere nicht, ich bin der Tod.«

»Ach so. Ich dachte nur. Man hört in letzter Zeit so einiges über dich.«

»*Was* hört man über mich?«

Ich war nicht in der besten Verfassung, aber ich ließ mich dazu herab, Schicksal misstrauisch zu mustern. Ich mochte es nicht, wenn es so einen Ton anschlug, und ich wollte wissen, was man in letzter Zeit über mich hörte. *Ich* jedenfalls hatte gar nichts über mich gehört, weder einiges noch sonst irgendwas.

»Ach, du weißt schon, dies und das …«

»Nein, das weiß ich nicht. Nur weil du das Schicksal bist, heißt das nicht, dass du deswegen immer so rätselhaft reden musst.«

»Na ja, Tod, du musst schon zugeben, dass du dich ein bisschen merkwürdig benimmst. Zuerst die Sache in Cornwall mit dem Buch, dann verkrachst du dich mit Krankheit, und dann hat Leben mir erzählt, es hat dich neulich weinen sehen, als du …«

»WAS hat Leben erzählt?«

»Als du diese junge Frau abholen musstest, die in ihrer Wohnung verbrannt ist …«

»Ich habe *nicht* geweint. Wieso …«

»Es soll sogar eine ziemlich hübsche junge Frau gewesen sein. Nur mit Unterwäsche bekleidet.«

»Entschuldige bitte …«

»Und vor ein paar Jahren warst du schon mal bei ihr, hat Leben gesagt. Als du ihren Zierfisch abholen musstest. Und damals hast du sie ziemlich lange angestarrt.«

»Jetzt warte mal. Warte mal.«

Ich hatte, glaube ich, noch nie so dämlich aus der Wäsche geschaut. Da zerrissen sich meine Kollegen über mich den Mund wie die Waschweiber und wuschen sich in meiner Anwesenheit in heuchlerischer Unschuld die Hände – und ich, ich kam ganz durcheinander vor lauter Wäsche und Waschweibern und Handwäschen. Die waren doch allesamt zu heiß gewaschen worden! Seit wann bitte schön interessierte *ich* mich für Unterwäsche?

»Ist schon in Ordnung, Tod, das muss dir nicht peinlich sein.«

»Das ist mir *nicht* – sag mal, hat Leben das wirklich erzählt? Und du glaubst das auch noch? Ich weine nicht. Ich habe noch *nie* geweint. Meistens habe ich nicht mal Tränendrüsen. Ich war vielleicht nicht in bester Stimmung, na gut, aber doch nicht wegen *ihr!* Ich war nur verzweifelt, weil ich mich schon den ganzen Tag mit irgendwelchen Idioten rumschlagen musste, die trotz all meiner Warnungen … «

»Na, na. Du musst dich vor mir doch nicht rechtfertigen.«

Schicksals Stimme hatte jetzt einen sanften, verständnisvollen Klang der Marke Wir-sind-doch-alle-Freunde-hier angenommen, und das wollte mir überhaupt nicht gefallen. Was bildete es sich eigentlich ein? Ich versuchte überhaupt nicht, mich zu rechtfertigen, ich wollte es nur darauf hinweisen, dass das Leben ein ungerechter Idiot war, dem man nichts, aber auch gar nichts glauben konnte und der wirbelsträubende Gerüchte über unschuldige Tode verbreitete, und dass man mich gefälligst mal ausreden lassen und nicht ständig unterbrechen –

»Dann hast du dich eben ein bisschen verguckt. Wen interessiert denn das? Das kann jedem mal passieren. Das ist manchmal einfach Schicksal …«

Dieser Aussage folgte eine lange, tiefe, ohrenbetäubende Stille, während der mich Schicksal ungerührt angrinste und ich ebenso ungerührt zurückstarrte*. Der Dramatik halber ließ ich mein weißes Gewand im nicht vorhandenen Wind flattern und meine Augen in der zornigen, roten Glut eines Scheiterhaufens von kaiserlichem Ausmaß aufflammen. Als ich der Meinung war, den richtigen Effekt

* Wer denkt, dass Katzen gut starren können, hat sich noch nie ein Blickduell mit dem Tod geliefert.

erzielt zu haben, räusperte ich mich sehr langsam und sehr ausführlich, und achtete peinlich genau darauf, dass ich dabei den finsteren Tonfall einer Grabplatte traf, die sich für alle Zeit schloss.

»Zuallererst lass mich Folgendes anmerken: Wenn das hier ein Streich sein soll – irgendeine Art gescheiterter Versuch von dir, mich mit einem Menschen zu verkuppeln –, werde ich dir dieses Schwert der Erkenntnis hier ziemlich ausführlich zu Gemüte führen.«

»Hoppla.«

»Mithilfe von Körperregionen, von denen du bislang noch nicht einmal wusstest, dass es sie gibt. Genauer gesagt: Du kannst es dir mit der Spitze voran in den ...«

»Nicht nötig, das ist eine der Körperregionen, von denen ich sehr genau weiß, dass sie existieren.«

»Und außerdem: Ich hatte noch nie irgendwelches Interesse an einem Menschen, und das wird sich in absehbarer Zeit auch nicht ändern. Wenn ich bei jedem einzelnen Lebewesen, dessen Anatomie nicht komplett verschoben ist, meinen Mantel an den Nagel hängen würde, wären sämtliche Menschen, Tiere und Pflanzen auf der Erde unsterblich. Auch alle Bakterien, Viren und was sonst noch so kreucht und fleucht. Ob Dessous oder Imkeranzug, die Menschen sind für mich alle gleich: Fleischgefüllte Hautschläuche, die über kurz oder lang den Geist aufgeben.«

Schicksal war das Lächeln vergangen. Den skeptischen Blick spürte ich auch durch die ungefähr fünf Schals, die es sich um den Kopf gewickelt hatte; wohl, um besonders mysteriös zu wirken. Es musterte mich eingehend und fragte sich offensichtlich, ob es mir Glauben schenken sollte. Und das tat es.

»Na gut«, lenkte es schließlich widerwillig ein. »Aber irgendwie ist es schon merkwürdig. Du hast so gar keine Lieblinge – du hattest noch nie welche! Noch *nie!* Wird dir das nicht langweilig? Jeder von uns hat seine Favoriten. Sieh dir Leben an: Erst vor Kurzem hat es mir erzählt, wie stolz es auf die Fadenwürmer ist.«

»Ach, war das an demselben Tag, an dem es dir geflüstert hat, ich hätte mich in einen Menschen verguckt, weil ich ihren Goldfisch kannte?

Wenigstens weißt du bei mir, woran du bist. Künstlerische Freiheiten kann ich mir nicht leisten. Favoriten irgendeiner Art sind in meiner Arbeit nicht vorgesehen, obwohl ich Fadenwürmer ebenfalls faszinierend finde. Wenn du mich fragst: Leben hat recht. Fadenwürmer sind wirklich großartig.«

»Großartiger als die Menschen?«

»Selbstverständlich nicht. Wer würde sich schon für Fadenwürmer entscheiden, wenn er daneben auch noch die *Menschheit* zur Auswahl hat?«

Ich lachte gekünstelt und Schicksal lachte zurück. Dann wurde ich so schlagartig todernst, wie man es nur in meinem Beruf zustande bringen konnte.

»Jetzt aber mal Spaß beiseite, Schicksal: Wenn du wirklich wissen willst, warum ich mich in letzter Zeit so aufführe, musst du dich nur umschauen. Alle Welt erzählt sich Lügengeschichten über mich. Mein Umhang juckt, obwohl ich nicht einmal Hautsensoren habe, die das in irgendeiner Weise mitbekommen könnten. Ich muss was an meinem Ruf ändern, du siehst es doch selbst. Weißt du, wie beliebt ich mal war? Und jetzt zerreißen sich alle nur noch den Mund über mich. *Deswegen* wollte ich Erste Hilfe lernen. Deswegen hat Krankheit sich über mich aufgeregt. Deswegen hab ich versucht, für alle möglichen achtlosen Menschen den Schutzengel zu spielen. Aber das hat alles rein gar nichts geholfen. Und deswegen wollte ich dich auch unbedingt sprechen.«

Es folgte ein erwartungsvoller Moment des Schweigens.

»Für die ganzen Nahtoderfahrungen bist du zuständig, oder?«, fragte ich dann und versuchte, nicht allzu peinlich berührt zu klingen.

»Ja, allerdings!«

Schicksal klang zu meiner Erleichterung geschmeichelt. Deswegen konnte man mit ihm so gut verhandeln, viel besser als mit all meinen anderen Kollegen: Glück hätte sich lustig gemacht, Krankheit wäre abfällig geworden, Leben hätte sich für was Besseres gehalten, Karma sprach nicht, Zufall wäre vermutlich mitten im Gespräch verschwunden und Zeit hatte ich in all den Millionen Jahren noch nie persönlich getroffen. Wenigstens war Schicksal stolz darauf, ein solider Gesprächspartner zu sein, wenn es sich auch nicht gerne in Stein meißeln ließ.

»Und lass mich dir sagen: Das ist eine ungeheuer komplexe Aufgabe! Ich denke mir aus, zu wem welche Erfahrung am besten passen würde, wie sie die Person in ihrem späteren Lebensverlauf beeinflussen soll, unter welchen Umständen sie geschieht … Weißt du, Tod, das ist alles unheimlich kompliziert. Ich könnte dir *Sachen* erzählen …«

»Äh, so genau will ich das eigentlich gar nicht wissen«, warf ich schnell ein. »Ich wollte einfach nur fragen: Wäre es vielleicht möglich, dass du mir Name, Datum und Ort der jeweiligen Fälle kurz rüberschicken könntest, und dann …«

»Dann was?«

»Dann weiß ich … Bescheid.«

»Und dann?«

»Dann kann ich etwas mit dem Wissen anfangen.«

»Und was?«

»Sachen.«

»Was für Sachen?«

»Nun ja. Todsachen. Angelegenheiten. *Meine* Angelegenheiten.«

»Was für An…«

»Wenn ich es dir erkläre, hörst du dann auf zu fragen?«

»Ich weiß nicht, was glaubst du?«

Ein kleines Mantra

Lass das Schwert der Erkenntnis da stecken, wo es hingehört.

Ich nahm mir einen Augenblick Zeit, mich zu sammeln.

»Ich will mich nur kurz zeigen, verstehst du? Das ist alles. Die Leute wissen lassen, dass ich da bin, vielleicht ein interessantes Gespräch führen, ihnen zeigen, wie nett ich bin, Autogramme geben … so was in der Art.«

»Aha. Das bedeutet also, du willst aus lauter Eitelkeit meine gesamte schöne Planung durcheinanderwerfen, sehe ich das richtig?«

»Wenn du das sagst, klingt es irgendwie ziemlich eigennützig. Lass es mich anders formulieren: Ich will vorzeitigen Kundenkontakt etablieren. Das ist doch eigentlich nichts Schlechtes, oder? Den Leuten wird es danach besser gehen, mir auch, sie werden sich gegenseitig erzählen, wie toll ich bin …«

»Ich habe schon miesere Ideen gehört. Vor allem von dir. Aber mies ist sie trotzdem.« Es trat ein kurzes, schicksalsträchtiges Schweigen ein. »Andererseits – ich meine … wenn ich jemandem eine besonders gute Nahtoderfahrung verschaffen will und du dafür garantierst, dass du dich gut präsentieren kannst … ich kenne dich jetzt lange genug. Du bist eigentlich ein ganz lockerer Kerl, wenn sich deine Wirbelsäule nicht gerade wieder mal verhakt hat. Ich traue es dir durchaus zu, dass du dir zur Abwechslung auch mal Freunde machen könntest …«

Komm schon, feuerte ich es an. Beiß an. Sag ja. *Wir sind doch alle Freunde hier.*

»Wenn ich nur an unsere alten Zeiten denke – wir hatten viel Spaß zusammen, oder nicht? Weißt du noch, damals, als Aeschylus… ach nein, war das lustig. Das weißt du doch noch, oder?«

»Weiß ich noch, ja.«

»Die arme Schildkröte! Auf jeden Fall, Tod – treffen wir eine Abmachung. Ich habe da ein paar recht vielversprechende Fälle parat, für die ich noch etwas Besonderes bräuchte. Weißt du, manche von meinen Nahtod-Leuten schreiben später sogar Bücher darüber. Sie geben Interviews, werden von berühmten Wissenschaftlern untersucht, manche drehen sogar Filme oder schreiben Drehbücher über das, was ihnen passiert ist – ich habe dadurch den ein oder anderen Sektenführer erschaffen, musst du wissen. Auf jeden Fall interessiert sich *jeder* für eine gute Nahtod-Geschichte, das kannst du mir glauben!«

»Das glaube ich dir auch, deswegen bin ich ja hier!«, gab ich begeistert zurück. Es klappte! Es klappte tatsächlich! Ich musste mich schwer zurückhalten, nicht an Ort und Stelle ein kleines Freudentänzchen aufs Parkett zu legen*. Eigentlich hätte es ganz gut gepasst, denn wie es das Schicksal so wollte, hatten wir uns ausgerechnet im Audienzzimmer eines kleinen Schlösschens getroffen, das einen wirklich ganz reizend gestalteten Holzboden aufwies. In so guter Stimmung war ich, dass ich die hübsch glänzenden Laubbaumplättchen am liebsten zu Tode gepriesen hätte für ihre wunderbar würfelförmige Anordnung. »Also, was meinst du, können wir gleich anfangen mit der Planung?«

»Aber klar! Nichts lieber als das! Du weißt ja, wie gern ich Pläne schmiede. Und leg mir bitte nicht den Arm um die Schultern – da wird mir jedes Mal ganz anders.«

»Verzeihung.«

Beschwingt ließ ich das Schicksal wieder los und folgte ihm fröhlich Smalltalk führend in eine andere Dimension. So viele Rückschläge, und jetzt das! Was für ein Tag!

Wie es aussah, wendeten sich die Dinge für mich endlich wieder zum Besseren. Denn was war schon eine Nahtoderfahrung *ohne* den Tod?

Damals roch die Luft nach Salz und der Regen war wild und kalt.

Auch, wenn ich mit Leben nicht immer einer Meinung war, muss ich im Nachhinein doch eingestehen, dass wir zusammen ein paar wirklich nette Organismen entwickelt hatten. Was nicht funktionierte, das nahm ich wieder mit, und was noch ausgebessert werden musste, schickte mir Leben gleich freiwillig hinterher. Überflüssige

* In Stepptanz bin ich ziemlich gut. Das ist wohl so ziemlich der einzige Vorteil davon, ein Skelett zu sein.

Funktionen löschte ich aus, Fehlschläge im Design verkümmerten über die Jahrhunderte zu kaum merklichen Macken*, und über kurz oder lang entwickelte sich in den sorgfältig aufgebauten Populationen der Erde eine Art stabile Sozialordnung, die auf einem ausgeklügelten System von Todesfurcht und Arterhaltungstrieb basierte.

Die Erfolge unserer Zusammenarbeit zeichneten sich rasch sowohl an Land als auch zu Wasser ab. Am besten gefällt mir bis heute die Entwicklung der Lunge. Mit Kiemen und kräftigen Flossen ausgestattet, konnte sich jeder Knochenfisch nach Lust und Belieben den ganzen Tag durch den feuchten Untergrund wühlen, aber ziemlich schnell wurde klar, dass die landinteressierten Fischartigen sich jedes Mal zu meiner Großkundschaft auswuchsen, wenn der Grundwasserpegel sank oder sich eine Dürre anbahnte. Also musste eine Verbesserung her: ein stabiles Tragegestell, um der Schwerkraft zu trotzen, und irgendeine Art von beutelförmigem Organ, in dem der aus der Luft gefilterte Sauerstoff aufbewahrt werden konnte. Eine Tracheenatmung wie bei den Insekten (oder, wie ich es liebevoll bezeichnete, »Arschlunge« – bis heute weiß ich nicht, was Leben sich dabei gedacht hat) war hier aus mehreren Gründen nicht möglich, deswegen mussten wir uns etwas Neues einfallen lassen.

Nun gut, es dauerte eine Weile, aber schließlich verstanden wir, dass zusätzlich der Schädel vom Schultergürtel gelöst und der Kiemendeckel reduziert werden musste. Und bereits nach einigen Jahrmillionen fleißigen Tüftelns: Tada, da waren sie, die ersten Amphibien, die zwischen Land und Wasser umherspazierten, als wäre es schon immer so gewesen. Die ersten Prototypen der Lunge legten damals den Grundstein zu einer unendlichen Artenvielfalt**.

Seit den Einzellern war mein Job jedenfalls, ohne dass ich es richtig bemerkt hatte, um einiges anstrengender geworden. An Land wiegten sich jetzt malerische Farne und Schachtelhalme, die es zum

* Ein Beispiel sind hier die Weisheitszähne. Ich bin wirklich unheimlich stolz darauf, dass sie euch Menschen nach so vielen Jahrtausenden immer noch ärgern, und der Blinddarm ist mein persönlicher Favorit.

** Wer weiß, ob ich Leben so eifrig geholfen hätte, hätte ich davon geahnt.

welken zu bringen galt. Gleich mehrere Reptilienarten ließen das Wasser ganz hinter sich und lauerten jetzt hinter jedem Wurzelknoten und unter jedem Blätterhaufen darauf, dass ich sie umbringen kam. Tiefgrüne Ranken mit fleischigen Blättern wälzten sich in trauter Eintracht mit verästelten Wurzeln zwischen den Baumstämmen hindurch, triefende Moose überzogen den Untergrund wie weiche, taunasse Kopfkissen für überdimensionale Kröten. Glibberige Pilze, die mich verdächtig an Lebens allererste Meerespflanzen erinnerten*, sprossen auf verwester Rinde und abgebrochenen Ästen. Irgendwann schienen die Insekten beschlossen zu haben, die Luft nicht nur in ihre Hinterteile zu saugen, sondern auch darin zu fliegen, denn plötzlich schwirrten, schwebten, gaukelten, taumelten, summten, brummten, zischten, flitzten, purzelten, wehten, tanzten, rasten und sirrten sie mir alle naselang ins Gesicht, was auf Dauer ziemlich nervtötend sein konnte. Hätte es damals nur schon Fliegenklatschen gegeben, wäre mein Job um einiges einfacher gewesen. Aber auch die größte Klatsche hätte nichts gegen die Milliarden von Milben ausrichten können, die jetzt in Scharen das Land besiedelten. Erste Spinnen und Skorpione, die sich seit ihren krebsartigen Wasservorfahren kaum verändert hatten, huschten geräuschlos über das Laub. Kleine aufmüpfige Echsen blickten mich beleidigt an, während sie ihre Eier legten und sich dann schnell wieder zurück ins Wasser verzogen. Damit bewiesen sie mehr Elternliebe als einige Vertreter eurer Gattung.

Wenn ich irgendwo zufälligerweise über Leben stolperte, wie es stolz zwischen den tropfenden Baumstämmen stand und sein Werk betrachtete, machte ich mich schnell wieder aus dem Staub. Je mehr es sich in Sachen Artenvielfalt einfallen ließ, umso überheblicher wurde es, und irgendwann graute es mir richtiggehend vor all den Gesprächen voller Selbstbeweihräucherung und kleinen Seitenhieben in meine Richtung.

* Faul. Sag ich's doch.

Das Problem war, dass ich dem Leben nie ganz entgehen konnte – wo immer ein Bakterium schlummerte, wo eine Pflanze ins Licht spross, wo ein Tier ein anderes fraß, sein Geschäft verrichtete oder den nächsten wichtigen Schritt in der Evolution unternahm ... Leben war immer da, zumindest ein ganz kleines bisschen.

Aber ich eben auch. Wo immer sich etwas regte, würde ich früher oder später auch auftauchen. Leben und Tod. Tod und Leben.

Ein Jammer eigentlich, dass wir uns nie anfreundeten.

»Tod auf Position?«

»Tod auf Position. Warte mal – du kannst mich doch sehen!«

»Ja, ich weiß. Ich sage das einfach so gerne!«

Äonen später stand ich in eurer vor Hitze flimmernden Gegenwart in der Mitte einer sonnengetränkten Straße und wunderte mich über Schicksals ungewohnt gute Laune. Es war eine Sache, ein wenig aufgekratzt zu sein, aber eine vollkommen andere, sich in Gestalt eines riesenhaften Glückskekses hinter einen Busch am Straßenrand zu kauern und dabei manisch zu kichern. Ich vermutete, dass mein alter Kumpel zu viel Zeit mit Glück verbracht hatte. Wenn man nicht aufpasste, färbte es ab.

»Ich frage mich schon den ganzen Tag, ob sich in deinem Inneren wohl auch eines dieser reizenden Zettelchen verbirgt. Was ist denn der Spruch für heute?«

»Er ist ziemlich inspirierend. Sperr die Ohren auf: *›Halt bloß den Schnabel, Tod, oder du verpasst noch deinen Einsatz‹*. Da kommt sie! Halt dich bereit!«

Die oberste Spitze des Glückskekses verschwand prompt im Gehölz, und ich drehte mich voller Erwartung um. Die Straße lag in der sengenden Nachmittagshitze vor mir wie ein endloser Streif geschmolzenen Silbers. Ein schimmernder Punkt näherte sich mit der Geschwindigkeit eines kleinen Düsenjets. Ich schulterte die Sense, stellte mich in Position und setzte mein gewinnendstes Lächeln auf. Das Motorrad sah aus wie eine riesige, blau glänzende Libelle, die aus Versehen am Chili genascht hatte und jetzt wie von Sinnen über die Fahrbahn schwirrte.

Vielleicht lag es daran, dass ich mich ganz meinem Stolz hingab, solch hübsche Metaphern finden zu können, dass ich einen Augenblick lang nicht genau aufpasste. Es geschah von einer Sekunde auf die andere. Bis heute habe ich mir keinen Reim darauf machen können, was damals passierte. Ich muss zugeben, ich trat sogar einen Schritt zur Seite, obwohl ich in etwa so viel von einem Aufprall zu befürchten hatte wie ein zufällig vorbeiwehender Windhauch.

Die Fahrerin riss den Lenker herum. Ein nervenzerreißendes Quietschen durchschnitt die schläfrige Stille, dann gab es einen ohrenbetäubenden Rums. Blechern scheppernd und Einzelteile in alle Richtungen verstreuend, kam die Maschine zum Stillstand, und somit setzte die Stille wieder ein, genauso wie zuvor, nur um ein Unendliches lauter.

Schicksal war nirgends zu sehen.

Ich trat näher.

Viel war nicht von ihr zu sehen, meiner allerersten Nahtodkundin. Sie lag halb verborgen unter ihrem Motorrad, in einer glänzenden Pfütze von Benzin, unter einem tiefblauen, wolkenlosen Himmel.

Also dann. Es war Zeit für das große Finale. Grillen zirpten und verstummten, als ich sie passierte. Die Vögel in den verkrümmten Bäumen zu beiden Seiten der Straße unterbrachen ihr fröhliches Gezänk. Grabeshauch wallte mir voraus. Ein knisterndes, tiefes Schweigen trat ein, und wie schwarzer, schwereloser Nebel strich mein Mantel über den schmelzenden Asphalt. Lautlos blieb ich stehen und blickte auf sie hinab.

Es ging los.

Jeden Moment würde es losgehen.

Jetzt.

Ich streckte eine bleiche, knöcherne Hand nach ihr aus und …

Nichts geschah.

Ein verlegenes Räuspern drang aus meinen skelettierten Halswirbeln.

»Hallo.«

Keine Reaktion. Die Dame wollte Dramatik? Na schön.

»Guten Tag.«

Immer noch nichts.

»Willkommen im Reich der Untoten, Sterbliche. In der Welt zwischen den Welten. Der Grenze, die Leben und Tod voneinander trennt, auf dass niemand mehr zurückkehre. Dem ewigen Nicht-Sein.«

Leise qualmte das Motorrad vor sich hin. Das verbogene Metall ächzte kaum vernehmbar. Langsam wurde ich ein wenig ungehalten. So eine Ansprache verdiente doch zumindest eine klitzekleine Reaktion! Aber anscheinend war die Dame sehr verwöhnt, was ihre Nahtoderfahrungen anging.

Andererseits, vielleicht war ich für eine richtige Nahtoderfahrung einfach nicht nah genug an ihr dran. Es hieß schließlich nicht Ferntoderfahrung. Vorsichtig trat ich näher und kniete mich mit knackenden Gelenken neben der Motorradfahrerin nieder.

Ich stupste sie mit dem Sensenstiel an der Schulter und räusperte mich vernehmlich.

»Hallo, aufwachen. Tot stellen bringt bei mir nichts. Sag mal, hast du eigentlich was auf den Ohren? Hast du Kopfhörer an? Soll ich dir den Helm abnehmen, um nachzuschauen? Nein, besser nicht … Wie das wieder enden würde, willst du gar nicht wissen.« Möglicherweise konnte sie mich sehen und stellte sich mit Absicht quer. Es wäre nicht das erste Mal gewesen, dass mir so etwas passierte. »Also, jetzt noch mal zum Mitschreiben, für die etwas langsameren unter uns: Ich bin der *Tod*. Wir können es auf deine Weise machen und uns gegenseitig anschweigen, wir könnten aber auch einfach eine ganz normale, zivilisierte Konversation führen und ich lasse dich wieder in dein sinnbefreites, vergängliches Leben zurückkehren. Immer noch keine Reaktion? Also gut. Wenn es auf die nette Art nicht geht, dann …«

»Oh Gott, das ist ja furchtbar! Siehst du das? Oh Gott!«

»Total zerquetscht! Heilige Scheiße!«

»Ruf schnell den Notruf! Glaubst du, das fängt jetzt an zu brennen?«

»Keine Ahnung! Vielleicht, wenn Benzin ausgelaufen ist …? Sollen wir versuchen, das Motorrad hochzuheben?«

»Oh Gott, bloß nicht! Stell dir nur mal vor, wie's darunter aussehen muss! Oh Gott. Oh Gott, das kann ich nicht. Ruf doch den Notruf!«

»Ja, bin ja schon dabei… Hallo? Krankenwagen?«

Da ging sie hin, meine Ruhe. Ein Paar stöckchenbeiniger Männer in kurzen Hosen kamen mit der Entdeckungslust zweier verschreckter Lemminge auf uns zugeschlichen und versuchten dabei wenig erfolgreich, sich hinter dem jeweils anderen zu verstecken. Meine ganzen schönen Effekte, an denen ich so sorgfältig gearbeitet hatte, von wegen wallendem Mantel und so weiter, gingen langsam flöten. Was war denn nun mit der Nahtoderfahrung? War ich zu spät? Zu früh? Hatte sie noch gar nicht begonnen?

»Pst!«

Es dauerte einen Moment, bis mir in meiner Verwunderung klar wurde, dass es nicht die Verletzte war, die mir da zuge-pst hatte, sondern das Schicksal.

Es gibt mehrere Arten, *pst* zu sagen:

1. Voll glühender Vorfreude, bevor sich die Vorhänge des Theaters heben,
2. im Geheimen; in schmalen, dunklen Gassen oder hinter aufgestellten Mantelkrägen hervor,
3. augenzwinkernd, eine hilfreich ausgestreckte Hand begleitend,
4. wie eine bösartige Wachgans, die es kaum erwarten kann, sich zum scharfschnabeligen Rächer der Stille aufzuschwingen und jeden Unglücklichen in Reichweite ihres Halses zu Kleinholz zu verarbeiten.

Schicksal hatte sich für die vierte Variante entschieden. Es sah nun ganz und gar nicht mehr aus wie ein Glückskeks, sondern wie eine übel gelaunte alte Norne, die mir bösartig mit dem arthritischen

Zeigefinger drohend entgegengehumpelt kam. Ich verschränkte in weiser Voraussicht die Arme, um nicht den Eindruck zu erwecken, als könne es mich mit seiner Fingerfuchtelei in irgendeiner Weise einschüchtern.

»Tod! Was soll das?«

»Ja, genau, eine Motorradfahrerin, scheint noch recht jung zu sein … äh, kann ich nicht genau sagen, aber das Fahrzeug liegt auf ihr drauf … Ich weiß nicht, ob sie noch atmet, schwer zu erkennen. Ja, genau, gleich außerhalb von Gosford …«

»Können wir nicht vielleicht ein bisschen abseits reden? Bei dem Gequatsche komm ich ja nicht mal dazu, mir eine Ausrede auszudenken.«

»Ausrede!«, schnaubte Schicksal humorlos. Mann, es konnte sich wirklich furchtbar aufregen, wenn man ihm dazwischenfunkte. »Du brauchst also eine Ausrede, Tod? Willst du damit sagen, dass du es mit Absicht vermasselt hast? Meinen ganzen schönen Plan?!«

»Was habe ich denn vermasselt?«

Es war an der Zeit, mich dem allgemeinen Gesprächsklima anzupassen. Ich gestikulierte unter Aufbietung all meiner Gelenkigkeit in Richtung der Verunglückten und hob die Stimme, um über das Geschnattere der Umstehenden hinweg zu schreien. Es sammelten sich langsam immer mehr Neugierige, aber das Motorrad anheben und sich die Schweinerei darunter ansehen, wollte dann doch keiner.

»Da liegt sie doch! Da liegt sie, ganz in der Nähe und so gut wie tot, und erfüllt damit sämtliche Voraussetzungen – woher soll ich denn wissen, wie es jetzt weitergeht? Ich war schließlich noch nie dabei! Was eine echte Unverschämtheit ist, wenn du mich fragst. Ich bin der T…«

»Jaja, der Tod, ich weiß. Und? Was denkst du, warum du noch nie dabei sein durftest? Vielleicht, weil du lieber hier rumhockst und Maulaffen feil hältst und dich schick findest in deinem dämlichen Mantel, den du angeblich so gar nicht leiden kannst, während die gesamte Show ohne dich abläuft! Gott, Tod, das wäre die perfekte Kandidatin gewesen. *Perfekt,* sage ich dir! Aber nein, nein. Ich wusste es doch. Auf dich ist einfach kein Verlass. Mensch!«

»Das Schimpfwort will ich überhört haben.« Die Show lief ohne mich ab? Falls ich mich nicht in einigen physikalischen Einzelheiten schwerwiegend irrte, *war* ich doch da! »Jetzt mal unter uns, Schicksal – wenn es irgendetwas Besonderes zu beachten gibt, hättest du mir das sagen müssen. Du weißt, dass das mein erstes Mal ist.«

Ein Schnipsen zittriger Finger und die Welt um uns verblasste. Der Geruch nach geschmolzenem Metall und verbranntem Gummi verflog im Wind, ebenso das Flirren sonnenwarmen Asphalts. Die tiefblaue Weite des australischen Himmels machte Platz für … *oh nein.*

Alte, dürre Bäume schälten sich aus dem Nebel und reckten ihre laublosen Äste in den wolkenverhangenen Himmel, wo sie sich vor dem trostlosen Grau abzeichneten wie kompliziert aufgefächerte Krampfadern. Irgendwo im beißenden Sturm verklang das unheilvolle Krächzen eines Krähenschwarms, nur aus dem einzigen Grund, im nächsten Moment bedrohlich wieder anschwellen zu können. Morastiger Untergrund blähte sich vor Faulgasen und ließ ein aufgedunsenes Gluckern hören*, was wohl den Eindruck erwecken sollte, dass die Erde, ganz krank vor Hunger, nur darauf wartete, mich mitsamt Knochen und Umhang zu verschlingen. Und da sagte man ausgerechnet *mir* einen Hang zur Dramatik nach.

Nur mit Mühe konnte ich ein gequältes Stöhnen unterdrücken. Ich *kannte* diesen Ort. Ich kannte ihn von all den unzähligen Strafpredigten, die Schicksal mir in meiner Laufbahn schon zugemutet hatte. Ich kannte ihn von Hunderten von Streitgesprächen.

Ich trat unwohl von einem Fuß auf den anderen**, als ich den Blick durch den trüben Privatgarten des Schicksals streifen ließ. Jeder Gärtner hätte hier vor Schreck die Heckenschere fallen lassen und sich rechenschwingend aus dem Staub gemacht. Jeder Kammerjäger wäre erbleichend auf die Knie gesunken und hätte einen heiligen Eid geschworen, gleich am nächsten Tag den Beruf zu wechseln.

* Es klang in etwa wie »*Bluargh*«.

** *Bluargh. Bluargh.*

Ich kannte Schicksal gut. Es spielte gerne Spielchen, aber da hatte es sich mit dem Falschen angelegt. Jeder wusste, dass ich stets das ein oder andere versteckte Ass im Ärmel trug. Und das durfte ich, denn an mir kam letzten Endes niemand vorbei.

Als ich mich mit trotzig vorgeschobenem Unterkiefer zu der verschrumpelten Norne umdrehte, hatte es sich diese bereits zwischen den wulstartig angeordneten Wurzeln einer alten Esche bequem gemacht, wo sie jetzt triumphierend thronte und ihren stählernen Blick die höckrige Nase entlang direkt auf mich richtete. Schicksal hatte manchmal etwas an sich, das einen dazu bringen konnte, sich recht hilflos zu fühlen. In seinen Händen drehte sich träge eine Spindel, um die ein grober Faden aus grauem, frostglitzerndem Garn gewickelt war. Jaja, ich wusste Bescheid – das war mein Schicksalsfaden, der jederzeit durchgeschnitten werden konnte, ich war einsam und allein und dem Werdegang der Dinge schutzlos ausgeliefert, blabla. Die Nummer zog bei mir nicht mehr, seit ich begriffen hatte, dass es niemanden gab, der mich im Falle einer tragischen Schicksalsfadenkürzung vertreten würde.

Ich räusperte mich.

»Weißt du, das kommt mir alles ein bisschen übertrieben vor.«

»*Tut* es das …?«

»Ja! Ich habe nichts falsch gemacht. Na schön, die Sache hat nicht funktioniert. Na und? Es gibt Schlimmeres.«

In Wahrheit wurmte es mich natürlich doch, aber der Tag, an dem ich Schicksal recht gab, würde finster und schrecklich sein und war noch lange nicht gekommen. Stattdessen beschloss ich, zu schmollen.

Langsam, ganz langsam, wand sich der Faden um eben jenen knöchrigen Zeigefinger, der mir vorhin noch so nachdrücklich gedroht hatte. Eine buschige Augenbraue wanderte mit der Geschwindigkeit einer Weinbergschnecke Richtung Haaransatz. Ein uraltes, langgezogenes Seufzen war zu hören.

Ich nahm vorsichtshalber Platz, denn ich ahnte bereits jetzt, dass mir ein längeres Gespräch bevorstand, wenn Schicksal in dieser Geschwindigkeit weitermachte.

»Tod.«

»Schicksal.«

»Meine Unterlagen sind vertraulich.«

»Ich weiß, geht mir genauso.«

»Dennoch habe ich sie mit dir geteilt.«

»Hmmhmm.«

»Wie kannst du so ein Geräusch überhaupt produzieren, ohne Stimmbänder?«

»Solche Fragen darfst du nicht stellen. Du wirfst doch das gesamte Konzept durcheinander. Wie soll ich überhaupt *irgendetwas* machen in der Gestalt? Das Leben ist schwer ohne Sehnen, vom Tod ganz zu schweigen. Außerdem warst du vorhin ein Glückskeks. Aber jetzt, wo du mich daran erinnerst … warte mal kurz. Hier draußen kann ich ja machen, was ich will.«

Es gab ein Geräusch wie von zweihundert zerbrechenden Eiern, des schönen Effekts wegen. Im Handumdrehen saß ich als wunderschöne Engelsgestalt im Morast – genauer gesagt, als wunderschöne, *praktische* Engelsgestalt. Wenn ihr hier an Flügel und hübsche große Augen denkt, habt ihr zumindest insofern recht, als dass ich von beidem mehr als genug besaß*. Ästhetik hin oder her, ich konnte nicht leugnen, dass diese Gestalt ihre gewissen Vorteile besaß. Zum einen war ich schnell und wendig, zum anderen kamen mir die vielen Augen in dieser Umgebung gerade recht. Ich will nicht sagen, dass ich *Angst* hatte, aber in Schicksals Anwesenheit konnte man manchmal ganz schreckhaft werden. Ständig erwartete man, dass es sich von hinten an einen heranschlich und einem irgendwas Ekliges ins Ohr steckte, beispielsweise einen angelutschten Finger.

Die Augen hatten allerdings auch ihre Nachteile. Eine Bindehautentzündung beispielsweise wäre überhaupt kein Spaß gewesen, und um mich hinzusetzen, musste ich einige meiner Lider ziemlich fest

* Nämlich um genau zu sein, zwölf Flügel und tausenddreihundertneunzehn Augen. Was denn? *Ich* hatte mir die Sache ganz bestimmt nicht ausgedacht.

schließen. Es ist nicht schön, mehrere Augen zudrücken zu müssen, nur um sich mal einen Moment zu setzen, vor allem, wenn man sich im Schlamm suhlt. Ich richtete mich schnell wieder auf und fühlte mich sofort besser, da ich Schicksal plötzlich um zwölf Meter überragte. Da konnte es noch so lang an seinem lausigen Faden rumpopeln, ich war und blieb der Größte. Ich grinste ein zufriedenes Grinsen, welches, ebenso wie meine beeindruckende neue Erscheinungsform, vollkommen ignoriert wurde.

»Sehnen hin oder her. Du hast mich enttäuscht, Tod. Ich habe dir vertraut. Ich habe dir Daten preisgegeben, die ich eigentlich für mich behalten sollte, und wozu? Du hast einfach nur dagesessen und nichts getan. Weshalb warst du nicht in ihrem Kopf?«

»Wie – was, bitte?«

Ich blinzelte verwirrt, was eine Weile dauerte.

»In ihrem Kopf, Tod. Da, wo sich die ganze Erfahrung abgespielt hat. Die Lichter, die Glücksgefühle, die Feuerwerke …«

»Moment mal. Du willst von mir, dass ich Leuten in den *Kopf* steige?«

»Natürlich, wohin denn sonst? Mit Dingen, die einem zu Kopf steigen, solltest du dich doch eigentlich bestens auskennen. Machtdemonstration durch Augen, Tod, also wirklich … du bist doch kein Pfau.«

»Dir zuliebe werde ich sechshundertneunundfünfzig Augen zudrücken und dir die Bemerkung noch mal durchgehen lassen.«

»Danke. Jedenfalls: Ach, Tod! So kann das doch nicht … Was machst du da? Hör auf, so zu blinzeln! Ich dachte, du meinst das mit den zugedrückten Augen im übertragenen Sinne. Du kannst einem ganz schön den Wind aus den Segeln nehmen, weißt du das?«

»Ja.«

»Na schön, hör zu.« Die Spindel wurde behutsam beiseitegelegt, was ich mit einem Anflug von Hoffnung zur Kenntnis nahm. Ich hatte wirklich keine Lust auf ein Lehrgespräch. Vielleicht würde Schicksal mich ja mit dem ein oder anderen blauen Auge davonkommen lassen, oder möglicherweise mit zwei bis drei Dutzend davon.

Auch damit wäre ich zufrieden gewesen. »Ich dachte, du weißt, dass Nahtoderfahrungen etwas Psychisches sind.«

»Wusste ich nicht.«

»Sie geschehen im Gehirn, verstehst du? Was sich jeder Idiot hätte denken können, nebenbei gesagt. Sie sind ein kleiner Vorgeschmack auf das, was eines Tages tatsächlich passieren wird. Eine winzige Vorspeise. Imagination mit einer Prise Wirklichkeit. Aber eben nur einer Prise! Da nützt es nichts, wenn du nur tatenlos danebensitzt und deine Sense wetzt. Du musst schon lernen, zu kommunizieren! Natürlich, du hast wirklich sehr vorbildlich an ihr rumgerüttelt, aber das hat dir auch nichts genützt. Mann, sah das vielleicht dämlich aus. Du musst in die Köpfe der Leute sehen können, Tod! Und von da aus ist es nur ein ganz kleiner Schritt, bis du zu einer waschechten Halluzination wirst.«

»Das hört sich irgendwie ungesund an. Ich will keine Halluzination sein, Schicksal. Mal abgesehen davon, dass ich nicht einfach in irgendwelcher Leute Gehirne reinkann: Ich bin das Wirklichste, was es gibt. Ich scheine das genaue Gegenteil von einer Nahtoderfahrung zu sein. Hättest du mir das nicht vorher sagen können?«

Schicksal kniff seufzend die Lippen zusammen und machte ein trauriges, schmatzendes Geräusch. Vermutlich hatte es Mitleid mit mir, möglicherweise hatte es aber auch aus Versehen sein Gebiss verschluckt.

»Du kannst nicht in Köpfe hinein? Ach, ach. Du Armer. Kein Wunder, ziehst du immer so ein langes Gesicht. *Ich* kann in alles hinein.«

»Wie schön für dich.«

»In so ziemlich *alles,* Tod. Köpfe, Herzen. Träume. Synapsen. Zellen. Die Zukunft …«

»Du kannst in die *Zukunft* reisen?«

»Im übertragenen Sinne.«

»Ah. War ja klar. Und mit Zellen meintest du …«

»Körperzellen, ja. Aber auch Gefängniszellen, wenn ich nur will. Solarzellen. Parzellen. Alles olle Kamellen. Wie gesagt: Ich komme *überall* rein.«

»Solange du auch aus allem wieder rauskommst, ist das bestimmt toll. Aber bedenke eins: Alles, in das *du* reinkommst, werde *ich* irgendwann kaputt machen.« Vielleicht war es kindisch, aber hier konnte ich mir ein triumphales Feixen einfach nicht länger verkneifen. Ein Angeber-Duell mit dem Tod hatte bislang noch keiner gewonnen. »Menschen sterben. Gebäude zerfallen. Schwedische Gardinen rosten. Du kannst in so viele Sachen reinkriechen, wie du nur willst – irgendwann wird keiner mehr übrig sein, der sich daran erinnert.«

Leider sah die Norne weder besonders geknickt noch beschämt aus – ganz im Gegenteil.

»Das schon«, sagte sie in einem Tonfall, den ich als unangemessen fröhlich empfand. »Aber wenn du schon alles kaputt machen musst, du alter Wüterich, dann ist es gut zu wissen, dass ich wenigstens die Art bestimmen kann, in der es vergehen wird. Ich hab da ein paar tolle Aufträge für dich in petto, alter Freund! Aber später mehr dazu. Zuallererst möchte ich dir mitteilen, dass du aus der Nahtodnummer raus bist.«

»Nein, bin ich nicht.« Ich setzte ein Lächeln auf, anstatt mich aufzuregen, und blinzelte Schicksal tausendfach liebenswürdig zu*. »Du wirst mir noch eine Chance geben, oder ich schreibe einen Beschwerdebrief an die Zeit, in dem ich ihr stecke, dass du mir Sachen verraten hast, die mich eigentlich nichts angehen.«

Schicksal schwieg.

Es schwieg für eine lange Weile.

Dann verschränkte es die dünnen Arme vor der Brust.

»*Rotz* und Bärenscheiße«, seufzte es. »Ich hasse den Tod.«

Möglicherweise, so wurde mir später klar, war das Schicksal an der ganzen Sache mit meinem Berufswechsel nicht ganz unbeteiligt.

* All die Selbstschmeicheleien hatten meinem Ego ziemlich gutgetan.

Beweisen konnte ich es allerdings nie. Schicksal hatte schon immer seine helle Freude daran gehabt, seine Finger in meine Angelegenheiten zu stecken – aber ich wollte keine wüsten Spekulationen anstellen.

Solange es mich tun ließ, was ich wollte, war ich zufrieden.

Drei Versuche

Folgende Einigung hatten wir getroffen:

- Ich durfte mein Glück noch drei Mal versuchen.
- Ich durfte mein Glück noch drei Mal versuchen, und zwar bei drei verschiedenen Menschen, die im Augenblick ihrer Nahtoderfahrungen bei vollem Bewusstsein waren.

Das hörte sich für mich schon vielversprechender an, denn immerhin musste ich mich dafür nicht in irgendwelche Köpfe quetschen. Das menschliche Gehirn klang ganz gewiss nicht nach einem geeigneten Aufenthaltsort für den Tod, ganz eng und winzig und schleimig, igitt, von all den trägen Gedankengängen ganz abgesehen – und von der Tatsache, dass ich seit meinem Gespräch mit dem Schicksal Sekunde für Sekunde von der grauenhaften Vorstellung heimgesucht wurde, mich durch einen Gehörgang zwängen zu müssen. Oder gar durch ein Nasenloch. Nein, darauf konnte ich beim besten Willen verzichten.

Unsere Kandidaten klangen vielversprechend: Der erste war ein unbekannter, von Depressionen geplagter Schriftsteller, der sich noch heute in seiner Wohnung in Antwerpen erhängen wollte. Die Liebe zur Poesie, erbärmliches Scheitern, ein unerbittlicher Kampf mit sich selbst und schlussendlich eine Begegnung mit dem Tod höchstpersönlich – was klang besser als das? Sein nächstes Buch würde sich garantiert gut verkaufen, da stimmte Schicksal mir vollends zu.

Nummer zwei war eine alte Oma, die mit ihrem klapprigen Auto durch Österreich gurkte und nicht wusste, dass es sich empfahl, bei einer Bergtour nicht direkt in Abgründe zu rasen. Ein liebenswürdiges Großmütterchen, das sich in Lebensgefahr schusselte und von da an endlich eine Geschichte hatte, die bestimmt jedes ihrer Enkelkinder gern hören wollte. Wie Oma in ihrem Käfer fast den Tod überfuhr – das war doch mal ein Märchen, das sich gewaschen hatte*.

Aber, meine Güte, unser *letzter* Kandidat war der absolute Oberkracher. Da hatte sich Schicksal wirklich mächtig angestrengt. Über Chou Zenguang musste man eigentlich nur eine Handvoll Dinge wissen:

- ☠ Er war elf Jahre alt,
- ☠ Einzelkind,
- ☠ wohnte im reichsten Dorf Chinas,
- ☠ war der absolute Liebling seiner Eltern (zwei Stahlbarone, die in einer mehrstöckigen Villa residierten),
- ☠ und ebenso verwöhnt wie hochbegabt.
- ☠ Er war: Dichter, Maler, Musiker, Tänzer, Sänger und wandelndes Fremdwörterbuch in einem.

Ich war mir sicher, dass seine Mutter all seine Babyrülpser in kleinen Einmachgläsern eingefangen und im Internet zu Höchstpreisen verschachert hatte. Garantiert würden seine Besitztümer irgendwann nach seinem Tod als Quellen der Inspiration an angehende Möchtegern-Genies versteigert werden, und nach einhelliger Meinung all seiner Bekannten, Freunde, Familienmitglieder und zweitausendfünfunddreißig Facebook-Abonnenten gab es nirgendwo auf der Welt ein

* Und natürlich würde sich dabei ganz nebenbei herausstellen, dass der Tod eigentlich ein höflicher, umgänglicher Typ war, vor dem man sich überhaupt nicht zu fürchten brauchte. Ach ja – die viel gerühmte Weisheit der Älteren. Wer immer noch skeptisch ist, weiß nicht, wie viele Legenden von gelangweilten Großmüttern in die Welt gesetzt worden sind. Die meisten haben sich über die Jahrtausende bis heute gehalten.

hübscheres, klügeres, höflicheres, ehrgeizigeres, kreativeres, diszipliniertere, niedlicheres Kind als ihn.

Er war perfekt.

Ich konnte es kaum erwarten, dass er aus dem Fenster fiel.

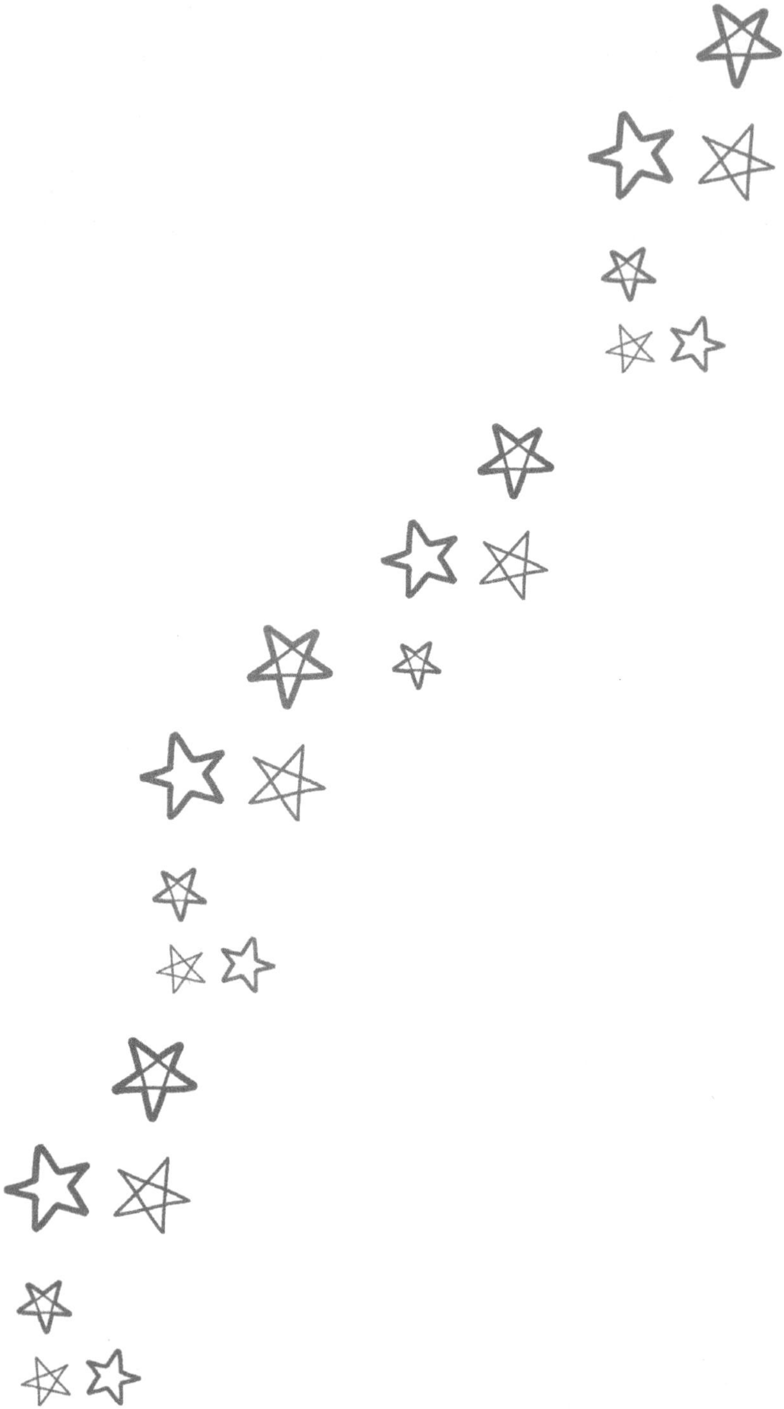

Kapitel 6

»Mathis Souplet?«

Ich musste das eigentlich nicht fragen. Ich wusste schließlich genau, um wen es sich bei dem kleinen, dünnen Mann handelte, der da auf dem Boden so kläglich mit dem Kabel um seinen Hals rang. Hemd und Hose waren viel zu groß für ihn, und das Kabel im Grunde genommen auch. Es erschien mir beinahe dicker als sein Hals.

Mathis Souplet blickte mich aus dunklen, rot geränderten Augen an und hustete erstickt. Zu meiner Überraschung musste ich erkennen, dass er mich wohl als hochgewachsenen dürren Mann in Frack und Zylinder sah, dessen Teint nicht in stärkerem Kontrast zu all dem Schwarz hätte stehen können. Merkwürdig zwar, aber eigentlich recht schick. Erinnerte mich irgendwie an meine Zeit in Haiti und gab mir eine vortreffliche Gelegenheit, lässig meinen goldbeknauften Gehstock zu schwenken und an meinem Whiskeyglas zu nippen.

»Es ist mir ein Vergnügen. Ich würde ja helfen«, sagte ich liebenswürdig und mit Blick auf die vergeblichen Versuche des Mannes, der Kabelschlinge zu entkommen, »aber dann wäre das Ganze ziemlich schnell vorbei. Und dieser Moment ist kostbar. Ach, na schön, ich will nicht so sein.«

Lächelnd schlenderte ich näher und streckte ihm eine Hand entgegen, um ihn auf die Füße zu ziehen. Man sah es mir vielleicht nicht an, aber ich hatte ganz schön Lampenfieber. Ob ihr es mir glaubt oder nicht, dies war mein allererstes Gespräch mit einem lebenden Menschen. Es war wirklich nett von ihm, dass er seine Gesichtsfarbe mir zuliebe von seiner üblichen, hübsch anzusehenden hellbraunen Farbe zu einem ungesunden Leichenblau anschwellen ließ, während er weiterhin an dem Kabel zerrte. Er wollte mir die ganze Sache wohl so angenehm wie möglich machen, der Gute. Da sage noch einer, die Belgier seien unfreundlich.

Ich hievte ihn in die Höhe und klopfte ihm wohlwollend auf die Schulter, woraufhin sich die Schlinge ein wenig zu lockern schien. Ich war froh, dass es nur die Schlinge war und nicht gleich der ganze Kopf.

Mit zittrigem Blick starrte mich der Schriftsteller an und griff sich fahrig an die Kehle. Ja, du Schlauberger, den blauen Fleck hast du nur dir selbst zu verdanken. Wenn er versuchen würde, mir die Schuld daran in die adrett glänzenden Lackschuhe zu schieben, würde ich ihm eins mit dem Spazierstock verpassen. Doch es schien kein Vorwurf kommen zu wollen. Stattdessen holte Mathis Souplet tief Luft, hustete noch ein paar Mal, schwankte dramatisch zur Seite, um ein bisschen Zeit zu gewinnen, und stellte dann die alles entscheidende Frage.

»Bin ich tot?«

»Nein.«

Ich schob ihn hinüber zu seinem Korbsessel und brachte ihn dazu, sich erst einmal hinzusetzen, und zwar, indem ich ihn mit Gewalt nach unten drückte, bis ich seine so oder so schon angeschlagenen Nackenwirbel leise knacken hörte.* Hoffentlich hatte ich nichts kaputt gemacht.

Anscheinend nicht, denn atmen und zittern und husten tat er noch, und das war so ziemlich das Einzige, was ich ihn jemals hatte tun sehen. Alles schien in Ordnung zu sein. Sehr gut. Ich musste mich ein wenig entspannen, den Gentleman spielen, eine gute Figur abgeben, so was in der Art eben. Ich hätte wetten können, dass Schicksal mich wieder einmal heimlich beobachtete.

»Das würdest du merken. Deine Zeit ist noch nicht gekommen, Mathis«, begann ich deswegen feierlich, weil sich so etwas in späteren Erzählungen immer gut machte. Dann nahm ich ihm gegenüber Platz und steckte mir eine seiner Zigaretten an. Er hätte mir übrigens ruhig eine anbieten können. »Jetzt mal ehrlich, was soll das Ganze überhaupt? Wie alt bist du – so um die dreißig Jahre, acht Monate,

* Oh, oh.

drei Wochen, sechs Tage, elf Stunden und sechzehn Minuten, würde ich grob geschätzt sagen. Glaubst du etwa, das ist ein gutes Alter, um zu sterben?«

»Naja – ich … «

Ich hob einen schlanken, weißen* Finger. Dies war nicht der richtige Moment für Plänkeleien. Ich hatte es eilig. Bald schon würde sich der Sauerstoffentzug und der Schock bemerkbar machen, Souplet würde aus den Latschen kippen und die ganze schöne Nahtoderfahrung war vorbei. Wie genau die Sache funktionierte, wusste ich übrigens immer noch nicht. Aber er schien mich zu sehen, weshalb ich mit scharfsinniger Kombinationsfähigkeit davon ausging, dass alles geklappt hatte.

»Ich verstehe überhaupt nicht, was dein Problem ist. Gut, du bist ein hoffnungsloser Versager, aber mal unter uns, welcher Mensch ist das nicht? Nenn mir nur mal einen, der mit seinem Leben und Wirken zufrieden ist. Na also. Sieh dich doch an, mit deinen braunen Dackelaugen und der glänzenden Lockenpracht. Du bist der Traum einer jeden Omi. Hast du schon mal drüber nachgedacht, Schlagersänger zu werden? Wirklich, du hättest es auch wesentlich schlechter treffen können. Nimm mich zum Beispiel: Das hier ist noch eines meiner angenehmeren Outfits, und trotzdem habe ich eine Glatze und keine Augenbrauen. Nennst du das etwa fair? Nein, Monsieur Souplet. Das ist ganz und gar nicht fair. Du dagegen – du hast doch alles, was du brauchst. Fantasie. Genug Geld, dich am Leben zu halten. Eine stilvolle IKEA-Einrichtung. Volles Haar. Gute Haut. Karohemden. Und du lebst in der Stadt der Waffeln und Diamanten! Was willst du mehr?«

Ich erhob mich und sah mit väterlichem Lächeln dabei zu, wie Mathis Souplet seitlich von seinem Sessel rutschte und weinend auf dem Boden aufkam. Also wirklich, der machte es einem echt schwer, für eine heimelige Atmosphäre zu sorgen.

»Ich sag dir eines. Schreib einen Roman hierüber. Das kommt gut an. Die Fans werden darauf fliegen wie die Fliegen. Biete Workshops

* (erstaunlich gut manikürten)

an. Leite Selbsthilfegruppen. Kauf dir ein paar neue Hosen. Schmeiß die Lavalampe da drüben raus, wir sind nicht in den Siebzigern. Irgendwann, wenn du zu alt bist, dein Gebiss zu finden, komme ich noch mal vorbei und schaue, was aus dir geworden ist. Und dann, Mathis Souplet, will ich eine Erfolgsgeschichte hören, die sich gewaschen hat!« Ich wollte mich schon zum Gehen wenden, besann mich dann aber eines besseren. »Ach ja, und vergiss nicht zu erwähnen, dass ich von majestätischer Gestalt bin und bestimmt nicht aussehe wie ein Skelett. Und dass ich auch keine Sense … hallo? Mathis? Hörst du mich noch?«

Anscheinend nicht. Er hatte die Augen geschlossen und lag schwer atmend auf seinem roten Synthetikteppich. Mit dem Spazierstock schob und stupste ich ihn mehr oder weniger sanft auf die Seite, damit er zumindest nicht an seiner eigenen Zunge ersticken würde, und zuckte ratlos mit den Schultern – nur für den Fall, dass Schicksal zusah. Ich fand, ich hatte mich schon wesentlich besser geschlagen als beim ersten Mal*.

Die Zigarette drückte ich aus und ließ sie als kleinen Gruß im handgetöpferten Aschenbecher zurück. Eins muss ich sagen: Krankheit hatte sich ziemlich tief im Hirn des Möchtegern-Autors eingenistet, doch wenigstens hatte er eine hübsche Wohnung. Es lagen überhaupt keine leeren Weinflaschen oder schmutzigen Zeitungen auf dem Boden, trotz aller Depressionen**. Allerhöchstens den kümmerlichen Kaktus auf dem Küchentisch fand ich ein wenig klischeehaft.

Dies allerdings sei ihm verziehen. Es gab wirklich Schlimmeres.

Beispielsweise nahm ich mir beim Rausgehen eines seiner selbst geschriebenen Bücher aus dem Regal und blätterte es kurz durch.

Nicht auszuhalten, das Geschreibsel.

* Was zugegebenermaßen nicht besonders schwer gewesen war, aber meiner Meinung nach dennoch ein dickes Lob verdiente. Ich bekam allerdings keins.

** Auch wenn er ziemlich abscheuliche Duftspender auf den Fensterbrettern aufgestellt hatte.

Mystery-Forum – Monster, Mythen, Mysteriöses

Parapsychologie

→ Träume, Halluzinationen, Psychosen
→ Nahtoderfahrungen
→ Tot als Gestalt ?? / Nahtoterfahrung

Topic: Tot als Gestalt ?? / Nahtoterfahrung
Am: 16. September, 13:26
Von: AlienRose333

Hallooo Leute!!! :) Es klingt vieleicht komisch, aber hat einer von euch schonmal den Tot als Gestalt gesehen? Oder hat einer von euch schonmal eine nahtoterfahrung gemacht? Zum beispiel hat die Freundin von einer Freundin einen Onkel, der mal bei einer nierenstein-op (an die genaue Krankheit kann ich mich nicht mehr erinnern aber es war irgendwas an der niere, ist auch schon eine Wiele her) fast auf dem Op-Tisch gestorben wär. Der hat dann damals erzählt (ich war nicht dabei als er es erzählt hat aber so hat meine freundin es mir weiter gesagt), dass er sich selber von oben gesehen hat, wie als ob er über seinem eignen Körper geschwebt wäre, wie in einem Film, und dass neben ihm so eine dunkle Gestalt stand!! ok dachte ich mir damals, ziemlicher Schwachsinn, der hat wohl zu viel Hollywood geschaut.

Tja aber dann hat mir eine Lehrerin in der Pause erzählt, das sowas öfter vorkommen kann. und das man es immer mit vorgängen im gEhirn erklären kann, aber dass sich solche Erfarhungen von Mensch zu Mensch unterscheiden. Jetzt meine Frage: hatte einer von euch schon einmal eine nahtoterfahrung? Oder kennt ihr einen

Menschen, dem der To als Gestalt begegnet ist? Denn wie Frizzzedia in ihrem thread geschrieben hat, kann man manchaml auch den Tot als gestalt sehen wie der Vermummte neben dem Tisch. Das hat vielleicht mit parapsychology nicht so viel zu tun, aber es gibt noch keinen Topic, der sich hier mit sowas beschäftigt. Wobei, wenn das alles im Gehirn ausgelöst wird, dann hat es vielleicht doch was mit Psychologie zu tun............. ich hab mir den tot früher immer als weißen engel vorgestellt bis meine Mutter mir gesagt hat, dass ich mir das von einem Bild an meiner Wand abgeguckt hab, das immer an meinem Bett hing, als ich noch klein war. Da sieht man mal wieder, was die vortsellung alles ausmacht.

.... was denkt ihr ??

Topic: Tot als Gestalt ?? / Nahtoterfahrung
Am: 16. September, 14:05
Von: MessiNessi

das ist absoluter blödsinn sowas passiert nicht in wirklichkeit. das sind wie du schon geschrieben hast alles psychologisch erklärbare vorgänge innerhalb des gehirns. synapsen reagieren auf den bevorstehenden tod und das gehirn schüttet glückshormone aus, um den körper über den schmerz wegzutäuschen. so entstehen dann dieses halluzinationen. aber dass man da wirklich dem tod begegnet oder tatsächlich über seinem körper schwebt passiert eigentlich nicht in der realität. da hatte deine lehrerin schon recht als sie meinte dass man das alles erklären kann. übrigens heißt es tod mit d.

Topic: Tot als Gestalt ?? / Nahtoterfahrung
Am: 16. September, 14:17
Von: LieberLebenAls

ich denke das die wo das sagen alles lügner sind die aufmerksamkeit wollen. ausserdem finde ich dass gegenüber den wirklich verstorbenen gegenüber ziemlich respektlos

Topic: Tot als Gestalt ?? / Nahtoterfahrung
Am: 16. September, 14:58
Von: Sharkina

LieberLebenAls, was hat denn das mit Respektlosigkeit zu tun?! Solche Erfahrungen sind sehr subjektiv und ich denke, dass Unbeteiligte da einfach kein Mitspracherecht haben. Als »absoluten Blödsinn« würde ich das nicht bezeichnen. Dennoch gibt es einige Nahtod-Geschichten, die sich im Nachhinein als haltlos erwiesen haben. Beispielsweise haben irgendwelche Forscher in Amerika ein ganzes Buch über die Nahtoderfahrung eines kleinen Jungen geschrieben und später stellte sich heraus, dass der Junge nur gelogen hatte, weil er sich nach Aufmerksamkeit sehnte. Aber das sind nur Einzelfälle, von denen nicht auf die Mehrheit geschlossen werden sollte.

Topic: Tot als Gestalt ?? / Nahtoterfahrung
Am: 16. September, 15:01
Von: Aliceyyy

Falscher Topic. Der Tod als Gestalt hat hiermit nichts zu tun. Mach doch noch einen Thread bei »unheimliche Begegnungen dritter ARt« auf. Titel ist falsch geschrieben

Topic: Tot als Gestalt ?? / Nahtoterfahrung
Am: 16. September, 15:38
Von: LuanaLuani

Bevor der Thread hier verschoben wird: Ich glaube, es ist tatsächlich so, wie Sharkina vermutet. Nahtoderfahrungen, also das Gefühl, zu sterben, oder eine Ahnung vom Sterbeprozess zu bekommen, ist eine persönliche und subjektive Sache. Ich habe vom sogenannten »Schatten« gelesen, der das Böse im einzelnen Menschen darstellt und der den Leuten teilweise als schwarzer Mann (daher kommt ja auch das Lied, wer hat Angst vorm schwarzen Mann, hängt möglicherweise auch mit der mittelalterlichen Pest zusammen) oder andere schwarze Figur erscheint, steht manchmal auch am Bettrand oder taucht einfach so auf, und wird oft mit dem Tod verwechselt. Dass Leute den Tod sehen, wie er in Comics und so immer abgebildet ist, mit Mantel und Sense, kann manchmal aber auch vorkommen. In einem anderen Forum habe ich was von einer gelesen, die den Tod bei sich auf der Treppe hat stehen sehen, mit Klemmbrett in der Hand, auf dem er den Namen ihres Meerschweinchens abgestrichen hat. Zuerst dachte sie, es wäre nur ein Traum, doch zwei Wochen später ist ihr Meerschweinchen gestorben…

Ich denke also durchaus, dass so etwas vorkommen kann. Und jetzt haltet euch fest. Es kommt nämlich noch dicker: sowas in der Art ist auch mal bei mir in der Familie passiert. Meine Oma (sie wurde letztes Jahr 72) wollte vor kurzem die Zillertaler Alpen entlang zu einer Wanderfreundin fahren, mit der sie Briefe geschrieben hat, da meine Oma immer recht schnell müde wurde, ist sie nach längrer Fahrt vom Weg abgekommen und ihr Auto ist in eine Schlucht gestürzt, also einen Abhang runter. Zum Glück war es nicht allzu tief, aber später im Krankenhaus hat sie dann gesagt, dass ihr die zwei Sekunden, als sie gestürzt ist wie eine Ewigkeit vorkamen. Zeit ist subjektiv, das wusste Einstein auch schon. Und durch die Frontscheibe von ihrem Auto hat sie gesehen, wie der Grund immer näher kam… HORROR… und ganz unten am Abhang saß eine mumienhafte Gestalt in einem schwarzen Mantel, die ihr zugegrinst hat, ihr Gesicht war ganz skelettiert, man konnte den Totenschädel sehen. meine Oma hat gesagt, sie wird sich immer daran erinnern, wie die Gestalt sie angeschaut hat. Gleichzeitig hat sie sich bruchstückhaft an Fetzen aus ihrem Leben erinnert, wie ihre Mutter ihr früher Apfelkuchen gebacken hat, wie sie ihren Hund kennen gelernt hat, wie sie ihren ersten Mann gekauft hat und so weiter. Und zur selben Zeit hat ihr die Gestalt so zugewinkt, als ob er sie näher locken wollte und ihr sagen wollte: komm zu mir in mein dunkles Reich…… einfach gruslig. Also, sie hat in dieser ekligen Gestalt auch den Tod gesehen, auch weil er eine Sichel am Gürtel trug. Da meine eigene Oma mir das erzählt hat, die normalerweise immer relativ vernünftig war, glaube ich das auch.

Also wie man sieht, kann es schon vorkommen, dass man eine Nahtoderfahrung hat, ohne über den Körper zu schweben. und jetzt erklär mir mal, wie die Synapsen einem das vorspielen wollen. Macht ja auch keinen Sinn, wenn man es mit Botenstoffen oder Glückshormonen erklären will, weil meiner Oma geht es jetzt echt besch*ssen. Sie hat richtige Angst vor dieser Gestalt gekriegt und will gar nicht mehr alleine aufs Klo und braucht immer jemanden, der aufpasst, dass sie schlafen kann, weil sie rechnet ständig damit, dass das Vieh sie holen kommt. Ich hoffe, das wird irgendwann besser. Ihr Leben ist jetzt auf jeden Fall echt die Hölle. Man kann nur hoffen, dass einem selber sowas nie passiert. Dann wird man ja auch zur Last für seine Angehörigen und seine Familie.

Topic: Tot als Gestalt ?? / Nahtoterfahrung
Am: 16. September, 16:08
Von: MessiNessi

ja klar klingt das erst mal krass aber du musst auch mal überlegen in was für einer stresssituation sich der körper in so einem moment befindet. da überkompensiert der halt für seine ängste dadurch dass er eben genau solche bilder hervorruft. also nichts gegen deine oma aber manche alte menschen werden einfach auch debil

Topic: Tot als Gestalt ?? / Nahtoterfahrung
Am: 16. September, 16:14
Von: ShinFocu

O h man Luana !!!!!!! Echt krass die geschichte!!!! Boah voll gruslig da kriegt man aj voll die gänsehaut!!!! Mann kann wie du geschrieben hast echt nur hoffen dass es einen selber nie erwischt!!!! Wer weiss bei was uns so gestalten alles beobachten?? ich hoffe deiner oma geht es gut ich habe mir auch ein gutes buch zu den thema gekauft, schutzengel und die finsternis um uns, das kann ich nur empfehlen

Topic: Tot als Gestalt ?? / Nahtoterfahrung
Am: 16. September, 17:46
Von: AlienRose333

Uhaaaaaahhh da läuft es einem ja eisklat über den rücken !! jetzt wünschte ich mir fasst, ich hätte nicht gefragt ... :') ja der tot ist schon so ein thema für sich, über das viele nicht so gern nachdenken .... kann ich verstehen!!

ürbigens nessi wäre es nett, wenn du nicht immer so tun würdest, als sei ich dumm, danke

Topic: Tot als Gestalt ?? / Nahtoterfahrung
Am: 16. September, 17:48
Von: MessiNessi

hahahahahaahahahahahahaaha

Topic: Tot als Gestalt ?? / Nahtoterfahrung
Am: 16. September, 20:23
Von: Alena(Mod)

Thread verschoben

Topic: Tot als Gestalt ?? / Nahtoterfahrung
Am: 18. September, 10:49
Von: LuanaLuani

Meiner Oma geht es körperlich schon wieder besser. Psychisch aber eher weniger. So etwas ist echt hart, ich kann nur hoffen, dass es einem von euch nie passiert.

Topic: Tot als Gestalt ?? / Nahtoterfahrung
Am: 22. September, 22:57
Von: Wombombat

es heißt Tod und nicht Tot

LA GUILLOTINE, 22. September

Mathis Souplet: Der Tod in meiner Wohnung

Er kam als Warnung, der finstere Geselle, der sich Zutritt zu Souplets Wohnung verschaffte, ohne eine Spur zu hinterlassen.

»Es war eine Verzweiflungstat«, gab Souplet rückblickend an. Auf Nachfrage, ob er den Selbstmordversuch auch heute noch wiederholen würde, schüttelt er den Kopf – aus Angst, fügt er hinzu.

»Ich bin mir ziemlich sicher, dass mich an diesem Tag der Tod selbst besuchen kam. Er saß einfach nur da und sah mir zu, wie ich versuchte, das Bewusstsein wiederzuerlangen – und dann drohte er mir.«

Das Dunkle in uns verkörpere der bleiche Mann im schwarzen Anzug, vermutet Souplet. Dekadenz, Selbstsucht und die Fähigkeit, mit einem Lächeln auf das Leiden anderer zu blicken; all dies legte der unheimliche Besucher laut des aufstrebenden Schriftstellers zutage. Niemand will in so jungen Jahren dem Tod begegnen, ganz besonders, wenn es sich um eine »Verkörperung von Dunkelheit und Bosheit« handelt, wie Souplet die unheimliche Gestalt beschrieb.

»Er drohte mir, verlangte von mir, dass ich ihn nicht enttäusche, wenn wir uns das nächste Mal begegnen würden.«

Souplet habe sich »mit letzter Kraft ins Wohnzimmer geschleppt«, wo er »Stunden später wieder zu Bewusstsein« gekommen sei – mit einem fahlen Geschmack im Mund und dem beklemmenden Gefühl, nicht allein zu sein. Das Gespräch mit dem Teufel – Die Urangst vor dem Scheitern *soll nach Angaben des Verlegers bereits in einigen Wochen erscheinen.*

Wie im Wahn habe Souplet das Werk innerhalb von fünf Tagen geschrieben, »wie besessen von dem Gedanken, von dem finsteren Besucher für seine Untätigkeit bestraft zu werden«. Man darf gespannt bleiben.

Bild: Yves Montchien-Verttoits
Text: Claire Lavie

Und dann kam die Zeit des großen Rumpelns.

Dreihundert Millionen Jahre, bevor ich wütend eine belgische Tageszeitung in der Luft zerfetzte und mir schwor, nie wieder irgendwelchen eingebildeten Schriftstellern zu helfen, hatte ich keine Ahnung, dass die Erde kurz vor einem Burn-out stand – und zwar wortwörtlich. In all den unendlichen Jahren danach hatte ich nie wieder so viel Arbeit wie in dieser Zeit.

Mir hatten die Sümpfe gut gefallen. Ich hatte bewundernd zugesehen, wie uralte, dicke Wurzeln sich alle Mühe gaben, selbst den letzten Tropfen Wasser aus dem schlammigen Untergrund zu saugen. Ich hatte die tausenden modrigen Pilzarten gemocht und den Geruch der verwesenden Blätter genossen. An kaum einem Ort gab es so viel langsamen, systematischen Zerfall wie in einem Sumpf – und das hatte irgendwie beruhigend auf mich gewirkt.

Aber dann bebte der Untergrund. Er bebte in der Tat so stark, dass sich anderswo Gebirge auftürmten, während ich fluchend durch die Wälder schwankte und versuchte, meinen Job zu erledigen, ohne ständig zu stolpern. Landmassen trafen zusammen und erfüllten die Welt mit einem Tosen, das man so bisher noch nie vernommen hatte. Es war vergleichbar mit einem Treffen zweier verfeindeter Fußballclubs: Man rempelte sich mit voller Absicht so hart an, wie man nur konnte, brüllte dann wortlos drauflos, hieb sich tüchtig auf die Birne, und am Ende lag man bewusstlos in einem riesigen Haufen aufeinander mitten auf der Straße und versperrte allen den

Weg. Es machte weder besonders viel Sinn noch war es eine angenehme Erfahrung, und anders als auf Schlägertypen konnte man auf Kontinente nicht einmal Wetten absetzen. Es war größtenteils einfach nur lästig.

Erdmassen rissen auseinander, um Platz für neue Meeresarme und Ozeane zu machen. Der Boden zitterte ohne Ende, weil irgendein Idiot beschlossen hatte, uns von oben unaufhörlich mit Kometen zu beschießen. Oder waren das nun Meteoriten? Ach, ganz egal. Auf jeden Fall schien es die gute alte Erde ziemlich fuchsig zu machen, denn sie antwortete auf die unangenehmen Annäherungsversuche ihres interstellaren Verehrers, indem sie Asche und Lava spuckte, und zwar viel zu viel davon. Träges Magma wälzte sich zähflüssig über Bäume, Farne, Echsen und Tümpel und begrub ganze Landstriche unter sich. Pflanzen verbrannten in dem gnadenlosen Feuergestein aus dem Inneren der Erdkugel, Fische verdampften in ihren rasch schrumpfenden Teichen, und Wüsteneien aus erstarrtem Flussbasalt entstanden, wo sich zuvor noch so viel Leben getummelt hatte. Ich muss vermutlich nicht erwähnen, dass das meinen geschätzten Kollegen ziemlich ärgerte*.

»Findest du das etwa auch noch lustig?«, fragte Leben mich eines Tages aufgebracht, als ich mich gerade bei einem entspannenden Vulkanausbruch etwas von den Strapazen des Tages erholen wollte. Es hatte durchaus etwas an sich, wie die Glutteilchen kilometerweit in den Himmel geschleudert wurden, wie sich Ruß und ätzendes Gas zu gewaltigen, hübsch anzusehenden Wolken auftürmten und wie überall ringsum die unhörbaren Entsetzensschreie von Milliarden von Gräsern, Blättern und Moosen erklangen. Dann kam der meditativere Teil: Wie orange glühendes Karamell rollte die Lava den Berghang hinab und geradewegs auf das Tal zu. Eigentlich schade, dass ich in dieser Phase immer so viel arbeiten musste. Ich hätte mir das Spektakel gern noch ein wenig länger angeschaut.

»Ich habe so lange an dem Wäldchen gearbeitet«, jammerte Leben mir selbstmitleidig ins Ohr und erinnerte mich so daran, dass ich

* Was mich wiederum großartig amüsierte.

eigentlich froh sein sollte für eine Ausrede, mich taktvoll aus dem Staub zu machen. Beziehungsweise in den Staub, denn gerade legte sich eine heiße, flimmernde Schicht aus Aschepartikelchen über die Erde und ihr folgte eine tiefe, brodelnde Stille. Abgesehen vom nervtötenden Gemaule und Getobe meines Kollegen. Leben war schlimmer als jedes Kleinkind.

»Jaja, so kann's gehen«, entgegnete ich und pflückte ein Insekt aus der flirrenden Luft. Seine Seele war winzig und so leicht, dass ich ohne jegliche Umstände an die tausend ihrer Sorte hätte aufsammeln und transportieren können. Und genau das hatte ich auch vor. Bei einem Vulkanausbruch war so etwas unumgänglich. »So schnell ist es vorbei mit all der harten Arbeit, die man geleistet hat. Kann einem schon zu denken geben, oder? Aber keine Sorge – ich helfe dir beim Aufräumen.«

Ein sandkorngroßer Lichtpunkt schloss sich der Käferseele an, die hinter mir hergaukelte. Ein weiteres Insekt – und hier, noch eins. Bald sah ich aus, als ob die Glühwürmchenmafia ein Kopfgeld auf mich ausgesetzt gehabt hätte. Sogar das wäre mir lieber gewesen als dieses nervtötende Leben, das mir schlecht gelaunt hinterherstapfte und seine blöden Kommentare abgab.

»Du bist herzlos, Tod. Aber was soll man schon erwarten, bei jemandem mit so einem Beruf? Das wird wieder Überstunden geben, bis ich die alle ersetzt habe … vergiss die Echse da drüben nicht.«

»Wieso legst du dich überhaupt so ins Zeug?«, fragte ich fröhlich, während ich die Echse da drüben ganz bestimmt nicht vergaß. »Lass den Ort hier doch einfach verkommen. Ich meine nicht nur das Wäldchen, sondern die gesamte Zweigstelle. Vielleicht hat die Erde ja was gegen dich. Vielleicht möchte sie dich gar nicht hier haben. Leg einfach mal eine Pause ein. Gönn uns beiden die Erholung. Stell dir nur mal vor, die Ruhe, der Frieden …«

»So ein Vorschlag kann wirklich nur vom Tod kommen«, naserümpfte Leben, was erstaunlich war, da es nicht einmal über eine Nase verfügte. In Sachen Arroganz war dem Leben wirklich keiner gewachsen: Es war schon hochnäsig gewesen, bevor es das erste

Riechorgan erfunden hatte. »Ich habe keinerlei Bedürfnis nach Ruhe und Frieden. Das Plätschern des Wassers, in dem sich Fische tummeln! Der erste Atemzug eines Molches! Das Zappeln von Krebsbeinen! Glänzende, makellos runde Spinneneier! Milben unter einem Ast! Bäume, die Sonnenlicht trinken! Ach ja, Tod, nimm das Fischjunge da drüben auch gleich mit. Blätter, die im Wind rauschen! Wassergras, das sich zwischen den Wellen wiegt! Das ist meine Vorstellung von Frieden, Tod.«

»Das hört sich für mich nicht sehr friedlich an. Tatsächlich ist es meine Definition von Stress. – Schade eigentlich um diese Moosart hier. Das ist die letzte Pflanze ihrer Art, oder?«

»Erinner mich bloß nicht daran!«

»Tja, so geht sie dahin. Aber wenn du irgendwann das Bedürfnis hast, uns beiden einen Gefallen zu tun: Kalter, regloser Stein. Sauberes Wasser, leer von Un– und Getier. Sanfter, kühler Wind, der von niemandem geatmet oder beflogen wird. Wolken, die niemand sieht. Gewitter, die niemand hört …«

»Hör auf damit! So weit werde ich es garantiert nicht kommen lassen. Alter Spielverderber.«

Ich grinste in mich hinein, denn ich wusste nur allzu gut, dass sich Leben über kurz oder lang verabschieden würde, wenn ich nur vergnügt weiterstichelte.

»Wir sind auf dem besten Weg!«, gab ich deswegen – für meine Verhältnisse recht optimistisch – zu bedenken. »Ganze Landstriche erstarren unter dunklem Basalt. Die Meere erwärmen sich. Das Klima ist in etwa so stabil wie Froschlaich, und bald werden überall Wüsten entstehen. Deine Pflanzen werden in der Sonne verglühen oder unter gewaltigen Eismassen ersticken. Überall werden deine Lebewesen erfrieren oder in der Hitze umkommen, und am Ende werde nur ich allein übrig sein, und auch die letzte Amöbe wird zerfallen und sich in den Tiefen des Meeres in ihre Bestandteile auflösen …«

Leben war verschwunden. Tja, so schnell, wie es kam, so schnell verschwand es manchmal auch wieder. Tödlich gekränkt war es wohl von dannen gerauscht*, oder möglicherweise war ihm auch einfach nur ein neuer Einfall gekommen. Bei ihm konnte man sich nie sicher sein.

Fürs Erste allerdings sah es aus, als ob ich recht behalten würde: Die Temperaturen schwankten wie ein Quastenflosser im Fango. In manchen Gegenden breiteten sich dicke, undurchdringliche Eismassen schleichend aus, in anderen brannte die Sonne unablässig auf die Erdoberfläche hinab, bis sich unendliche Wüstenstriche bildeten, deren eintönige Weiten nur von gleißend rostrot verfärbten Felsformationen unterbrochen wurden. Es war merkwürdig, durch ausgetrocknete Flussbecken und verdorrte Sumpfgebiete zu streichen und zu wissen, dass dort noch vor Kurzem so viel Kundschaft zu finden gewesen war – aber es erfüllte mich mit einem gewissen Gefühl von Triumph. Ich war mir sicher, dass Leben es in dieser Welt aus Methan und radioaktiver Strahlung nicht mehr lange machen würde. In Scharen starben seine Kreationen, und obwohl ich einiges an Stress hatte, lachte ich mir doch heimlich ins Fäustchen. An Land vergingen die Pflanzen und Tiere, im Wasser folgten sie deren Beispiel und taumelten haufenweise in meine Arme, und dann ging das Sterben wieder von vorne los. Viele von den Arten, die wir in gemeinsamer Schwerstarbeit erschaffen hatten, gingen verloren. Unter normalen Umständen hätte mich das genervt, aber ich hegte Hoffnung auf einen baldigen Feierabend.

Wie sehr hatte ich mich geirrt.

Es war sicherlich eine Zeit voller Überraschungen. An Abwechslung mangelte es mir nicht – mal wehten mir jahrzehntelang warme Brisen entgegen, dann sank die Temperatur zu einem Frösteln ab und immer wieder prasselte wochenlang tonnenweise Regen vom Himmel. Wie graue Bindfäden fiel das Wasser zu Boden und durchtränkte die

* Genau deswegen legte man sich nicht mit mir an.

schwer mitgenommene Erde, füllte Teiche bis über den Rand und plätscherte in Sturzbächen hinab in die Täler. Insekten gab es inzwischen fast keine mehr, was mir ganz gelegen kam – was die Dürre und das Eis an Krabbeltieren nicht bereits aus dem Weg geräumt hatte, spülte jetzt der Monsun fort, ich durchwanderte die vereinsamte Ödnis und freute mich meines Todes.

Und dann, eines Tages, bemerkte ich die Sprösslinge.

Man konnte wirklich nicht meckern: Einmal mehr hatte Leben bewiesen, dass es an keinen Ecken und Enden sparen würde, um mir eins auszuwischen. Die neuen Gewächse waren vortrefflich an ein karges Leben angepasst, sie warfen das abgestorbene Laub einfach zu Boden und entwickelten lange, spitze Blätter, die sich in manchen Fällen zu Nadeln auswuchsen. Wasser benötigten sie scheinbar auch kaum welches, denn sie klammerten sich überall in den trockenen Boden und brüteten im Handumdrehen neue Unterarten aus, die sich je nach Verbreitungsgebiet bestens sowohl bei Kälte als auch Hitze zurechtfanden. Die paar Echsen und Fische, die das Massensterben überlebt hatten, wurden zum Schutz vor zukünftigen Verhängnissen einfach größer und bulliger, bis sie sich zu richtiggehenden Fleischklopsen entwickelt hatten, die schwerfällig übers Land watschelten oder sich plump durch die Strömungen wanden. Widerstandsfähige, kakerlakenartige Käfersorten machten sich gegenseitig den Lebensraum streitig. Dick gepanzerte Libellen schwirrten beinahe mechanisch durch die Lüfte.

Von einem Tag auf den anderen war es vorbei mit meiner wohlverdienten Ruhe.

Leben war wirklich ein furchtbares Ekel, Einfallsreichtum hin oder her.

Eine belauschte Konversation, in der Leben selbst Millionen von Jahren später noch ein Ekel ist.

Leben: »Hast du eigentlich mal wieder was von Tod gehört, Krankheit?«

Krankheit: »Nur Schlechtes.«

Leben: »Das ist eigentlich nichts Neues, oder? – Ach, schau mich nicht so an. Tod ist eben …«

Krankheit: »Tod ist für mich gestorben. Ich war ihm mal in Freundschaft verbunden, aber dann hat er genug von mir gehabt.«

Leben: »Ich habe gehört, er sei neidisch auf mich … mit dir hat das nichts zu tun. Das kann schon mal passieren … ich meine, natürlich ist mein Job *besser.* Kein Wunder, dass er sich irgendwann eingestehen musste, dass das, was er den ganzen Tag tut, sinnlos und erniedrigend ist. Ich mache ihm keinen Vorwurf.«

Krankheit: »Ich schon.«

Leben: »Er dreht im Moment eben ein bisschen durch. Lass ihn einfach. Früher oder später wird er schon merken, dass er sich zum Narren macht. Schließlich kann es nur *ein* Leben geben, und das bin ich. Weißt du, Krankheit, der Unterschied zwischen Tod und mir ist: Ich könnte seine Arbeit mit links erledigen. Das ist leicht. Ich habe ihm oft genug dabei zugesehen, wie er Seelen abgeholt hat, und er tut wirklich jedes einzige Mal dasselbe. Schwupps, zack, weg. *Meine* Aufgabe hingegen ist komplex. Sie ist kompliziert. Sie ist *anspruchsvoll.* Er würde so etwas nie bewerkstelligen können.«

Krankheit: »Tod hat den Verstand verloren. Soll ich seiner Meinung nach damit anfangen, den Leuten Gesundheit zu wünschen, wenn sie niesen?«

Leben: »Du könntest ihnen Genesungskarten schreiben, wenn du sie ansteckst.«

Glück: »*Was gibt's denn hier zu lachen? Ich will mitmachen!*«

Leben: »Ach, hallo, Glück. Wir unterhalten uns über den geschätzten Kollegen Tod.«

Glück: »*TOD? TOD SPINNT. VOR KURZEM WAR ER BEI MIR UND WOLLTE, DASS ICH IHM BEI DER ERSTEN HILFE GLÜCK SPENDE!*«

Leben: »Ja, aber das ist doch alles alter Tobak. Schicksal hat eine Andeutung gemacht, dass er bei ihm gewesen wäre und die ganze Sache gewaltig in die … Hose ging.«

Schicksal: »Das ging sie.«

Leben: »Schicksal? Na, das ist aber ein Zufall.«

Schicksal: »Nein, es ist Schicksal. Ich bin schließlich nicht der Zufall. Den kriegt man in letzter Zeit wirklich auch nicht mehr zu fassen.«

Glück: »*ACH, MIT EIN BISSCHEN GLÜCK* …«

Schicksal: »Tod wollte von mir, dass ich ihm mit den Nahtoderfahrungen helfe. Ich hätte gleich wissen sollen, dass das keine gute Idee war. Der hat doch wirklich eine Middeath-Crisis. Ihr dürft das ehrlich nicht weitersagen, aber: ich glaube, er hasst seinen Job mittlerweile. Er will, dass die Leute zu ihm aufsehen. Nach all der Zeit! Das letzte Mal habe ich ihn so gesehen während der Kolonialzeit, als sein Job ihm auf die Nerven ging, weil er ständig gehäutete …«

Leben: »Zurück zur Nahtoderfahrung. Ich habe gehört, er hat dir furchtbar in den Plan gepfuscht.«

Krankheit: »Pfah.«

Schicksal: »Hat er. Ich hab ihm auch schon gesagt, er soll sein Zeug in Zukunft selber erledigen. Ganz im Ernst, was für ein *Trottel!* Der Oma hat er einen Heidenschrecken eingejagt. Die erzählt ganz bestimmt niemandem etwas Gutes über ihn. Aber was setzt der sich auch unten an den Abgrund und winkt ihr zu?! Auf so einen Gedanken muss man erst mal kommen.«

Glück: »*EINFACH KEINE KUNDENNÄHE, DER TYP. DAS WAR MIR SCHON IMMER KLAR.*«

Schicksal: »Er kann ein ziemlicher Idiot sein, wenn er nur will. Keine Ahnung, was er mit dem Schriftsteller gemacht hat, vermutlich hat er ihn gefoltert oder so. Das muss seine Vorstellung von Nettigkeit sein. Auf jeden Fall hat der jetzt ein Buch darüber verfasst, wie schrecklich der Tod ist und dass man furchtbare Angst vor ihm haben muss.«

Krankheit: »Hah!«

Schicksal: »Und den kleinen Jungen aus Huaxi hat die Begegnung so mitgenommen, dass seine Eltern ihn in psychiatrische Betreuung geben mussten! Kann man sich das vorstellen? Was für ein Grobian! Natürlich dürft ihr das auf keinen Fall weitersagen, schon gar nicht Tod selber, aber der hat doch irgendein Problem.«

Leben: »Oh, das hat er. Glaub mir, keiner hat so lang mit ihm gearbeitet wie ich. Er ist ein furchtbarer Wüterich. Er muss immer gleich alles kaputt machen! Keine Ahnung, wie er das überhaupt aushält. Keinerlei Frustrationstoleranz. Dazu kommt: Ich weiß nicht, weshalb er so michverneinend ist, aber …«

Schicksal: »So was?«

Leben: »Lebensverneinend. Auf jeden Fall …«

Schicksal: »Schh, schh schht!!!«

Glück: »*OH.*«

Ich: »Hallo, Leute.«

Leben: »Tod? Was machst du hier?«

Schicksal: »Hätten nicht gedacht, dich hier zu sehen, alter Kumpel!«

Ich: »Wir sind in einem Altenheim.«

Glück: »*NAJA, STIMMT AUCH WIEDER.*«

Ich: »Krankheit, jetzt warte doch mal …«

Krankheit: »Auf Nimmerwiedersehen.«

Ich: »Ach, komm schon – Schicksal? Mit dir wollte ich eigentlich noch reden über …«

Schicksal: »Ja, ein andermal gern. Für heute hab ich noch ziemlich viel zu tun … Man sieht sich, Tod!«

Leben: »Ich muss dann auch los. Hab noch einige lebenswichtige Aufgaben zu erledigen …«

Ich: »War wirklich unglaublich nett, mit euch zu reden, Leute.«

Glück: »*KEINE SORGE, DIE HABEN DOCH ALLE EINEN AN DER WAFFEL. WIE LANGE STANDEST DU DENN EIGENTLICH SCHON DA?*«

Ich: »Lang genug.«

Glück: »*TJA …*«

Ich: »Ja.«

Glück: »*Also dann, Tod. Ich will dich nicht länger aufhalten. Du hast bestimmt noch zu tun, und du weisst ja: das Glück ist niemals mit den Tüchtigen. Hähähä. Tschüssi!*«

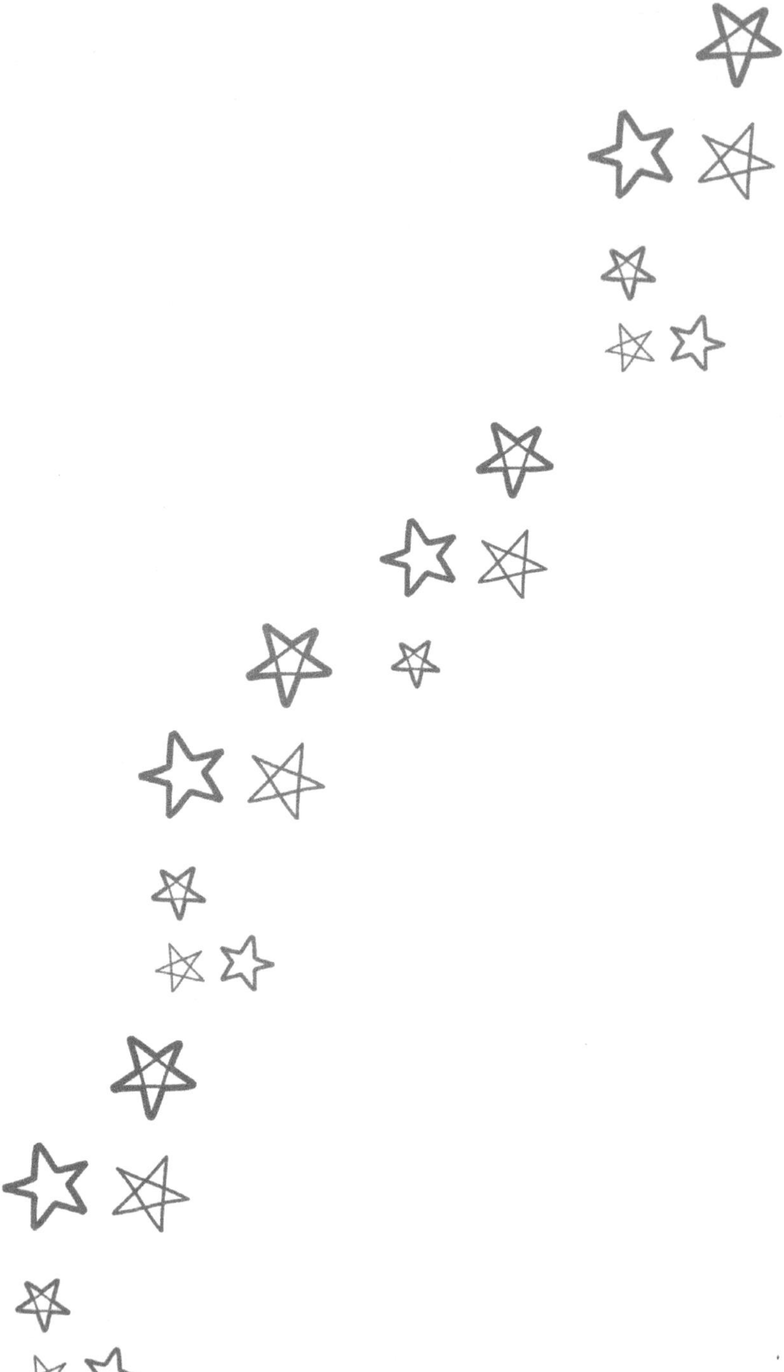

KAPITEL 7

Eisige Gischt, vom peitschenden Wind durch die Nachtluft getrieben, drängte von allen Seiten gegen den einsamen Felsbrocken. Die tosenden Wellen prügelten das schartige Gestein in zorniger Weise, wie ein wütender Pizzabäcker, der seine Rachegelüste am Hefeteig ausließ. Schwarzes Wasser umspülte die Knöchel der Totengöttin Hel, die bereits seit gefühlten Stunden auf der zerklüfteten Felsbank verharrte und blutrünstigen Gedankengängen nachging.

Seht ihr die tiefe Furche vor euch, die sich zwischen ihren dunklen Brauen windet wie ein nordischer Fjord? Hört ihr den schrecklichen Nachtgesang des Sturms in ihren zerlumpten Gewändern, wie Geißelschläge, untermalt vom Jaulen gemarterter Geister? Schmeckt ihr ihre Wut auf euren Lippen, bitter wie nasse Leichenasche und tief wie die Trauer der Hinterbliebenen? Spürt ihr die Vibration ihrer fauligen Zähne in euren Knochen, die methodisch in ihrem fürchterlichen Kiefer mahlen? Das Knacken ihrer Fingerknöchel, als sie ihre Hände wieder und wieder zu gnadenlosen Fäusten ballt? Zehrt da nicht eine erschreckende Sehnsucht an euren Herzen, ein Wunsch nach ewiger Stille und eisigem Grabeshauch, nach Würmern und Maden, die sich durch eure Leiber winden, nach einem ungekannten Reich von endlosem Nebel und Vergessen? Wollt ihr nicht in ihr zwiegespaltenes Gesicht blicken, halb rosig und frisch, halb blutunterlaufen und aufgedunsen vor Leichenbläue, und ihr folgen in die Tiefen der tobenden See?

Ich war nicht bei allerbester Laune.

Leider war mit mir nicht allzu gut Kirschen essen, wenn ich nicht gut drauf war*.

Wie lang stand ich wohl schon vor Zorn und Salzwasser triefend zwischen den Wellen?

Ziemlich lang. Zwischen den Schichten der letzten Tage war ich immer wieder hierher zurückgekehrt, um störrisch hinaus auf das aufgewühlte Meer zu blicken und darin eine Metapher für meinen Gemütszustand zu sehen. Eigentlich war das recht wohltuend. Und dennoch – ich war sauer. Ob ich Seelen durch die Gegend bugsierte, Rachegedanken nachging oder unbelebte Gegenstände durch wütendes Starren dazu aufzufordern versuchte, sich mit mir anzulegen: Ich war schrecklich, fürchterlich, gnadenlos sauer. So langsam fragte ich mich, ob ich mir nicht einen dieser Stressbälle aus Leder zulegen sollte, die angeblich selbst dem genervtesten Arbeitnehmer in seinem größten Jähzorn standhielten. Aber ich machte mir keine Illusionen – die Nähte wären wohl unter meinem bloßen Blick aufgeplatzt wie ein aufgeblähter Wasserbauch, die Hülle hätte sich in ihrer Verzweiflung an ihre Zeit als Schwein erinnert und schutzsuchend an den Rändern eingerollt wie eine alte Wurstscheibe.

Ich war wirklich nicht in der besten Verfassung. Es fehlte nur noch, dass einer meiner nervigen, selbstverliebten, aufreißerischen, großmäuligen Kollegen hier auftauchte. Millionen Jahre lang arbeitete man zusammen, nur um herauszufinden, dass sie sich hinterrücks die Klappe über einen zerrissen. Jetzt mal ehrlich, was für eine Bande von Undankbaren! Seit Tagen hatte ich keinen von ihnen mehr zu Gesicht bekommen, wohl, weil sie mir in ihrer Scham aus dem Weg gingen. Und um ganz ehrlich zu sein, war mir das auch lieber so. Ich wollte ihre dämlich grinsenden, mitleidigen, gleichgültigen, vorwurfsvollen oder verfaulten Gesichter sowieso nicht sehen! Natürlich wäre es nett gewesen, wenn zumindest einer von ihnen mir in irgendeiner Weise signalisiert hätte, dass man sich fragte, wo

* Unter anderem vielleicht deshalb, weil es wohl schon eine ganze Weile her war, dass Hels nutzlose Zahnstummel erfolgreich auf irgendetwas rumgekaut hatten.

ich in letzter Zeit abgeblieben war, aber anscheinend war das zu viel verlangt. Karma kreuzte sowieso nie auf, Glück war schon gar nicht auf meiner Seite, Schicksal versteckte sich schnell, sobald ich näher kam, Krankheit spuckte mir bestenfalls noch einen eitrigen Pfropfen Verachtung ins Gesicht und Leben …

Ein kleiner, schlichter Gedanke

Oh nein.

»Tod? Sieht dir ähnlich, dass du deine Pause hier draußen verbringst. Ausgerechnet!«

Ich strafte Leben, wie so oft, mit eisigem Schweigen. Wie unwiderstehlich es sich doch fand, mit seinen dunklen Locken und der wie Onyx glänzenden Haut. Wie grazil es über den Felsen trippelte, wie freundlich es mich bedachte mit seinem vor Mitgefühl strotzenden Welpenblick. Wie ausgesprochen nervtötend es mir seine Hand auf die Schulter legte, als ob das irgendetwas daran änderte, dass ich hier draußen im selbst gewählten Exil stand und nicht mit ihm reden wollte. Ich hatte es, glaube ich, noch nie so sehr verabscheut – nicht einmal damals, als es die Eintagsfliege erschaffen hatte. Vor lauter Wut ließ ich mir noch ein paar weitere Zahnstummel wachsen.

»Sieh mal her, Tod. Das war nicht so gemeint. Wenn du es hier draußen schön findest, ist das doch nett.« In seiner Stimme klang der Tonfall einer Kindergärtnerin mit, die Dinge sagt wie: ›Und jetzt bringen wir euch alle auf die Entlausungsstation. Hurra!‹ »Es erinnert irgendwie an unsere Anfangszeit, oder? Das war noch was … Tod und Leben, du und ich gemeinsam!«

Es beugte sich nach vorn, um ein wenig in einer kleinen Felshöhle herumzuwühlen. Ich ignorierte es geflissentlich.

»Na schön, wenn du nicht mit mir reden willst, werde ich dich nicht weiter belästigen. Eigentlich bin ich auch gar nicht wegen dir hier draußen, sondern wegen der Krebse.«

Ich ließ mich dazu herab, vage interessiert den Kopf zu drehen. Möglicherweise sollte auf meiner unwirtlichen Felsbank im kaspischen Meer ja ein Wendepunkt in der Evolution stattfinden – man konnte nie wissen. Aber Leben stand nur untätig herum und sah dabei zu, wie sich zwei Krebse am Rande des Felsens paarten, und erledigte seine Pflicht, sobald die Sache vorüber war. Warum kapierte eigentlich niemand, was für ein fürchterlicher Spanner mein Kollege war? Wenn *ich* so was getan hätte, hätten sich nur wieder alle beschwert*. Aber schön. Weshalb sollte ich mich mit dem Gedanken herumärgern? Leben war ja angeblich gar nicht wegen mir hier, sondern nur wegen der Krebse. Gut zu wissen, wo ich in der Rangordnung stand. Anscheinend galt den anderen wohl jedes einzige Geschöpf auf dem Planeten mehr als ich. Hel verschränkte trotzig ihre knochigen Arme und starrte hinab auf das jämmerliche Krebsspektakel. Was Leben an der Sache so spannend fand, würde ich wohl nie verstehen.

»Und außerdem muss ich etwas mit dir besprechen.«

Ich schaute auf. Ich hob eine Augenbraue. Ich grinste ein Grinsen von der Sorte, die einem die Augäpfel platzen und die Gedärme im Leib tanzen ließ. Von wegen, nur wegen der Krebse hier. In der gesamten Weltgeschichte hatte ich mir nichts vormachen lassen, und ich machte garantiert keine Ausnahme für poplige Kollegen. Sollte Leben doch verschwinden. Das hier war *mein* Rückzugsort. Gut, vielleicht war er nass, kalt, rau und in jeder Hinsicht ungemütlich, aber damit passte er ganz hervorragend zu meiner Laune. Anders wollte ich es gar nicht haben.

»Nein, nein – du musst nicht fragen, woher ich wusste, dass du hier bist. Du weißt doch, alter Freund … das Leben findet den Tod immer.«

»Eigentlich ist es meistens genau umgekehrt.«

Jetzt hatte ich mich doch zu einem Kommentar hinreißen lassen. Aus lauter Frust vergrößerte ich meinen Mund ein wenig, um noch

* Allerdings gibt es viele Bilder von mir, wie ich jungen nackten Frauen mit beträchtlicher Oberweite an den … na ja, ist auch egal. Alles Rufmord, sage ich euch.

ein paar Zähnchen nachwachsen zu lassen. Leben sollte ruhig sehen, dass ich bissig war.

»Das ist das Schöne an unserer Zusammenarbeit; wir ergänzen uns immer. Ach ja, könntest du bitte damit aufhören? Wenn du so weitermachst, bricht dir noch der Unterkiefer. Du siehst schon aus wie ein Hai.« Es musterte mich zögerlich. »Nur dass die normalerweise, obwohl sie Fische mit einem für ihre Körpergröße recht beschränktem Hirnvolumen sind, eine Ahnung von Dentalhygiene haben.«

»Danke. Jetzt verschwinde. Ich will nicht mit dir reden.«

»Tod.«

Da ich das Schlimmste bereits nahen ahnte, schnappte ich in weiser Voraussicht nach der schlankfingrigen Hand, die sich erneut auf meine Schulter zu legen drohte. Was war denn daran so schwer zu verstehen? Ich wurde eben einfach nicht gern begrapscht! Schon gar nicht von jemandem, der seine Finger immerzu knöcheltief in irgendwelchen zweifelhaften Krebskörperteilen hatte.

»Du warst in letzter Zeit so …«

»So …? Na komm schon, lass es mich hören. Gib's mir so richtig. Sag, was du mir unbedingt sagen willst. Red' einfach aus freiem Herzen und lass dich von all den scharfen Beißerchen nicht beeindrucken. Ich höre!«

»Schlampig.«

»Schlampig?«

»Möglicherweise gibt es schonendere Wege, eine Kritik zu beginnen. Sieh her …«

»*Schlampig?*«

»Nimm es nicht gleich persönlich. Du bist ein geschätzter Kollege, und du erledigst deine Arbeit zeitig und machst alle Aufräumarbeiten, so gut du kannst …«

»Na also!«

»Aber irgendwie bist du richtig schlecht darin geworden.«

»*Wie* bitte?«

»Du musst zugeben, dass du in letzter Zeit einige Richtlinien vernachlässigt hast.«

Immer noch prasselte die Gischt auf uns herab, immer noch pfiff der Wind um unsere Köpfe, dass uns die Ohren nur so schlackerten. Die werdende Krebsfamilie hatte sich vorsichtshalber, Ohren oder nicht, zurück in ihre Felshöhle verzogen. Womöglich war es kein besonders schöner Anblick, wie ich Leben so dämonisch anfunkelte und mich hartnäckig weigerte, seine Kritteleien in irgendeiner Weise ernst zu nehmen. Es war nicht nur deswegen nicht besonders hübsch anzusehen, weil ich zur Hälfte Leiche war und mir diverse Verwesungssäfte aus den Nasenlöchern flossen, sondern auch, weil ich geradezu spüren konnte, wie mit ihnen sämtliches Selbstwertgefühl in die dunklen Wogen tropfte. Wo gab es denn so was, dass das Leben dem Tod erzählte, wie er seinen Job zu erledigen hatte? War ich etwa jemals auf die Idee gekommen, *ihm* im Werk rumzupfuschen?*

Möglicherweise hatte ich es in letzter Zeit mit den Regeln ja tatsächlich nicht allzu ernst genommen. Aber konnte man mir einen Vorwurf machen? Diese Richtlinien waren uralt, da konnte man schon mal die ein oder andere überspringen. Sie waren meiner Meinung nach komplett inaktuell, mussten dringend neu überholt werden und waren vor so vielen unendlichen Jahren in die Welt gerufen worden (mehr oder weniger wortwörtlich), dass es wirklich langsam Zeit für die ein oder andere Neuerung wurde.

Seht selbst.

* Na ja, vielleicht ein ganz kleines bisschen, als ich Erste Hilfe zu leisten versucht hatte. Aber erstens hatte das nicht geklappt**, und zweitens hatte Leben oft genug gegen irgendwelche Richtlinien verstoßen, ohne dass ich ihm deswegen gleich schräg gekommen wäre. So etwas machte man einfach nicht.

** weshalb es nicht zählte

Die drei internationalen Arbeitsregeln des Todes

(zu Papier gebracht für etwaige Nachfolger, Praktikanten, Urlaubsvertretungen oder Ehrenämtler (manchmal beliebe ich zu scherzen))

1. Sei pünktlich.

Eigentlich ziemlich selbsterklärend. Die Welt ist groß, und ein Tag teilt sich in unendlich viele kleine Momente auf. Um zu wissen, zu welchem Zeitpunkt ich an welchem Ort sein muss, erhalte ich Vorgaben von der Chefetage höchstpersönlich – der Zeit. Gegen diese Vorgaben kann ich nicht verstoßen. Ich habe es nie versucht, denn es wäre ein sinnloses Unterfangen. Ich habe so gesehen überhaupt keine Wahl.

Ich bin der Tod.

Wenn es jemanden gibt, der immer zur rechten Zeit am rechten Ort ist, dann bin ich das.

Zumindest offiziell.

2. Nimm dein Material und verstaue es ordnungsgemäß.

Auch nicht viel komplizierter. Im Lauf meiner Karriere habe ich mir einen Standardvorgang ausgedacht: Ich warte geduldig an der Bettstatt, dem Nest, der Höhle, dem Autowrack, dem Käfig, der Hütte oder jedwedem sonstigen Aufenthaltsort der betreffenden Kreatur auf den Todeszeitpunkt. Natürlich hätte man meinen können, der Todeszeitpunkt träfe dann ein, wenn der Tod zur Stelle ist, aber da habe ich kein Mitspracherecht. Der Geist verabschiedet sich genau dann, wenn der Körper ebenjenen letztendlich aufgibt.

Das kann manchmal eine ganze Weile dauern.

Im Allgemeinen lohnt es sich, bereits ein wenig früher da zu sein, denn es kommt bei niemandem gut an, wenn man in allerletzter Sekunde mit verrutschtem Umhang und hektisch klappernder Sense daherhetzt*.

Mit der Hand (oder demjenigen Körperteil, das einer Hand am nächsten kommt) streiche ich über die sterbliche Hülle. Beinahe ganz von allein löst sich die Seele und steigt zu mir auf.

Ich gebe ihr einen Augenblick Zeit, um zu verstehen, was soeben passiert ist, und dann ist meistens der richtige Moment für meinen Standardsatz. Der lautet unter normalen Umständen folgenderweise oder ähnlich:

»Hallo, ich bin der Tod. Komm mit mir. Wir gehen nach Hause.«

Das funktioniert im Regelfall immer, um selbst die aufgebrachtesten Seelen zu beruhigen – und es entspricht der Wahrheit, zumindest zu einem Teil.

Es ist natürlich nicht so, dass es irgendeine Chance gäbe, mir zu entkommen. Es klingt nur viel netter als ›ich nehme dich jetzt mit, Widerstand ist zwecklos‹.

Wie ich mit Tieren kommuniziere, so ganz ohne Sprache, fragt ihr euch jetzt?

Oh, keine Sorge.

Ich habe Mittel und Wege, mich auch wortlos verständlich zu machen.

In der Tat sind es meistens die Menschen, die es als Allerletzte verstehen.

* Außerdem kann es unangenehme Konsequenzen haben, wenn man eine sterbende Seele zu lange ignoriert – manchmal machen sie sich selbstständig. Nicht, dass mir das jemals passiert wäre.

3. Kehre zu deinem Ausgangspunkt zurück.

Nachdem die Seele aus ihrem nutzlos gewordenen Transportvehikel aufgestiegen ist, nehme ich sie behutsam in die Hände* und wir lassen den Körper zurück.

Dann steige ich mit ihr auf in die unendlichen Weiten des Alls, das so nah an meine Vorstellung von Ruhe und Frieden kommt wie kein Ort sonst.

Kein Wunder, im schallleeren Raum.

Das Leben ist ein langes, mühsames Abenteuer, an dessen Ende es zurück nach Hause zu kehren gilt.

Es ist schon lustig, irgendwie. Die Geburt selbst gibt euch Menschen ein instinktives Gespür für meine Unumgänglichkeit. Eigentlich ist es beinahe bewundernswert. Ihr fühlt meine Anwesenheit, lange bevor ich überhaupt da bin. In jeder Kultur kennt man mein Gesicht. In Geschichten und Träumen komme ich zu euch, und wenn ihr hinaufschaut zu den Sternen und die Unendlichkeit euch klein und nachdenklich macht, blickt ihr auf den Weg, den ihr eines Tages alle gehen werdet.

Ich riss mich zusammen.

»Na schön, dann war ich eben ein *bisschen* nachlässig. Na und? Was ist denn mit all den Kunden, die Glück mir vor der Nase weggeschnappt hat? Oder den vielen Schichten, die ich über den Haufen werfen musste, weil Schicksal Planänderungen hatte? Da beschwert sich auch keiner.«

Hel reckte stolz das Kinn und zeigte die Spitze ihrer modrigen Zunge, eine wortlose und universell verständliche Geste, die selbst in unseren Kreisen als Zeichen der Herausforderung galt.

»Ihr könnt euch über mich lustig machen, so viel ihr wollt. Jedenfalls hat sich bis jetzt noch keiner über mich beschwert. Dann

* Im Falle einer nicht-menschlichen Erscheinungsform: siehe oben.

hab ich den alten Satz eben ein paar Mal weggelassen, na und? Wer der knöcherne Typ im Kapuzenmantel ist, versteht selbst der letzte Trottel.«

»So sollten die Dinge einfach nicht sein.«

Wäre mir nicht bewusst gewesen, dass Leben mit dem Selbstbewusstsein eines mittelalterlichen Papstes ausgestattet war, hätte ich möglicherweise für den Bruchteil eines Augenblicks davon ausgehen können, dass es beinahe verlegen aussah.

»Du weißt: Manche Dinge brauchen eine Ordnung, und dafür sind wir zuständig. Du und ich, wir haben Regeln, an die wir uns halten müssen. Das hast du jahrelang eingesehen. Ich verstehe einfach nicht, weshalb du ausgerechnet jetzt … – ist ja auch egal.«

»Ja, ist es. Weil es meine Sache ist. Da gibt es für dich nichts zu verstehen. Ich will nicht immer der Buhmann sein. Tod der Schreckliche. Tod der Herzlose. Tod der Grausame. Tod, der finstere, bösartige Spielverderber mit der Sense, der allen den Kopf abhackt, wenn es grade am meisten Spaß macht! Tod, der Freund der Maden und Fäulnis und modernden Holzsärge …«

Leben bedachte mich mit der Sorte Blick, die man einem armen Irren schenkt, der in einer Ecke kauert und sich an der Karotte festklammert, von der er glaubt, sie sei eine scharfe Doppelaxt*.

»Na ja, um fair zu sein, bist du heute zur Hälfte eine Leiche.«

»Ich komme eben gerade von einem Abstecher bei einem Experten in nordischer Mythologie! Was ich sagen wollte …«

»*Und* du stehst mitten auf einem Felsen im Meer und siehst Algen beim Verwesen zu.«

Was sollte man dazu noch sagen? Bevor ich irgendetwas erwidern konnte, hatte mich Leben bereits an der Hand genommen (der weniger aufgedunsenen, wohlgemerkt – so weit schien die Freundschaft dann doch nicht zu gehen) und mich durch mehrere Raumschichten mitten in den von Blättern und Blüten nur so strotzenden brasilianischen Regenwald gezogen. Ein kurzer, erbitterter Kampf

* Erinnert mich bei Gelegenheit daran, euch die Geschichte zu erzählen.

entstand, in dem wir uns hartnäckig durch die Gegend schubsten und abwechselnd

- in der Leichenhalle eines italienischen Krankenhauses,
- einer grillenbezirpten namibischen Steppe,
- einer mit gefrorenen Rentierkadavern übersäten sibirischen Eiswüste,
- einem glitzernden russischen Winterwald,
- einem koreanischen Soldatenfriedhof,
- einem neuseeländischen Küstenstrich bei Sonnenuntergang,
- einem Schlachthof irgendwo in Holland,
- einem meerblauen Gletscher in der Nähe der Schweizer Alpen,
- einem Londoner Anwaltsbüro (von allem weithin der schlimmste Anblick),
- und schlussendlich inmitten eines weitreichenden Sonnenblumenfelds unter einem strahlend blauen, wolkenlosen Himmel auftauchten.

Erschöpft stellten wir das Gerangel für einen Augenblick ein und musterten uns misstrauisch. Dann beschloss ich, Leben zur Abwechslung seinen Willen zu lassen – schließlich gewann ich normalerweise sowieso immer.

»Also, was ist jetzt?«, fauchte ich, als hätten wir unser Gespräch nicht gerade eben erst für eine Diashow unterschiedlichster Landschaften unterbrochen, um die uns jedes Reisebüro beneidet hätte. Bis auf die ganzen Kadaver vielleicht. »Wollt ihr mich etwa verpetzen, nur weil nicht alles immer so läuft, wie ihr euch das vorstellt? Was geht euch das überhaupt an? Wie ich meine Arbeit erledige, ist ganz allein meine Sache!«

»Nein, Tod. Wenn sich einer nicht an die Regeln hält, stehen alle blöd da. Außerdem ist es ungerecht. Die Dinge liefen jahrelang gut. Und weißt du auch, warum? Weil wir uns immer an den Vorschriften orientiert haben. Jetzt tu nicht so, als ob ich dich bloß nerven möchte! Du weißt, wie wichtig mir künstlerische Freiheit ist. Ich schätze Kreativität, ich lobe mir freie Meinungsäußerung.

Genau deswegen bin ich hier. Ein paar von den anderen haben sich überlegt …«

Jetzt sah es *definitiv* verlegen aus. So langsam wurde ich misstrauisch.

»Sie wollen bei der Zeit eine Beschwerde einreichen. Über dich.«

Dazu sagte ich erst einmal nichts. Um ehrlich zu sein, war ich nicht einmal mehr erstaunt von so viel Treulosigkeit und Verrat. Natürlich wollten sie nicht, dass sich etwas änderte. Sie waren mit ihren Arbeitsverhältnissen schließlich *zufrieden.*

Für einen Moment stand ich steif und pikiert da, dann nickte ich gediegen.

»Aha.«

»Ich wollte dich nur vorwarnen. Ich finde, du solltest mit den anderen reden. Sag ihnen, dass du dich mehr anstrengen wirst. Wir alle fühlen uns manchmal überarbeitet. Bei manchen geschieht es eben schneller als bei anderen. Das ist vollkommen normal.«

Wohlwollend klopfte es mir zum dritten Mal an diesem Tag auf die Schulter. Das trug auch nicht gerade dazu bei, dass ich es besser leiden konnte.

»Weißt du was? Du solltest dir eine Vertretung nehmen. Das ist alles, was mir dazu einfällt. Mach ein paar Wochen lang Pause. Ich wünsche dir viel Glück dabei. Ich wollte dich nur vorwarnen, weil ich der Meinung bin, dass wir aufeinander aufpassen sollten, du und ich. Also dann. Ich habe leider noch zu tun, deswegen … bis auf weiteres bin ich in dem Dorf da drüben. Es ist Sommer und der Sonnenuntergang steht bevor, und du weißt ja, was dann passiert.«

Damit verschwand es und ließ mich allein inmitten der endlos wogenden Sonnenblumen. Ich stand da und sagte kein einziges Wort. Totenstille, sozusagen. Unterbrochen nur vom sanften Rascheln der goldenen Blüten.

Eine Vertretung.

Eine Weile lang starrte ich auf die Stelle, wo Leben gerade eben noch gestanden hatte (Gras, Kräuter und Blumen sprossen dort nun umso tüchtiger) und ließ mir die Worte erneut durch den Kopf gehen. Eine *Vertretung.*

Dann ergab ich mich dem Klischee und lachte sehr laut und sehr lange.

Vorhang auf für die großen Echsen.

Ganz ehrlich, zu Beginn machten sie nicht gerade viel her. Leben mochte es nicht hören, aber wann immer ich die Gelegenheit dazu bekam (oder, sehr viel öfter, wann immer ich sie mir nahm), wies ich meinen geschätzten Kollegen darauf hin, dass die neuen Lebensformen allesamt aussahen wie gedrungene Frikadellen auf der Suche nach Futter. Nicht, dass sie es nötig gehabt hätten – die feisten Reptilien, die schwerfällig durch Farn und Laub trampelten, hatten weiß der Kuckuck genug Fett auf den Rippen.

Leben jedoch fand sie allesamt wunderschön und verbrachte die nächsten fünfzig Jahrmillionen damit, sich an ihnen zu verkünsteln. Mit den Viechern legte selbst ich mich nicht besonders gerne an. Aus irgendeinem Grund war es notwendig, dass sie noch größer und schwerfälliger wurden und sich Panzer, Hörner und übermäßig viele Stacheln wachsen ließen. Es war beinahe wie ein kleiner Vorgeschmack auf das, was mich mit den Menschen erwarten würde: Ein allererster Anschlag der Maßlosigkeit. Mehr war mehr. Von weniger hatten Lebens putzige neue Haustierchen noch nie gehört.

Lächerlich stummelige Auswüchse an den Hinterteilen entwickelten sich im Laufe der Zeit zu langen, spitz zulaufenden Schwänzen, die beim Rennen und Springen schick durch die Luft peitschten. Beweglichere Hälse mussten her, um besser an zarte Knospen oder hartnäckig zwischen Rippenbögen verborgene Eingeweide zu gelangen. Krallen wuchsen sich zu regelrechten Klauen aus, die sich bestens zum Schlitzen, Schlagen, Reißen, Zerren und Graben eigneten. Schuppige Haut verdickte sich, trotz der allerorts herrschenden Hitze, zu ledrigem Horn und dann zu panzerartigen Schichten, die keinen einzigen wunden Punkt mehr freiließen. Tatzen mussten breiter, härter, stärker und furchteinflößender werden. Gedrungene Fressmaschinen wälzten sich übers Land, und diejenigen, die sich keine so vortreffliche Rüstung hatten wachsen lassen, legten sich nun praktische Streifen zu, die zwischen den Stämmen der schlanken Nadelbäume geschickt mit dem Wald verschmolzen.

Manche der etwas passiveren Lebewesen, die meisten von ihnen mit großen, bulligen Köpfen ausgestattet, deren Gewicht sie stets zu Boden zu drücken drohte, verlegten ihre Jagdzeit auf die Nacht. Ulkige Borsten sprossen ihnen aus allen möglichen Körperteilen, auf die ich hier nicht allzu genau eingehen will. Leben begründete dies wenig überzeugend mit »Kälteschutz«. Ich war der Meinung, dass es einfach nur etwas Neues ausprobieren wollte und damit einen kompletten Flop geliefert hatte.

Mir kamen die paar Härchen zwar nicht besonders effizient vor, was den Schutz vor nächtlichem Frost anging, aber Mützen und Jacken waren noch nicht erfunden worden*, und da nicht allzu viele von den merkwürdigen Borstenviechern zu erfrieren schienen, ließ ich Leben seinen Spaß.**

So richtig überzeugt war ich nicht, weder von den Klopsen an Land noch von den riesenhaften Raubfischen, die träge im trüben Wasser lauerten oder ab und zu ihre langen Hälse aus den Wellen reckten, um nach eventueller Beute Ausschau zu halten. Tatsächlich überlebten die meisten dieser zweifelhaften neuen Arten nicht allzu lange, was ich Leben auch gleich hätte sagen können. Manche jedoch hielten sich hartnäckig, und Leben evolutionierte fleißig an ihnen herum – Schnäbel, Zähne, Schnäbel mit Zähnen, Zähne in Mäulern, Schnäbel ohne Zähne, Zungen, die raspelten, Mäuler, die züngelten, Echsen, die zahnten, Echsen, die schnäbelten …

* Vor allem nicht in solchen Größen.

** Ziemlich blöd schaute ich aus der Wäsche, als sich die nutzlosen Härchen bereits wenige Millionen Jahre später zu einer Art Pelz ausgewachsen hatten, der sich tatsächlich als sinnvoll herausstellte. Tja, manchmal lag mein Kollege doch nicht vollkommen daneben.

Irgendwann im Laufe dieses Desasters musste Leben wohl eine persönliche Abneigung gegen Vorderbeine entwickelt haben, denn viele der gigantischen Reptilien erhoben sich auf ihre bemerkenswert muskulösen Hinterläufe, während die einstmals so kraftstrotzenden Vorderbeine zu lächerlichen kleinen Ärmchen verkümmerten. Beinahe war ich froh, dass Leben seit meinem letzten Großeinsatz noch einmal die Kurve gekriegt hatte, denn nichts war amüsanter, als einer tonnenschweren Echse dabei zuzusehen, wie sie panisch auf ihren ungleichen Beinchen von dannen hoppelte.

Ich weiß nicht, ob Schicksal es so wollte oder Zufall, oder ob sie sich vielleicht sogar abgesprochen hatten, aber kaum wähnte sich mein Kollege auf der sicheren Seite, war es bereits wieder an der Zeit, seine mühsam erdachten Kreationen kaputt zu machen. Früher hatte Leben mich noch ermutigt, seine abgelaufenen Kreationen zu beseitigen, jetzt betrachtete es jeglichen meiner Einsätze als persönlichen Affront.

Aber das Töten war eben mein Job, und so nahm ich sie alle mit, Echse um Echse, ganz gleich, ob mit Borsten, Flügeln, Schnäbeln, Hörnern oder Stacheln ausgestattet. Erneut leerte sich die Erde und der Regen prasselte wütend in die verödeten Täler. Ganze Wälder erstarrten im Schlamm. Stürme fegten über die gebeutelten Landmassen, Wolkenfetzen rasten über Berge und Baumwipfel, ich lehnte mich zurück und legte die Füße hoch.

Und dann ging es erst richtig los.

Voraussetzungen, die eine Aushilfe meiner Meinung nach mitbringen muss:

- Gute Kommunikation mit Seelen
- Geübt in vielfältigen Tötungsweisen (gekonnter Umgang mit Sensen, Sicheln, Scheren, Schwertern und dergleichen)
- Todsichere Ahnung vom Geschäft
- Ausgezeichneter Wortwitz
- Gutaussehend
- Zufriedenstellende Umgangsformen
- Fähigkeit zur freien Bewegung in und zwischen Raum und Zeit
- Vertrautheit mit dem Gefüge des Universums, des Lebens und all den ungeschriebenen Regeln dazwischen
- Guter Atem
- Unsterblichkeit

Ah. Ich höre euren kollektiven Gedankengang.

Ihr wolltet also tatsächlich gerade vorschlagen, dass ich mir einen Menschen als Vertretung hätte aussuchen sollen.

Ja, ich habe ein paar der Bücher gelesen, die ihr im Laufe eurer wimpernschlaglangen Existenz über mich geschrieben habt. Sie haben mich ziemlich amüsiert.

Ja, ich weiß, dass ihr euch danach sehnt, in mir einen von euch zu sehen. Jemanden, der Gnade walten lässt. Jemanden mit Schwächen und Fehlern und voller Mitgefühl, jemanden, der liebt und leidet und Tränen vergießt.

Ein einziger Blick auf obige Liste und ihr werdet mir zustimmen, dass ich mich nicht stärker von einem Menschen hätte unterscheiden können. Kein Tier, keine Pflanze, keine einzige vernunftbegabte Kreation meines Kollegen eignete sich für diese Stelle. Das lag schon im Wort an sich: *Lebe*wesen. So etwas konnte ich nicht gebrauchen.

Ich hätte mich auf eine lange Reise durch die verschiedenen Länder dieser Erde machen können, Menschen entdecken und mich ganz ihrer Freude, ihrer Trauer, ihrer Leidenschaft und ihren Esskulturen hingeben. Vielleicht hätte ich sogar euch entdeckt, die ihr hier neugierig eure Nasen in meine Memoiren steckt, und dem am wenigsten Begriffsstutzigen unter euch eine Sense in die Hand gedrückt und einen Kapuzenmantel übergestreift*. Ich hätte mir einen menschlichen Novizen aussuchen, ihn in alle Geheimnisse des Todes einweihen – bis auf die *richtig* persönlichen Dinge, denn die gehen nun wirklich niemanden etwas an – und zu einem Bezwinger des Universums machen können …

… oder zumindest dieser Erde.

Hand in Hand wären wir um die Sterne getanzt, und in tiefer Freundschaft verbunden hätte ich diesem Planeten den Rücken zugekehrt und heimlich eine Träne weggewischt, um mir meine Überwältigung nicht anmerken zu lassen. Aber ich wüsste den kleinen blauen Planeten bei euch schließlich in guten Händen, ein Grund zur Trauer hätte nicht bestanden. Es wäre ein Abenteuer sondergleichen geworden.

Was für ein absoluter Schwachsinn.

Das Universum folgt gewissen Regeln. Nur weil ich manche davon nicht leiden kann, heißt das nicht, dass ich nicht über ein gewisses Maß an gesundem Todesverstand verfüge.

Ein Mensch wäre wirklich unglaublich unpraktisch gewesen. Menschen neigen zur Selbstüberschätzung. All diese Geschichten, an die ihr gerade denkt, *sind nicht wahr.*

Aber, Großmeister Tod, sagt ihr jetzt schüchtern.

* Oder je nach Herkunft mit den jeweilig anderen Accessoires ausgestattet, gerne auch mit ein paar zusätzlichen Armen.

Könnt Ihr uns wirklich kein bisschen ausstehen? Gut, vielleicht eignen wir uns wirklich nicht besonders gut für Eure Arbeit, aber habt Ihr noch nie einen Menschen getroffen, den Ihr mochtet? Der Euch nahestand? Mit dem Ihr, unter anderen Umständen, Freunde hättet sein können?

Ich lächle.

»Nun ja«, sage ich.

Dann öffne ich ein großes schwarzes Buch mit ledernem Einband und blicke aus leeren Augenhöhlen hinab auf eine ganz bestimmte Seite.

Die eine Begegnung, die mich veränderte

Es war im Jahre …

Reingefallen. Es gab keine. Seit der Entstehung der ersten Zelle war ich nun auf dieser Erde, und hier würde ich bleiben, bis das letzte Fünkchen Leben endgültig verging.

Bis die Sonne euren Planeten irgendwann verschlingen oder flüssiges Feuer aus dem Gestein hervorbrechen oder wir alle im Rachen eines gigantischen Sternenwolfs verschwinden würden, wäre ich auf eurem Planeten, Milliarden von Menschen würden kommen und gehen, Milliarden von Seelen würde ich in meine Hände schließen und sicher verwahren – und nichts, was ihr jemals sagen oder tun könntet, würde irgendetwas an dieser Tatsache ändern.

Ich verachtete die Menschheit nicht.*

Sie war mir lediglich gleichgültig.

Vor mir müsst ihr keine Angst haben, denn ich behandle alle gleich. Vor mir müsst ihr euch nicht schämen, denn ich verurteile euch nicht. Vor mir müsst ihr euch nicht fürchten, denn ich bin niemals grausam.

Das ist der Vorteil der Gleichgültigkeit.

* Zumindest nicht allzu sehr.

Manchmal war es an der Zeit, über den eigenen Schatten zu springen.

Nachdem ich eine Zeit lang wie ein Wahnsinniger mit einer Abneigung gegen die Farbe Gelb in meinem Sonnenblumenbeet gestanden und gelacht hatte, war mir plötzlich etwas aufgefallen.

Und damit änderte sich die Geschichte.

Zwei wissenswerte Tatsachen

1. Dies ist eine Geschichte über den Tod.

2. Dies ist eine Geschichte über den Tod,
die folgende Dinge beinhaltet:
- einen Haufen selbstmitleidiges Gejammer,
- einen ignoranten Vorschlag, der mich auf eine verzweifelte Idee brachte,
- und, trotz allem Sarkasmus, meine Suche nach einer geeigneten Vertretung.

Haltet die Klappe. Ich weiß, dass ich mich gerade eben noch abfällig geäußert hatte, aber ich hatte einen Plan. Vertraut mir.

Entschuldigung …

Na los. Fragt schon.

Ihr wolltet Urlaub nehmen? Wo entspannt man sich denn in Eurem Beruf? Am Toten Meer?

Haha.

Im Death Valley?

Hahaha. Das reicht jetzt.

Entschuldigung.

Natürlich wollte ich nicht einfach nur einen Urlaub, idiotische Sterbliche. Mir stand nicht der Sinn danach, meine Knochen in der Sonne bleichen zu lassen oder mich faul mit einem Cocktail zurückzulehnen. Wenn ich eine Bloody Mary wollte, musste ich lediglich in ein beliebiges englischsprachiges Land reisen und mich eine Weile lang in Geduld üben.

Nein.

Ich war schon immer stolz auf meinen kolossalen Dickschädel gewesen.

In der Tat hatte mich Lebens Vorschlag auf eine gute Idee gebracht.

Einige Erkenntnisse

- Ich wollte etwas verändern.
- Ich brauchte einen Ansprechpartner, der auch nur ansatzweise etwas an meinen miserablen Arbeitsumständen verändern konnte.
- Ich brauchte die Chefin höchstpersönlich.
- Ich brauchte die Zeit.

Wenn ich von den Menschen eines gelernt hatte, dann, wie man sich penetrant die Karriereleiter hochnörgelte.

Wer sonst konnte die Regeln ändern? Wer sonst konnte die Dinge zurechtrücken, wenn nicht *sie?* Sie, mit der alles begonnen hatte.

Natürlich gab es einige Probleme, die damit anfingen, dass ich keine Ahnung hatte, wo ich nach ihr suchen sollte, und noch längst nicht mit der Tatsache aufhörten, dass sämtliche Nachrichten, die ich ihr in den letzten Jahrmillionen hatte zukommen lassen, schnurstracks wieder zu mir zurückgekehrt waren.

Ich konnte mich noch sehr gut an meinen ersten Tag erinnern, als Leben sich dementsprechend aufmunternd geäußert hatte.

»Du willst eine Audienz mit der *Zeit* ausmachen?«, hatte es damals gesagt. »Wenn mir das Wortspiel gestattet ist – du *tickst* nicht mehr ganz richtig. Verzeihung. Aber weißt du, wie schwer so etwas ist? Und das gleich am ersten Tag? Nein, lass das lieber und sieh zu, dass du deinen eigenen Kram erledigt bekommst. Wie wir das hier alles regeln, geht dich sowieso nichts an. Du bist nur für's Wegräumen zuständig. Zeit wird nicht gern gestört. Du weißt ja – sie ist ziemlich kostbar.«

Es nervte mich, dass ich mich nach über dreieinhalb Milliarden Jahren immer noch genau an den Wortlaut erinnern konnte, aber immerhin bewies es mir eines: Niemand hier mochte Veränderungen. Am liebsten wäre es meinen Kollegen gewesen, wenn sich die Dinge überhaupt nie geändert hätten. Was nur allzu verständlich war. Neue Regeln, neue Vorschriften – all dies bedeutete nur ein zusätzliches Ärgernis für sie, die sie doch allesamt so zufrieden mit ihrer Arbeit waren. Wenn die Dinge einem so, wie sie waren, perfekt in den Kram passten, klang bereits das Wort »Veränderung« wie eine Drohung. Aber ohne es zu wissen, war meinen Kollegen derselbe Fehler unterlaufen, den die Menschheit bereits seit Jahrtausenden so hartnäckig beging: Sie hatten die Rechnung ohne den Tod gemacht. Ich würde nicht einfach in der Augenhöhle bohren und dabei zusehen, wie die Dinge sich langsam zur Katastrophe auswuchsen.

Euch kann ich es ja anvertrauen, denn ihr seid schwach und vergänglich und stellt absolut keine Bedrohung dar*: Ich musste die anderen in Sicherheit wiegen und sie schamlos hintergehen. Und wie es der Zufall so wollte, war das eines der zahllosen Dinge, auf die ich mich besonders gut verstand.

Mein Job war überraschend vielseitig.

Natürlich, letzten Endes lief es immer aufs Gleiche hinaus. Wo immer es Seelen gab, die es mitzunehmen galt, war ich zur Stelle. Wann immer sich ein Leben seinem Ende zuneigte, schulterte ich meine Sense und machte mich auf den Weg. Wo immer eine

* Ich weiß, ich weiß – das war beinahe des Lobes zu viel, aber manchmal werde ich sentimental.

Geschichte beendet wurde, so kurz sie auch gewesen sein mochte, setzte ich den Schlusspunkt.

Ihr habt, denke ich, verstanden, worauf ich hinauswill: Ich mache keinen großen Unterschied zwischen Ameise und Apfelbaum, zwischen Mensch und Mikrobe.

Ungeachtet dessen hätte eine potentielle Vertretung anpassungsfähiger sein müssen als ein Chamäleon in Camouflage.

Da war zum einen meine Gestalt. Von der schwarzen Ganzkörperkutte bis zum schillernden Lendenschürzchen aus Süßwasserperlen war es manchmal nur ein unbedeutend kleiner Schritt. Was dem alten Azteken sein Mictlantecuhtli, war des Durchschnittseuropäers Sensenmann. Letzten Endes waren sie sich gar nicht so unähnlich: Der eine erntete Seelen, der andere hatte eine Vorliebe für frisch aufgetischte Herzen.*

Während meiner langen Zeit auf Erden war ich viele Dinge gewesen. Eine plötzliche, alles verschlingende Dunkelheit. Der Schlund einer riesigen Höhle und das Licht, das ins Freie führte. Ein sanftes Gefühl der Wärme. Leichen in diversen Stadien der Verwesung, an denen jeder Forensiker seine Freude gehabt hätte. Ein rosiger, flaumbeflügelter Engel. Die Sonne. Ein junger Nazarethaner, der zu Lebzeiten ganz gewiss nicht so erstaunlich blond gewesen war. Hunde in verschiedenen Schattierungen von Schwarz.

Manchmal war ich lediglich eine unsichtbare Präsenz – die Seelen schienen mich gar nicht zu sehen. Manchmal nahm ich die Gestalt von Tieren oder Menschen an, die mir merkwürdig vertraut im Gedächtnis aufflackerten: Jene, die ich bereits mit mir genommen hatte und an die man sich nach vielen Jahrzehnten noch immer erinnerte. Geliebte Haustiere, verlorene Verwandte, entfernte Vorfahren mit vor Vergessen verschwommenen Gesichtern. Diese Erscheinungsformen schienen mir zu passen wie ein Paar alte, bequem eingelaufene Turnschuhe. Es war schön zu wissen, dass meine Arbeit gewürdigt wurde.

* Wenn möglich, noch schlagend.

Letzten Endes musste man in meinem Job damit rechnen, im Laufe des Tages mehr als nur ein oder zwei Mal das Outfit ändern zu müssen. In der Welt zwischen den Welten war die Realität eine äußerst fragile Angelegenheit. Es zählte nicht *wirklich,* wie die Dinge aussehen *sollten.* Erwartete die Seele, in mir einen zwölfäugigen Vogelgott zu erblicken, dann geschah dies auch. Hatte sie Zeit ihres Lebens zu viele Comics gelesen, stand ich unweigerlich mit Sense und Kapuze da. Handelte es sich um eine Straßenkatze mit einer krankhaften Abneigung gegen Haushaltsutensilien, war ich ein Besen. Es kam äußerst selten vor, dass ich mir meine Erscheinungsform frei aussuchen durfte*.

Auch bezüglich der mir zur Verfügung stehenden Utensilien schieden sich die Geister. Manche beharrten auf dem althergebrachten landwirtschaftlichen Schneidegerät, manchmal bekam ich ein Schwert.

Ich mochte Schwerter. Sie sahen schick aus und eigneten sich dazu, Deckel von Marmeladengläsern zu hebeln**. Manchmal erschien ich mit Richt– oder Hirtenstab, und auch das war nicht zu verachten.

Letztendlich war es eigentlich egal. Es diente so oder so alles nur der Zierde. Ich hatte noch nie versuchen müssen, eine Seele in irgendeiner Weise loszuschneiden, abzubrechen, zu durchtrennen oder auf ähnliche Art von meinem Werkzeug Gebrauch zu machen. Meistens reichte ein sanfter Stups mit dem Finger, oder in besonders hartnäckigen Fällen dem Ellenbogen.

Ich war mir nicht einmal sicher, ob meine Kundschaft die hübsche Aussicht zu würdigen wusste, die ich ihr am Höhepunkt des Spektakels vor Augen führte, wenn wir wie eine doppelstufige, ausgesprochen treibstoffarme Rakete in den Himmel stieben. Ich persönlich schätzte das All. Ich genoss es, die materiellen Fesseln der Erdkugel hinter mir zu lassen und hinauf in die Schwerelosigkeit zu schweben. Aber man sollte ja nicht von sich selbst auf andere schließen – das schien auch für den Tod zu gelten. Manch einer mochte den berüchtigten Tunnel

* Und vielleicht war das auch schonender für alle Beteiligten.

** Manchmal braucht ein gestandener Tod einfach ein leeres Marmeladenglas, aus Gründen, die euch nichts angehen.

sehen, an dessen Ende ein leuchtendes Versprechen wartete, für manch anderen war es eine Reise zur Sonne. Viele Seelen verabschiedeten sich (mehr oder weniger) frohen Mutes von ihrem Körper, doch andere wähnten sich weiterhin in ihren sterblichen Hüllen und, so munkelte man, nahmen die letzte Wanderschaft als Reise durch eine Welt wahr, die der euren verblüffend ähnlich sah. Möglicherweise taten sich in manchen Fällen sogar fluffige Schlagsahnewolken auf, eventuell garniert mit den obligatorisch dicken, geflügelten Säuglingen. Und einige Seelen – *einige* überließen den Weg ganz mir, weil sie nicht sicher waren, was sie erwartete, und als stets freundlicher Reiseführer wurde ich nicht müde, sie auf sämtliche Sehenswürdigkeiten hinzuweisen. (Wie in etwa: »Sieh nur, das bist du. Igitt, und das war wirklich dein Lieblingshemd? Du solltest dich was schämen. Sieh nur, wie es sich über dem Bauch spannt«, oder: »Oh. Schau mal, über uns. Sterne.«)

»Wusstest du«, sagte Leben eines Tages zu mir, »dass manche Menschen nicht an deine Anwesenheit glauben, bis der Körper eines geliebten Verstorbenen vollständig zerfallen ist? Bis dahin behandeln sie ihre Toten, als fielen sie noch unter meine Zuständigkeit. Sie füttern sie und geben ihnen Wasser zu trinken, sie reden mit ihnen und fragen sie in wichtigen Angelegenheiten um Erlaubnis. Sie streichen ihnen übers Haar. Manche glauben, dass die Seele erst dann aufbricht, wenn alle Rituale ordnungsgemäß ausgeführt worden sind, und sie bereiten alles sorgfältig auf den letzten Schritt vor …«

»Sehr interessant«, sagte ich. »Ich wünschte, Menschen wären mehr wie Kaninchen.«

Denn Kaninchen wussten: Es bedurfte keiner aufwendigen Rituale, um mich herbeizurufen. Wenn der richtige Zeitpunkt gekommen war, *war ich da*. Darauf konnte man sich getrost verlassen*.

Für mich spielte es auch keine Rolle, wie lange die letzte Reise *tatsächlich* dauerte. In meiner Realität war eure irdische Zeit nicht

* In gewisser Hinsicht bin ich das genaue Gegenteil von öffentlichem Bahnverkehr.

mehr von Bedeutung – oder das, wovon ihr *glaubtet,* dass es sich um Zeit handelt. Das tote, mechanische Ding, das ihr in Uhren und auf Bildschirmen einfingt und das euch letzten Endes immer betrog.

Möglicherweise dauerte es Monate, bis eine Seele die sterbliche Welt vollständig verlassen hatte. Vielleicht war es weniger als eine Sekunde. Ich wusste es nicht und es war mir auch egal. Wessen Glaube, Vorstellung oder Meinung nun stimmte oder ob möglicherweise alle zutrafen, interessierte mich nicht weiter.

Aber letzten Endes waren Kaninchen doch um einiges einfacher.

Wer?

Ich hatte folgendes Problem: Ich stand vor einer grauenhaften Wahl. Ich musste einen meiner Kollegen dazu überreden, für mich einzuspringen. Und sie waren einer schlimmer als der andere.

Ich tat, was jedes strategische Genie in solch einem Dilemma tun würde …

Ich fertigte eine Liste an.

Schicksal

Vorteile

- Schicksal war klug.
- Schicksal war gerissen.
- Schicksal hatte die besten Organisationsfähigkeiten im gesamten Team – jede Minute jeder Stunde jeden Tages jeden Jahres war es damit beschäftigt, sich neue Fallstricke und Hoffnungsschimmer auszudenken, ewige Liebe entstehen zu lassen, Freunde zu

Rivalen, Milliardäre zu armen Schluckern und unschuldige Tode zu Vollversagern in Sachen belgischer Autoren zu machen.

- Schicksal hatte einen Sinn für Pünktlichkeit, der sogar den meinen in den Schatten stellte.
- Es verfügte über einen gewissen Sinn für Humor, der mit meinem (vorzüglichen) zwar nicht mithalten konnte, aber dennoch nicht zu verachten war*.

Nachteile

- Es hielt sich für etwas Besseres, was meiner Meinung nach nur mir erlaubt sein sollte.
- Es war an größtmögliche künstlerische Freiheit gewöhnt, und für freie Kundenwahl war mein Job nicht gerade bekannt.
- Es war, und niemals lag mir der Hang zur Übertreibung ferner, ein unglaublicher Spießer.
- Und außerdem manisch depressiv.
- Was dazu führte, dass es oftmals schlechte Laune hatte (an »Schicksalstagen«, an denen es als bucklige Norne durch die Gegend schlurfte, abwechselnd bedrohlich mit der Schere klappernd und irre gackernd, musste man ihm aus dem Weg gehen)**
- Was sollte meine Kundschaft denken, wenn eine schielende, sabbernde Alte sie abholen kam, die vor lauter Wahn überhaupt nicht mehr kapierte, dass Seelen keine Schicksalsstränge waren, an denen man wahllos herumschnippeln konnte?
- Oder gar ein gigantischer Glückskeks?
- Außerdem wollte ich es nicht schon wieder um einen Gefallen bitten.

* Ich würde mich immer daran erinnern, wie wir gemeinsam für die Legende des Tut-Anch-Amun gesorgt und damit einen Aufschrei von Furcht und Schrecken durch die Bevölkerung gejagt hatten. Oder damals, als es den alten Napoleon in ein Haus mit Bleitapeten steckte.

** Manchmal kam es mir vor wie eine Kreuzung aus einem Huhn und einem psychopathischen Friseur.

Glück

Vorteile

- Es war, seien wir ehrlich, in seiner Funktion als Pech bestens für den Job geeignet.
- Es konnte überall einfach so auftauchen und tun und lassen, was es wollte.
- Es durfte alle Regeln brechen und jedem nach Lust und Laune ins Handwerk pfuschen.

Nachteile

- Es konnte mich aus einem mir unbekannten Grund einfach nicht leiden*.
- Es war launisch, wankelmütig, selbstgefällig, eitel, unzuverlässig, und was es dergleichen unschmeichelhafter Adjektive noch so gab.
- Es würde ihm garantiert nicht passen, eine Zeit lang den Tod spielen zu müssen – den Spielverderber, der selbst sämtlichen anderen Spielverderbern das Spiel verdarb.

Krankheit

- Nein.

* Na schön, vielleicht hatte es damit zu tun, dass ich es für seine Behauptung ausgelacht hatte, es habe den Grundstein zur Evolution gelegt, aber ich bitte euch – das war ungefähr fünf Minuten nach unserer ersten Begegnung gewesen und folglich schon *sehr* lange her. Ich verstand wirklich nicht, wie man so nachtragend sein konnte. Blöder Idiot.

Zufall

Eines Tages war ich Zufall mitten auf einer qualmenden Wiese begegnet. Die Wrackteile der Flugzeuge hatten sich tief in die Erde gebohrt und hier und da waren sie in die Menge der entsetzten Zuschauer geprasselt. Ätzende Rauchfäden ringelten sich durch die Luft wie tödliches Lametta, verzweifelte Schreie und ungläubiges Schluchzen hallten wider.

Meine Arme waren voller Seelen.

Einen Moment lang standen wir uns stumm gegenüber und blickten uns an. Er hatte den Umriss eines Menschen angenommen – eines Piloten vielleicht –, fein wie das Schillern über einer sommerlichen Straße, kaum sichtbar in der flirrenden Luft. Hätte ich ihn nicht zufällig entdeckt, ich wäre davon ausgegangen, dass das Schicksal hinter all dem steckte.

Am selben Tag traf ich ihn wieder, in einer schmutzigen Ecke eines verlassenen Bahnhofsgebäudes. Ein ärmlich gekleideter alter Mann bückte sich nach einem Geldschein, der zwischen Glasscherben und plattgetretenen Kaugummis auf dem Boden lag, und lächelte ein sprödlippiges Lächeln. Zufall nickte, als wir aneinander vorbeigingen, und verschwand. Ganz genau konnte ich es nicht erkennen, aber ich war mir sicher, dass er selbstgefällig grinste.

Vorteile

☠ Er war für eine erstaunliche Menge meiner Kunden verantwortlich.
☠ Und er kannte sich demnach mit Todesfällen gut aus, auch wenn er sie Todeszufälle nannte.
☠ Er stritt sich ständig mit Glück, was mir sympathisch war.
☠ Er mochte keine Leute, die alles auf das Schicksal schoben.

- Und er lauerte Menschen mit »Ich glaube nicht an Zufälle«-Shirts in dunklen Ecken auf und schubste sie böse lachend die Treppe runter.

Nachteile

- Er ließ sich nicht gerne festlegen.
- Er hielt sich für einen ziemlich geheimnisvollen Burschen.
- Er war unheimlich stolz auf seine Fähigkeit, überall und zu jedem Zeitpunkt einfach so auftauchen zu können, was für meinen Job eigentlich von Vorteil hätte sein können, wenn er nicht ständig nach Zufallsprinzip vorgegangen wäre.
- Außerdem wollte er sich nie mit mir unterhalten.

Karma

Hier unterbrach ich meine Liste.

Die meisten Menschen unterliegen einem Missverständnis: Es war nicht die Aufgabe des Todes, zu richten. Es war noch nie meine Aufgabe gewesen.

Karma hatte sich praktisch selbst erfunden, und das allein war schon beeindruckend genug.

Wann die Menschen angefangen hatten, seine Anwesenheit zu bemerken, weiß ich nicht, aber es war die ganze Zeit über da gewesen. Und es *sah.* Es spähte ihnen in schlaflosen Nächten über die Schulter und spürte ihre Gedanken, all die düsteren Absichten und Gelüste, die in Tagen geboren wurden, als ferne, fremde Vorfahren der Menschheit zum ersten Mal die frische Luft an Land geatmet hatten. Und dann schlug es zu.

Alle bangten immer vor dem Tod, aber in Wirklichkeit war es Karma, vor dem man sich zu hüten hatte. Es belohnte, ab und an, doch viel häufiger bestrafte es und trug stets ein Lächeln auf dem Gesicht.

Das machte es nicht besser.

Eigentlich war Karma nicht die richtige Bezeichnung. Wenn es nicht hinhörte, nannten wir es bei dem Namen, den es tatsächlich trug – aber wir hüteten uns, ihn ihm gegenüber auszusprechen.

Nicht immer rächten sich schlechte Taten, und nicht immer führte eine gute Handlung zu einem glücklichen Ende.

Ich hegte den Verdacht, dass es manche Seelen mit dem Gerechtigkeitssinn eines irren Scharfschützen behandeln würde.

Es war nicht die Aufgabe des Todes, zu richten.

Andererseits war es aber auch nicht die Aufgabe des Todes, einfach aus der Welt zu verschwinden und die Zeit um bessere Arbeitsbedingungen zu bitten, deswegen sah ich das Ganze nicht so streng.

Vorteile

- ☠ Ich hatte mich mit ihm noch nie in die Haare gekriegt.
- ☠ Von allen Beteiligten war es vermutlich die am wenigsten idiotische Wahl.

Nachteile

- ☠ Es war äußerst schwierig zu erwischen. Glück lungerte manchmal bei Lotterieziehungen herum, Schicksal fand man des Öfteren an Zeitschriftenläden in Flughäfen, wo es sich die Horoskope durchlas und leise kicherte. Und wo die größte Chance bestand, auf Krankheit zu stoßen, wisst ihr ja inzwischen. Aber Karma war eine harte Nuss, die selbst meine mächtigen Kiefer nicht knacken konnten.
- ☠ Es trug nicht umsonst den Namen Rache.

Einige Tage lang rang ich mit meinem Stolz.

Dann setzte ich Lebens Vorschlag in die Realität um.

Ich traf eine Entscheidung …

…und anderswo, in einer fernen Zukunft, war die Luft schwer vor Nebel.

2. TEIL

Beförderung (Hoffentlich)

Kapitel 8

Manche Dinge geschehen im Jetzt. Manche haben bereits stattgefunden. Und manche geschehen in der Zukunft …

Menschen waren merkwürdig. Sie träumten sich weg von der Welt und mir entgegen, und dennoch konnten sie den Gedanken nicht ausstehen, dass sie vergänglich waren.

Inzwischen sprach man über mich. Man hörte gar nicht mehr auf damit.

Ein Mensch stirbt erst, wenn sein Name in Vergessenheit gerät, pflegte man zu sagen. Wenn sich niemand mehr an ihn erinnerte. Wenn seine Blutlinie endete – wenn es niemanden mehr gab, um die Geschichte weiterzuerzählen.

So mochte es scheinen. Aber …

»Eines Tages«, erklärte ich der Seele auf meiner Handfläche, »wird niemand mehr übrig sein, der sich erinnert. Eines Tages wird eure Spezies – dieselbe, die kleine Maschinen auf den Mars schickt, um sie dort einsam Geburtstagslieder singen zu lassen* – sich selbst auslöschen. Ich weiß nicht, wie es geschehen wird, aber es ist unumgänglich.«

Mit meinen Worten brach die Nacht über uns herein. Am dämmernden Himmel hingen graue Wolken, wie Straußenfedern vor leuchtendem Gold.

»Und keiner wird mehr übrig sein, der schöne Worte liest und große Symphonien schreibt und hohe Gebäude errichtet. Es ist alles bloß Rauch, der im Wind verfliegt. Siehst du, selbst die Welt wird sterben und jede eurer Spuren mit sich nehmen. Die kleine Ecke der

* Eine wahre Geschichte. Schlagt es nach.

Galaxis, die ihr euer Eigen nennt, wird vergehen und niemand wird sich daran stören, dass ihr verschwunden seid, mit all euren Legenden, Erfindungen und Erinnerungen.«

Einst war die Seele ein ärmlicher Bildhauer gewesen, der sich vor allem mit dem Anfertigen von Grabstelen beschäftigt hatte. Jetzt war sie nur noch ein schwereloses Schimmern im Schatten, weder Licht noch Materie. Es mochte ihrem trostlosen Lebensunterhalt geschuldet sein, dass ich mich ihr verwandt fühlte – immerhin erging es mir ganz ähnlich.

»Das Universum wird weiter bestehen, Sterne werden geboren werden und sterben, und andere werden nach euch den Weltraum bereisen und das dunkle Stückchen Himmel übersehen, an dem einst eure Sonne stand. Nichts von dem, was nun so wichtig scheint, wird dann noch von Bedeutung sein. Weshalb ängstigt euch das? Ich habe mir sagen lassen, dass es nichts Schöneres gibt als ein ewiges Weiterleben.«

Manchmal wurde ich nachdenklich. Und heute dachte ich: Das Universum *würde* weiterleben, und es würde wachsen und leere Ecken füllen, ganz ohne die Menschheit dafür zu benötigen. Es benötigte nur sich selbst – nur sich selbst, und mich natürlich. Und kein Mensch würde mehr da sein, der sich an seinesgleichen erinnern konnte. Kein Geschöpf würde mehr wissen, dass es euch kleine Eintagsfliegen einmal gegeben hatte, vor langer Zeit. Aber …

Die Seele zitterte. Ich schloss zärtlich die Finger um sie.

»Aber *ich* werde mich erinnern. Du musst keine Angst haben. Ich habe alles gesehen. Wer ihr seid. Woher ihr kamt. Worauf ihr hofft und wie ihr träumt. Wie ihr mordet und Krieg treibt und euch selbst verkauft, wie ihr den letzten Geheimnissen der Welt auf den Leib rückt und euch an euren kleinen Hoffnungen festklammert, und wie ihr liebt. Wie ihr atmet, euer Gesicht der Sonne zuwendet und in stillen Momenten in den Himmel schaut. Das alles wird eines Tages belanglos sein, aber ich war da. Ich habe es gesehen und ich werde mich erinnern – an jedes einzelne Gesicht. Und was wollt ihr mehr als das? Was sonst könntet ihr euch erhoffen? Denn ich werde immer da sein. Lange nach dem Erlöschen des letzten Sternenlichts.«

Die Seele nickte beeindruckt, was bemerkenswert war, so ganz ohne irgendeine Art von Kopf. Ich lächelte ihr zu.

Jemand schnalzte missbilligend mit der Zunge.

»Erzählst du schon wieder Schauergeschichten, Tod?«

Ich wusste nicht, wie lange Leben schon so unberufen wie ein randvolles Glas auf einer Tagung des Internationalen Pessimistenclubs an einem Freitag den Dreizehnten neben mir gestanden hatte, aber ich schrumpfte schuldbewusst in mich zusammen.

»Muss ich dich schon wieder an die Fortbildung zum Thema *Kundengerechter Umgang* erinnern?«

Und damit raffte ich, der ich selbst nach dem Erlöschen des letzten Sternenlichts immer noch in der unendlichen Schwärze des Universums weilen würde, mangels einer schlagfertigen Antwort meinen Umhang und machte mich aus dem Staub. Manchmal war das einfacher. Ich wollte mich nicht an die Fortbildung erinnern – ich hatte nur mal reden wollen.

Leben verblasste. Die Seele wurde zur Erinnerung …

Dinosaurier sind zu groß, um sie in Worte zu fassen.

Darüber hinaus gab es viel zu viele von ihnen, um sie alle zu beschreiben. Nicht umsonst werden sie vermutlich bis ans Ende seiner Arbeit Lebens Meisterwerk bleiben: Es war wirklich erstaunlich, wie sich etwas mit so einem kleinen Gehirn so erfolgreich durchsetzen konnte*.

Sie stampften übers Land und schlängelten sich durch die Meere. Auf ledernen Schwingen stürzten sie sich in die Lüfte. Sie schmückten ihre Kämme mit farbenprächtigen Schuppen und krabbelten, vom Gewicht ihrer eigenen Panzerplatten zu Boden gedrückt, durch den

* Damals ahnte ich noch nichts vom Menschen.

Morast. Sie ließen sich Stacheln, Höcker und ausgesprochene Dickschädel wachsen, Reiß-, Mahl- und Schneidezähne, Raspelzungen, zu Schnäbeln verkrümmte Lippen, messerscharfe Klauen. Die kleineren ließen sich von Baumwipfeln fallen und glitten tollpatschig von Ast zu Ast, die größeren ähnelten erstaunlich gelenkigen Berghängen. Sie ließen sich Hälse wachsen, die über den verholzten Büschen aufragten wie gelenkige Periskope einer verirrten U-Boot-Flotte. Sie bauten Nester und winzige Erdhöhlen, bewachten eifersüchtig ihren Nachwuchs und zogen in großen, trägen, unendlichen Herden durch die Täler.

Sie waren wie ein Fleisch gewordener Traum, den bis dahin noch niemand zu träumen gewagt hatte.

Auch die Flora veränderte sich. Gräser wogten im Wind. Samen wurden durch die Lüfte getragen. Erste Blumenkelche öffneten sich und die Welt begann zu blühen.

Dann ging alles bergab.

Es grummelte in den Tiefen des Erdreichs, einmal wieder. Die Pflanzen zogen sich zurück. Der Himmel wurde trüb. Erschütterungen verschiedenster Art geschahen, und die Welt versank in Staub …

Aber das war nicht das Ende. Wie es den kleinen haarigen Bastarden gelungen war, all dem zu entgehen, blieb mir ein Rätsel. Leben nannte sie Säugetiere, und sie schienen froh zu sein, die Erde endlich für sich allein zu haben. Damals konnte ich nicht ahnen, wie viele Scherereien sie mir eines Tages bereiten würden.

All dies bedeutet nicht, dass wir damals keinen Spaß gehabt hätten. Ganz im Gegenteil.

Rauchfahnen zogen sich über den Himmel, ich stand mit Schicksal auf einem kleinen Hügel und sah hinab auf eine Herde weidender Dickhäuter. In der Ferne war ein Grollen zu hören.

»Tja, wenn man bedenkt, wie unterhaltsam die Viecher sind, ist es vielleicht doch nicht so schlecht, dass Lebens Einzeller das Jobinterview damals bestanden hat«, sagte Schicksal und jagte einer besonders blöde dreinglotzenden Echse einen Lavabrocken auf den Schädel.

Ich nickte zustimmend.

»Ja. Wer hätte das gedacht«, meinte ich und beobachtete, wie die Herde träge blökend auseinanderstob.

Dann machte ich mich an die Arbeit.

Die Sache mit der Vertretung

Manche Dinge geschehen im Jetzt.

Ich hatte sorgfältig überlegt.

In Anbetracht der Tatsache, dass ich mich von inkompetenten Angebern umzingelt fand, war mir die Entscheidung nicht leichtgefallen. Aber Karma, so schien es mir, war die am wenigsten haarsträubende Option. Denn, seien wir mal ehrlich, was hatte ich schon für eine Wahl? Ich brauchte jemanden mit fachlicher Kompetenz und Flexibilität.

Ohne weiter zu zögern, machte ich mich auf die Suche nach Karmas Heimat.

Äh, Großmeister Tod …

Was denn?

Oh.

Wie nachlässig von mir. Beinahe hätte ich vergessen, dass man euch aber auch wirklich *alles* erklären muss.

Ein kleiner Abstecher in übernatürliche Architektonik

Jeder braucht irgendeine Art von Zuhause. Ganz im Gegensatz zu euch Menschen*, können wir uns nicht die ganze Zeit auf der Erde herumtreiben. In den vielen Momenten zwischen der Arbeit kann es manchmal ganz guttun, sich für ein Weilchen zurückzuziehen und die Füße hochzulegen**. Was soll ich sagen? Die Welt ist laut, schnell und hektisch, sogar in den verlassensten Einöden. Irgendetwas kreucht und fleucht immer, um das man sich früher oder später kümmern muss. Deswegen waren die meisten von uns klug genug gewesen, sich eine Art Refugium zu schaffen, in das man sich bei Bedarf zurückziehen konnte.

Schicksal beispielsweise bewohnte seine eigene Zwischendimension, die ebenso zwiegespalten war wie es selbst. War es bei schlechter Laune, manifestierte sich die Landschaft in jener reizenden Ausgeburt von Sumpfgasen und Krähengejammer, die ich selbst schon so oft am eigenen Leib hatte erleben dürfen. Freute es sich dagegen über einen gelungenen Plan oder war es auf eine tolle neue Idee gekommen, meine Kundschaft wie Spielbälle in seinem ewigen Solo-Tischtennis quer über die Weltenplatte zu donnern, verwandelte sich das Land in wogende grüne Hügel, die irgendwo in der Mitte zwischen Gras und Wasser steckengeblieben zu sein schienen. Dort wohnte es in einem kleinen weißen Haus, umgeben von mächtig ausladenden Eichenbäumen, und spann fleißig Garn und Gerüchte.

Wo Zufall wohnte, wusste niemand. Ich sagte doch, dass er sich in seiner Rolle als draufgängerischer Eigenbrötler gut gefiel, und anscheinend empfing er nicht gern Gäste. Sinn und Zweck des

* Ausgenommen vielleicht von Raumfahrern.

** Zumindest geht das mir so. Gewisse Kollegen, die ich hier nicht beim Namen nennen möchte, die vor unangebrachtem Übereifer und Streberei allerdings zu bersten drohen, kennen keinen einzigen Moment des Müßiggangs.

Zufalls war immerhin, dass man ihn niemals dann antraf, wenn man ihn brauchte.

Auch Zeit hatte mich noch nie zu sich eingeladen. Was sie anging, konnte ich nur wilde Spekulationen anstellen. Möglicherweise wohnte sie in einer überdimensionalen Standuhr. Ich würde es bald herausfinden.

Wo Glück sich bevorzugt herumtrieb, wollte ich gar nicht so genau wissen, denn ich vermutete, dass es ein äußerst anstrengender Ort war, der seinem Bewohner an Unliebsamkeit in nichts nachstand. Krankheit hingegen bewohnte eine Art Tempel, der nach Vorbild eines verwirrenden Mikrokosmos erbaut worden zu sein schien, welcher einem Virus gleich zwischen den Welten umhertaumelte und in dem ich – zumindest vor unserer Meinungsverschiedenheit – jederzeit willkommen gewesen war. Doch selbst wenn das Angebot noch gestanden hätte, wäre es mir schwergefallen, mich dazu zu überwinden, dorthin zurückzukehren. Es roch immer ziemlich merkwürdig, manche Treppen waren schleimig und führten ins Nichts.

Mit Leben hatte ich dieses Problem nicht, denn es hatte ganz einfach auf ein eigenes Reich verzichtet.

»Ich bin überall dort zu Hause, wo geatmet und gewachsen wird«, hatte es eines Tages großspurig behauptet und meinen angewiderten Gesichtsausdruck geflissentlich ignoriert. Wann immer sich Leben eine Auszeit gönnte, drückte es sich in seiner Werkstatt herum, wo es neue Organismen ausprobierte (von denen es fälschlicherweise annahm, dass sie interessant waren) und sich den Kopf über verschiedene Lebensformen zerbrach. Ich sagte doch, es war ziemlich von sich eingenommen. Hätte ich den ganzen Tag lang übers Sterben nachgegrübelt, hätten sich alle gleich wieder einen dieser Blicke zugeworfen, mit dem normalerweise Worte einhergingen wie »Und sie hatte sich monatelang von Welpen ernährt«.

Aber ich besaß zum Glück weder Lebens Arbeitswut noch eine eigene Werkstatt.

Oh, mein Zuhause war sehr stilvoll eingerichtet.

Stille nächtliche Teiche glänzten wie Edelsteine in ihren marmornen Becken und schmale Wege aus geschliffener Schwärze führten über ein gigantisches Bodenfenster aus poliertem Kristall, von dem aus ich die beruhigende Weite des Universums überschauen konnte. Tief unten, eingehüllt in lichtlosen Samt, lag die Erde wie eine kleine, verloren geglaubte Murmel.

Ein jeder Wohnungsmakler hätte mich um so eine Residenz beneidet. Kein Laut erklang, kein Windhauch wehte, nichts regte sich – es sei denn, ich wollte es so. Manchmal saß ich am Beckenrand und ließ kleine, runde Steine in das dunkle Wasser fallen und die Tropfen tanzten für mich.

Da ich nicht wusste, wo ich mit meiner Suche beginnen sollte, beschloss ich, mit dem Taktgeschick und der Raffinesse eines betrunkenen Halmaspielers vorzugehen. Das bedeutete genauer gesagt, einfach wahllos zwischen den Realitäten umherzuspringen, bis ich entweder Karma oder seine Haustür fand. Ein gewagtes Unterfangen, aber da mir nichts besseres einfiel, ließ ich es einfach darauf ankommen. Und wenn ihr mich nicht ständig unterbrechen würdet, hätten wir diesen beschämenden Teil der Geschichte schon längst hinter uns.

Es kam folgendermaßen:

Ich sprang.

Und ich landete … aus der Realität, die die Erde beherbergte, in einer anderen, dunkleren. Kugelblitze flackerten über den Himmel. Ich sah mich kurz um. Kompletter Reinfall.

Zack.

Ein endloses graues Meer, geschmückt von unzähligen Inselchen, die wie verkrustete Schaumkronen zwischen den Wellen aufragten. Zack.

Ein leer stehendes Warenlager von innen. Zack.

Ein Schlachtfeld, Geschosse zischten mir links und rechts um den Schädel und verursachten dabei ein Geräusch wie eine Horde wütender Terrier in einer übergroßen Gießkanne. Zack.

Eine Ödnis aus blauem Sand, bewachsen von einigen warzigen, braunen Kakteen. Zack.

So ging es weiter.

Manchmal war es nicht ratsam, so schnell zwischen den Schichten umherzuspringen. Erstens konnte einem schnell schwindlig werden, und zweitens war es auf die Dauer ziemlich anstrengend. Ich übersah dies geflissentlich. Schließlich verausgabte ich mich ohnehin Tag und Nacht zu Tode.

Realitäten wechselten sich ab und verschwammen um mich herum. Welten sprangen hin und her. Zeiten änderten sich, und ab und zu beobachtete ich sogar mich selbst dabei, wie ich eine Seele abholte oder mich mit Leben zankte*.

Wie lange ich mich durch die Schichten des kosmischen Blätterteigs wühlte, auf der Suche nach einem einzigen, winzigen Schokostreusel, weiß ich nicht – allerdings dauerte es viel zu lange. Ich sah Welten, mit denen ich bereits vertraut war, und andere, die so unglaublich öde aussahen, dass ich von ganzem Herzen hoffte, nie dorthin versetzt zu werden. Ich hüpfte vor und zurück in der Zeit wie ein verrückt gewordener Weltenfrosch auf der Jagd nach einem Wurmloch, bis mir vor lauter Springerei ganz anders wurde. Einmal mehr wurde ich daran erinnert, warum ich mir normalerweise nie die Mühe machte, jemanden zu besuchen. Es war, als

* Erinnert ihr euch? Welten sind wie Blätterteig. Wenn ich wollte, konnte ich mir vergangene Ereignisse nach Belieben anschauen – so oft es mir gefiel –, allerdings ohne ausdrückliche schriftliche Erlaubnis rein gar nichts am Geschehen ändern. Ein Jammer. Oftmals fällt mir im Nachhinein auf, dass mein Umhang furchtbar schief saß und dringend zurechtgerückt werden sollte, und ich könnte euch eine Menge über falsche Geschichtsschreibung erzählen.

ob ich mich durch ein Gewirr aus verwinkelten Korridoren, verärgerten Vorzimmerdamen, defekten Fahrstühlen und engen Wartezimmern kämpfen musste, und das in einem vierzigstöckigen Bürogebäude. Dessen Wände aus Gelee bestanden und in dem in manchen Räumen riesige Kraken lauerten.

Gerade fing ich an, die Hoffnung in mein Vorhaben zu verlieren, da rannte ich beinahe gegen die Tür. Und es war nicht einfach irgendeine Tür – es war *die Tür.* Ich erkannte sie sofort. Wer sonst würde sich so plakativ schmücken? Wer, wenn nicht Karma, welches seine Haut mit schillernden Zeichnungen verzierte, würde eine Tür in Form eines riesigen Kreises wählen, der aus zwei sich hübsch ergänzenden Kaulquappen mit jeweils einem großen starrenden Glotzauge zu bestehen schien? Wer, wenn nicht Karma, welches sich, wäre es ein Mensch gewesen, eine gewaltige Kristallkugel zugelegt hätte, um sie dann als Briefbeschwerer zu benutzen?

Ich grinste anerkennend.

Es gab Tage, an denen konnte ich einfach nicht anders, als mich zu bewundern. Ich hatte nicht einmal anhalten müssen, um jemanden nach dem Weg zu fragen.

Noch konnte ich mich jedoch nicht zurücklehnen und mir auf die Schulter klopfen – es bedurfte vermutlich eines aufwendigen, zeitraubenden Rituals, die Pforte zu öffnen. Jedes sterbliche Kind, das jemals eine Geschichte gelesen hatte, wusste das. Man musste *Das Richtige Wort Sprechen, Das Unmöglich Zu Knackende Rätsel Knacken, Den Richtigen Ziegelstein In Der Wand Berühren**. Nur dass es in diesem Fall leider keine Wand zu geben schien – lediglich eine Tür, die vor mir im silbernen Nebel zu schweben schien. Und so, wie jedes sterbliche Kind wusste, wie man solcherlei Türen öffnete, wusste es auch, dass das, was dahinter lag, wenn man die Pforte umrundete, nicht dasselbe war wie das, was dahinter lag, wenn man die Pforte durchschritt.

Ich zögerte.

Wahrscheinlich stand mir eine nervenaufreibende Prüfung bevor; eine Art Test, um zu erkennen, ob ich des Betretens würdig war – ein Spektakel sondergleichen.

Ich hob die Hand und klopfte.

Die Tür öffnete sich.

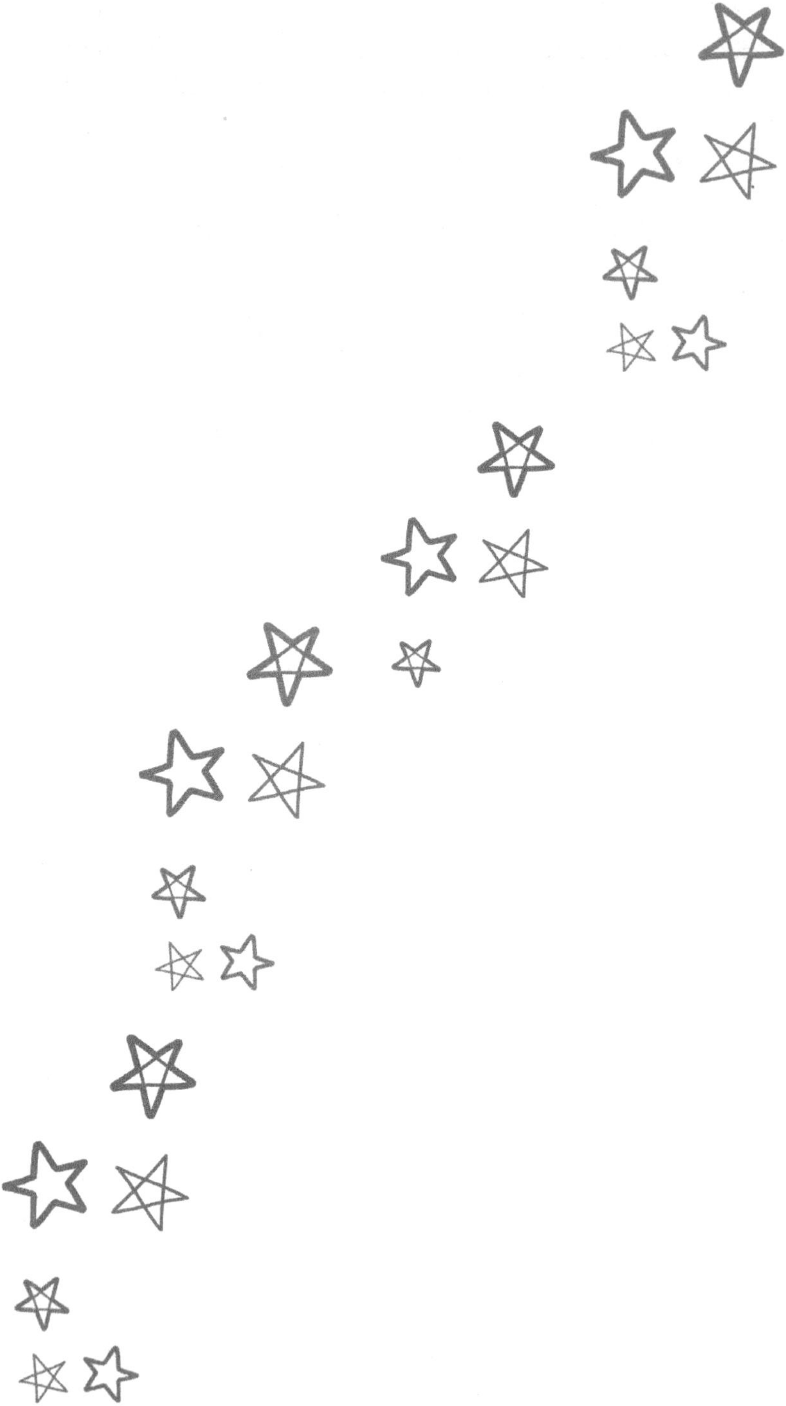

KAPITEL 9

Eine Welt aus violettem Staub empfing mich.
Das war einfach gewesen.

Ich fühlte mich, als hätte man mich von einem Moment auf den anderen in einem jener berühmten Sterngemälde eingesperrt: Vor mir, über mir und um mich herum wälzten sich gigantische Spiralen aus fliederfarbenem Lila und flirrendem Silber, zusammengesetzt aus fein glitzernden Körnchen, die wohl irgendeine Art von Metapher darstellen sollten. Ihre tiefere Bedeutung blieb mir verborgen. Vielleicht symbolisierten sie die unablässige Strömung des Seins, in der wir alle gleich waren, vielleicht sollten sie aber auch einfach nur schick aussehen.

Viel eindeutiger hätte man es nicht machen können. Ich war in Karmas Reich, und es war genau so atemberaubend und verwirrend, wie ich erwartet hatte.

Ich war froh, in dieser Realität ausnahmsweise keine feste Gestalt annehmen zu müssen. Noch Tage danach wäre ich damit beschäftigt gewesen, mir den ganzen Staub aus den Augenhöhlen und zwischen den Zähnen hervorzupulen.

Für einen Augenblick blieb ich inmitten all der tanzenden, wogenden Farben stehen wie ein schüchterner Staubsauger-Vertreter auf der Schwelle eines selbstreinigenden Hauses. Na komm schon, Tod. Du bist den ganzen langen Weg gekommen. Ich setzte mich langsam in Bewegung und die sich gemächlich umherwiegenden Farbausläufer folgten mir wie Zauberkünstler einem Kaninchenzüchter. Ich kam erstaunlich schnell voran. »Karma?«, fragte ich in die Leere und erhielt keinerlei Antwort. Es überraschte mich nicht besonders. Vielleicht war mein Kollege ja nicht einmal zuhause – andererseits, irgendjemand musste mir die

Tür geöffnet haben. Ich wagte nicht, stehen zu bleiben. Der Staub ballte sich um mich herum zusammen, bewegte sich beharrlich mit mir und zerrte an meinen körperlosen Gliedmaßen. Hübsch anzusehen war er ja, aber er ging mir so langsam auf die Nerven und raubte mir die Sicht.

»Karma?«

Möglicherweise sollte ich wieder gehen. Vermutlich war ich fehl am Platz – doch egal, wohin ich mich drehte, der Staub ließ sich einfach nicht abschütteln. Wo war die Tür? In welcher Richtung lag der Ausgang? Überall nur Farbe, erstickende, liebliche Farbe, in Form von allerfeinstem Staub …

»Karma?«

Und dann lichtete er sich, ganz plötzlich. Er stob in die Höhe wie der Gedanke eines Vogelschwarms. Ein weiter, perlmuttfarbener Strand tat sich auf, am Rande eines Meeres, das aussah, als ob es vollkommen aus Aprikosen bestünde. Auf einer schartigen dunkelblauen Klippe erhob sich ein weißes Schloss mit flachen goldenen Dächern …

Oh, oh.

Ein Windstoß.

Ein zorniges Flattern feuriger Haare.

Eine langfingrige, gebräunte Hand schaffte es irgendwie, mich am Ohr zu packen, obwohl ich gar keines hatte.

Noch nie zuvor hatte jemand es ganz ohne Worte geschafft, mir so eindrücklich zu verdeutlichen, dass ich mich am falschen Ort befand. Selbst von stundenlangem Regen durchnässte Zeugen Jehovas vor der zwanzigsten empört zugeknallten Haustür hätten sich willkommener gefühlt. Rings um mich herum wirbelte der Sand in peitschenden Böen auf und ich wurde so schnell in Richtung Tür zurückbugsiert, dass mir kaum eine Chance blieb, zu protestieren. Urplötzlich hatte ich das Gefühl, einen furchtbaren, unverzeihlichen Fehler begangen zu haben. Niemand hatte mich hierher eingeladen! Wie konnte ich es wagen, Karmas System auszutricksen? Raus mit mir! Zurück dahin, wo ich hingehörte! »Moment mal«, warf ich ein und sträubte mich erfolglos gegen den eisernen Griff. »Ich *habe* überhaupt kein System hintergangen! Ich habe sogar angeklopft!«

Erneut öffnete sich die Tür wie von Geisterhand* und ich purzelte mit der Eleganz eines ausgehusteten Fellballs hindurch. Wie schmählich. Meiner Meinung sollte mit dem Tod nicht so umgesprungen werden.

»Karma! Warte! Ich muss dich etwas fragen! Es ist wichtig …«

Das schabende, eiserne Geräusch eines Schlosses, das endgültig verriegelt wurde, verklang in der Stille.

Ich klopfte erneut. Einen Versuch war es wert.

Diesmal geschah nichts.

Danach

Jahrzehnte später ließ ich mir sagen, dass Karma meinetwegen nie wieder Besucher empfangen hatte. Und die Tür hatte es auch in die Weiten des intergalaktischen Sperrmülls geschleudert.

Es war vermutlich besser so.

Im Nachhinein erscheint es mir unnötig, wie viel wertvolle Energie und Todeszeit ich in die sorgfältige Auswahl meiner Vertretung steckte, hauptsächlich deswegen, weil niemand meine Vertretung sein *wollte.*

Eine Weile lang irrte ich auf der Suche nach Zufall umher, vollkommen wider besseren Wissens und persönlicher Erfahrung in der Sache. Es lag in der Natur sämtlicher Logik des Universums begründet, dass man Zufall nur durch ebensolchen antraf, dachte ich mir, und suchte dennoch umso fleißiger weiter.

In Wahrheit verhielt es sich genau umgekehrt.

* Natürlich nicht *tatsächlich* von Geisterhand, denn das hätte ich gewusst.

In Wahrheit war Zufall noch ein bisschen cleverer gewesen und ich fand seine Adresse erst heraus, als mir nach mehreren Tagen der Suche aufging, dass es jemandem, der sich für so geheimnisvoll und hintergründig verhielt wie mein alter Kumpel, nur recht sein konnte, wenn man sich die Mühe machen musste, sich ein wenig den Schädel zu zerbrechen.

In Wahrheit, so stellte sich heraus, fand man sein Heim eben nicht durch Zufall, sondern durch pure *Absicht* …

Es klappte, aber auch das brachte mich nicht weiter. Meine plötzliche Erleuchtung schleuste mich in ein Reich aus angenehmer Dunkelheit, das mir unter anderen Umständen vielleicht hätte gefallen können, wenn es nur nicht so furchtbar lärmig gewesen wäre. Immer und immer wieder hallten die merkwürdigsten Geräusche in den undurchdringlichen Schatten wider: Stolpernde Fußschritte, das schrille Quietschen von Bremsen, das Schaben der Räder eines um Haaresbreite verpassten Zuges, das scharfe Schnappen gewaltiger, reißzahniger Kiefer, das Fallen kleiner Gegenstände … und inmitten all diesen Durcheinanders flüsterte der Zufall:

»Nein. Entschuldige bitte, Tod. An so einen strengen Zeitplan könnte ich mich niemals halten«,

und dann verschwand er wieder und ließ mich allein in seinem Opernhaus der zufällig generierten Geräusche zurück.

»Tod«, ließ Schicksal mich wissen, »obwohl ich dir vollkommen darin recht gebe, dass so ein Unterfangen eine gute Geschichte abgeben würde, für die ich mich *eventuell* sogar interessieren könnte, musst du zugeben, dass ich schon oft genug versucht habe, dir zu helfen, und dass es bisher immer schiefgegangen ist. Anscheinend hast du ein Talent dafür, Dinge zu vermasseln. Aber … du könntest Glück fragen.« Hier lehnte es sich mir vertraulich entgegen und senkte die Stimme, und an dem fröhlichen Blitzen seiner Augen hätte ich eigentlich erahnen müssen, was mir bevorstand. »Du weißt ja, wie man es findet, oder?«

Ich will es kurz fassen.

Es stellte sich heraus, dass … nein, ich bringe es nicht über mich, es auszusprechen.

Die grauenvollen Einzelheiten will ich euch ersparen. Das Entscheidende war: Schicksal hatte recht behalten. Es funktionierte tatsächlich. Von einem abgeschiedenen, einsamen Ort, an dem mich ganz bestimmt niemand bei der abscheulichen Tat beobachten konnte, glitt ich sanft hinüber in eine Landschaft aus träge rieselndem Goldstaub, unter einem dunklen Himmel, auf dem sich Sternschnuppen und Kometen ihre leuchtenden Wege bahnten. (Um ehrlich zu sein, hatte ich etwas weitaus weniger Stilvolles erwartet. Eine Welt aus turnenden Lottoscheinen beispielsweise, oder ein Kasino, in dem die Einsätze aus Hufeisen und Kleeblättern bestanden.) Ich war dankbar für die angenehme Überraschung. Selbst ohne derlei Unfug waren meine Nerven angespannt genug. Die ganze Zeit über hatte ich erwartet, Schicksal feixend hinter einem Felsen hocken zu sehen, wie es mir zusah und sich selbst zu seinem witzigen Einfall gratulierte.

Es war nicht die letzte Überraschung, die Glück für mich bereithielt. Inmitten des goldenen Flirrens fand ich es im Schneidersitz kauernd und in ein angeregtes Selbstgespräch vertieft. Daran war nichts auszusetzen: Die Unendlichkeit konnte manchmal ziemlich lang sein. Nein, was mich erstaunte, war sein bemerkenswert gewöhnliches Erscheinungsbild. Es schien auf sämtliche Obst, Gemüse, Goldtaler oder – im Falle des Schornsteinfegers – Aschekrümel speienden Accessoires verzichtet zu haben und gab sich auch sonst keinerlei Auswuchs der Extravaganz hin. Abgesehen vielleicht von einem kleinen Rußtupfer auf der Nase.

Und es sprach mit *normaler* Stimme.

Ich räusperte mich dezent und Glück schaute erschrocken zu mir auf – wie jemand, der sich größte Mühe gab, gelassen und entspannt zu wirken, während um ihn herum das Chaos ausbrach, was aber nie so gelassen und entspannt wirkt, wie die Leute anzunehmen scheinen.

»Tod, äh, *ICH MEINE, TOD? WAS MACHST DU DENN HIER?*«

Das Ganze war mir unangenehm. Manche Dinge waren nicht für fremde Augen bestimmt.

»Ich wollte mit dir reden. Du wirfst mich besser nicht gleich wieder raus. Immerhin habe ich sogar … na, du weißt schon.« Und erneut brachte ich es nicht über die Lippen. Glück jedoch war schneller auf den Füßen als ein Springteufel, und es strahlte nur so vor Stolz. Zur Vorsicht trat ich einen Schritt zurück. Bei Glück konnte man nie wissen.

»*DAS WARST DU?*«

»Ja. Das war ich. Zu meiner immerwährenden Schande.«

Ich hätte es nicht stören sollen. Die *Stimme* war zurück. Die Stimme, die sich andauernd überschlug und an den unpassendsten Stellen schrill trällerte. Die Stimme, die die Welt an den Nähten platzen ließ und machte, dass man sämtliche Kehlköpfe des Universums verdammte. Ich biss die Zähne zusammen.

»*DU HAST MIR GEHULDIGT?*«

Argwöhnisch sah ich mich um.

»Nicht so laut!«

»*DU WARST DAS, DER MICH DA DRAUSSEN SO NETT ANGEBETET HAT?*«

»Schhh!«

»*DU HAST MIR ALL DIE KOMPLIMENTE GEMACHT?*«

Ich gab auf.

»Ja. Ganz wider meiner Natur. Du musst übrigens nicht so klingen.«

Für einen Moment schien das Glück zu überlegen. Dann, zum allerersten Mal, seit ich mich erinnern konnte, entschied es sich zu meinen Gunsten.

»Na schön«, willigte es ein. Augenblicklich entspannten sich jene meiner Körperteile, die ich in Ermangelung eines besseren Wortes als Ohren bezeichnen möchte. »Ist sowieso zu anstrengend, die ganze Zeit so zu reden.«

»Das hört man dir an. Du klingst schon ganz heiser.«

»Ich weiß, ich weiß. Kann ich dir irgendwas anbieten? Einen kleinen Rundgang vielleicht? Eine Sternschnuppe? Ein Stückchen Klopfholz? Es ist schon lange her, dass ich einen Besucher hatte …«

»Das wundert mich nicht. Und nein, vielen Dank. Ich bin nicht hier, um spazieren zu gehen. Was hat es mit deiner Stimme auf sich?« Für einen Moment sah mein Kollege beinahe ein wenig verlegen aus.

»Ich bin das Glück«, murmelte es dann. »Ständig wollen die anderen irgendwas von mir. Was hat es mit deiner Huldigung auf sich?«

»Du bist das Glück«, wiederholte ich rasch, und in meinem Kopf war ein lautes *Klick!* zu vernehmen. Ich hoffte, ich hatte mir nicht schon wieder den Schädel gebrochen. »Und deswegen führst du dich auf wie der letzte Spinner, in der Hoffnung, dass wir dir nicht andauernd auf die Nerven gehen.«

»Stimmt genau. Ich meine, versteh mich nicht falsch, so ein paar Komplimente ab und zu sind nicht das Schlechteste. Aber die Leute vergessen, wer ich bin. Jahrtausendelang war ich für gute Ernten zuständig. Für Jagderfolge. Für erfolgreiche Schlachten. Jetzt bin ich … nur noch das Fallen von Würfeln.«

»Du warst eine Naturgewalt«, sprach ich den Satz zu Ende, ohne nur einen Augenblick daran zu zweifeln, dass ich richtiglag. Natürlich tat ich das. Mir ging es schließlich genauso. »Du warst eine Gottheit. Jetzt steht dein Name auf Pralinenschachteln, Postkarten und Lebensratgebern. Man bringt dir keinen Respekt mehr entgegen. Man *bettelt* nur noch um deine Aufmerksamkeit, anstatt sie sich zu verdienen.«

Einen Moment lang herrschte Stille, abgesehen von dem sanften Zischen einer Sternschnuppe, die über unsere Köpfe hinwegsegelte. Zögerlich blickte Glück zu mir auf. Dann knipste es ein Lächeln an.

»Na also. Ich wusste, dass mehr an dir dran ist als nur der ewig schlecht gelaunte Blick, der Zahnfleischschwund und die dämlichen Wortspiele. Danke, Tod. Du verstehst mich, glaube ich.«

Eine geraume Weile später verließ ich Glücks Heim, um keine Spur klüger als zuvor, dennoch um einiges glücklicher. Das meine ich wörtlich.

»Tut mir leid, dass dir keiner von uns helfen kann«, hatte es überzeugend niedergeschlagen geseufzt. »Ich weiß, dass manch ein Ableben ein ziemlicher Glücksfall sein kann, aber du musst zugeben, dass mein Job so rein gar nichts mit deinem zu tun hat. Trotzdem danke für die Huldigung. Es macht dein Verhalten in der Vergangenheit wett. Wenn du willst, kannst du auch jederzeit wieder vorbeischauen, so ein bisschen Anbetung hin und wieder tut mir ganz gut. Warte … ich kann zwar nicht für dich einspringen, aber möglicherweise kannst du das hier gebrauchen.«

Und Glück schwebte leichthin ein Stückchen in die Höhe und tat etwas äußerst Feuchtes, das ganz gewiss nicht hygienisch sein konnte. Plötzlich fühlte ich mich ganz kribblig und beschwingt – etwas, das mir zuvor noch nie widerfahren war und von dem ich mir nicht sicher war, ob es mir gefiel.

»Beim Nächsten, bei dem du anfragst, wird es bestimmt klappen. Immerhin hast du jetzt mich auf deiner Seite.«

Es grinste und ich antwortete mit einem Lächeln und einem Nicken und wandte mich zum Gehen.

»Warte mal, Tod.«

Ich wandte mich zum Bleiben.

»Du erzählst doch den anderen nichts von … *hiervon*, oder? Ich gebe mir wirklich Mühe mit der Nummer, weißt du? Es ist nicht leicht, ständig die Knalltüte zu geben. Na ja. Der Typ mit der riesigen Sense kann das vielleicht nicht so gut nachvollziehen. Aber glaub mir: Es ist echt anstrengend.«

Ich zögerte. Es war nie schlecht, etwas gegen einflussreiche Kollegen in der Hand zu haben, und ganz besonders galt dies für Geheimnisse, die sich hervorragend für Bestechungsversuche eigneten. Andererseits mochte dieser Gedankengang erklären, weshalb ich nicht gerade viele Freunde hatte.

Ich schüttelte den Kopf und Glück stieß mich ebenso erleichtert wie nervtötend in die Seite.

»Hey, danke! Und bis bald! *Machs gut, Tod!*«

Aber ich wusste: Ich würde es garantiert nicht gut machen. Kein Glück der Welt konnte mir bei dem helfen, was mir bevorstand.

Es graute mir davor, auch nur an meinen nächsten Schritt zu *denken.*

Eine furchtbare Wahrheit

Ich hatte mich durch Hunderte von Realitäten gewühlt, Wellen aus violettem Staub erzwungen, meinen Stolz widerstandslos in die Tonne gekloppt, einem Kollegen gehuldigt und mich ohne großes Theater auf die Stirn küssen lassen.

All dies war nichts im Vergleich zu der Unaussprechlichkeit, die ich als Nächstes begehen musste.

Ich hatte einen Punkt erreicht, an dem mir einfach keine andere Wahl blieb.

Ich bin der Tod, aber nicht einmal ich war so abgehärtet, dass ich dem Kommenden ohne Furcht entgegenblicken konnte.

Ich musste mich an Leben wenden.

Leben war schon immer ein Angeber gewesen.

Es ist nicht leicht, mit jemandem zusammenzuarbeiten, der sämtliches Lob für sich einheimst. Na schön, ich verstehe es ja. Leben ist das Einzige, das euch Menschen auf dieser Welt von Anfang an vertraut ist. Zu leben – da werdet ihr mir zustimmen –, ist die einzige Sache, die jeder von euch instinktiv beherrscht*.

Es sind einfach keine fairen Voraussetzungen. Genauso wenig würde sich ein Fisch darüber freuen, auf einer Karaoke-Party ein flottes Flamenco-Solo auf die Tanzfläche legen zu müssen.

Natürlich war es leicht, sich an etwas zu klammern, das einem als Notwendigkeit erschien. Es war allerdings wesentlich schwieriger, mit selbiger Notwendigkeit zusammenzuarbeiten – ganz besonders, wenn man wusste, dass man ohne sie den ganzen Tag frei gehabt hätte und den Anblick ihres selbstverliebten Gesichts einfach nicht länger ertragen konnte.

Wäre Leben ein Mensch gewesen, wäre es zweifellos Zauberkünstler geworden, oder Pyrotechniker. Oder vielleicht ein Zahnarzt. Jemand, der mit großen Mitteln noch größere Effekte erzielte und einen über kurz oder lang ziemlich teuer zu stehen kam.

Der Preis für das aufregende Spektakel voller Funken, dem plötzlichem Verschwinden von Kaninchen und Zahnhohlräumen, lauten Knallen und atemberaubenden Explosionen war ich.

Und daran wollte niemand denken. Die Show hatte doch gerade eben erst begonnen!

Leben servierte einem ein schmackhaftes Drei-Gänge-Menü mit einer Vorspeise aus schaumig geschlagenen Träumen, zart schmelzenden Fantasien und einem winzigen Tropfen Übermut. Es folgte ein hauchdünnes Parfait aus Erfahrung mit fein aufgeschichteten Lagen von Existenzangst dazwischen sowie einer Beilage aus Verzweiflung

* Aber glaubt mir – mit dem Sterben verhält es sich genauso.

und überteuertem Optimismus. Dann, als krönenden Gipfel dieser kulinarischen Achterbahnfahrt, tischte es einem ein wenig süß flambierte Resignation auf, komplett mit feinen Wehmutraspeln und der Sorte Nostalgiesoße, die einen seufzen ließ: »Ja, damals.«

Zur Abrundung folgte ein bitterer Espresso, der in einem den Wunsch auf ein weiteres Menü entfachte – oder zumindest auf einen zusätzlichen Gang.

Tja, und dann, während der Chefkoch hinter dem Herd Verrenkungen machte, um sich stolz auf den Rücken zu klopfen, trat eine schwarz verhüllte Gestalt an den Tisch und präsentierte ein diskretes Silbertablett, auf dem eine handgeschriebene Rechnung lag.

Entsetztes Japsen überall.

Essen wollte jeder, aber sobald es ans Bezahlen ging, war der Tag ruiniert.

Und die Sauerei hinterher durfte ich auch noch wegräumen. Ganz allein. Und das alles ohne Trinkgeld.

Aber was sollte ich tun?

Sobald man für das Universum arbeitet, kann man faire Arbeitsbedingungen vergessen.

»Das kannst du nicht ernst meinen.«

»Wie sehr ich mir wünsche, du hättest ausnahmsweise recht.«

»Du willst mich – *mich* – als deine Vertretung? Ausgerechnet? Mich!«

»Dich.«

Ich hatte von Anfang an gewusst, dass es keine gute Idee war, Leben einzuweihen. Es lächelte mich auf eine Art und Weise an, die suggerierte, dass ich den Verstand verloren hatte, und langsam begann ich das ebenfalls zu glauben. Ich hatte mich noch nie so … *gedemütigt* gefühlt. *Der Tod und das Leben sind eins,* sagten die Menschen manchmal, wenn sie besonders weise sein wollten – aber sie hatten ja *keine*

Ahnung. Ich hatte nie erwartet, dass ich eines Tages vorhaben würde, dieses Sprichwort in die Tat umzusetzen.

»Bist du dir bewusst, dass ich das genaue Gegenteil von dir bin?«

»Sieh es doch mal so.« Ich nahm mir einen Moment Zeit, der Angelegenheit eine gute Seite abzuringen. Es fiel mir schwer. »Niemand weiß so gut über meinen Job Bescheid wie du. Niemand, der nicht ich ist.«

»Na ja.« Es sah nicht sehr überzeugt aus. »Das stimmt vermutlich. Ich habe dir oft genug dabei zugesehen, wie du meine Kreationen zerstört hast. Nichts für ungut. Ich würde dir ja helfen, aber wer soll solange für *mich* einspringen? Meine Arbeit ist wichtig. Ich kann sie nicht schleifen lassen. Wo würden wir da hinkommen?«

Ich schnaufte. Synapsen, Photosynthese, die Pubertät mit all ihren Pickeln und Mitessern, Verhandlungen – Leben musste alles immer unglaublich kompliziert machen.

»Es ist ja nur für ein paar Wochen. Dann geht die Geburtenrate eben für eine Weile runter, na und? Dafür kannst du dir Gedanken machen, wer *wirklich* deine Dienste verdient. Mehr Löwen, mehr Kegelrobben. Mehr Pandas. Ein paar hundert Millionen befruchtete Menschen weniger, und schwups! Schon hast du ein perfektes Gleichgewicht geschaffen und wenn wir Glück haben, werden alle von Löwen gefressen.«

Immer noch stand Leben der Zweifel wie eine Leuchtreklame für rotierende Zahnbürsten quer über die Stirn geschrieben.

»Außerdem«, fuhr ich fort, »je weniger Kundschaft du erschaffst, umso weniger Arbeit hast du auf meiner Seite! Na komm schon, Leben. Du hast mir den Tipp mit dem Urlaub doch überhaupt erst gegeben. Eigentlich solltest du zufrieden mit dir sein. Endlich beherzige ich deine Ratschläge. Na, was sagst du? Du hast dann auch was bei mir gut.« Einen Moment lang schien es mit sich zu ringen. Stolz, Skepsis und Selbstzufriedenheit lieferten sich eine verbissene Schlacht in seinem Herzen, voller Kneifen, Beißen und unerlaubtem Kratzen.

Als Leben grinste, wusste ich, dass ich gewonnen hatte. Ich ließ sogar zu, dass es mir gönnerhaft auf die Schulter klopfte, wofür es eine geheime Leidenschaft entwickelt zu haben schien*. Sehr gut. Es war volle Kanne in die Falle getappt.

»Na schön«, sagte es in dem großzügigen Tonfall von jemandem, dem man nun sehr viele Gefallen schuldet. »Aber nur für ein paar Wochen. Und du musst mich natürlich einweisen. Ich hab das vorher noch nie gemacht. Du weißt ja, ich bin mehr dafür zuständig, Dinge *herzustellen,* anstatt sie zu zerstören …«

An jedem anderen Tag wäre diese Aussage allein Grund genug gewesen, ihm so fest wie möglich gegen das Schienbein zu treten und mich finster lachend zu verdünnisieren. Aber nicht heute. Heute genügte mir ein Schulterzucken.

»Aber sicher«, entgegnete ich. »Du hättest dir keinen besseren Lehrmeister wünschen können.«

So viel zu meinen Versprechungen

Es ging vollkommen schief.

Lebens erste Versuche, seine eigene Arbeit zunichtezumachen, waren ein noch viel größeres Desaster als meine Bemühungen, den Mantel an den Nagel zu hängen.

»Oh«, sagte es und blickte mich hilflos an, als der alte Opa mit dem gebrochenen Genick sich unter seinen Fingerspitzen wieder zu rühren begann.

Ich seufzte tief auf und widerstand dem Drang, meinen Schädel in den Händen zu verbergen. Es war bereits das fünfte Mal an diesem Tag.

»Versuch es mal mit der Sichel«, bot ich ihm zähneknirschend an und streckte eine knöcherne Hand aus. Leben nahm das Werkzeug

* Ich war äußerst zuvorkommend und schwang nicht einmal die Sense nach seinen Stummelfingerchen.

entgegen und drehte es nachdenklich hin und her. Silbern glänzte die geschwungene Klinge im Licht, scharf und hauchdünn genug, eine Seele vollkommen schmerzfrei von ihrem Körper zu lösen. Leben betrachtete sie behutsam von allen Seiten, zuckte mit den Schultern und hieb sie dem Alten mit Nachdruck in die Kehle.

»Ah«, machte ich beeindruckt, als eine erleichtert zitternde Seele in die Höhe stieg. »So geht's natürlich auch.«

Es brauchte drei lange, harte Tage der Unterweisung, bis Leben endlich dazu imstande war, auch ohne meine Hilfe halbwegs zurechtzukommen. Stolz schaute es auf die verwelkte Staude hinab und verschränkte die üppigen Arme über der Brust, wie ein Aushilfsgärtner* nach vermasselter Arbeit, der einer Dame mit Diamantohrringen weiszumachen versuchte, dass Dörrgärtnerei der letzte Schrei in Japan war und sich die edle Pflanze bestimmt ganz hervorragend in dem kleinen Gärtchen neben ihrer Privatsauna machen würde.

»So«, keuchte es zufrieden. »Was sagst du dazu?«

Und ich musste widerwillig zugeben, dass es gar nicht einmal so schlechte Arbeit geleistet hatte. Tatsächlich hatte ich noch nie so eine ausgetrocknete Hecke gesehen. »Aber es ist dir nicht leichtgefallen, oder?«, hakte ich der Gemeinheit willen nach, und zu meiner Freude schüttelte Leben den Kopf. »Nein«, gab es zu. »Es ist gar nicht so einfach, wie ich dachte. Aber egal. Ich brauche nur ein bisschen mehr Übung, das ist alles.«

Und Übung bekam es mehr als genug. Oh ja, in der Tat.

Wie suchte man nach der Zeit?

Besser noch, wie fand man sie?

* Einer, dem es völlig an irgendeiner Art von grünem Daumen mangelte.

Ein berechtigter Einwand, und Leben konnte ich nicht fragen, da ich auf einer Geheimmission war. In sämtlichen Universen, auf sämtlichen Planeten, in sämtlichen Zwischenräumen, die ich im Laufe meiner Karriere besucht hatte, war ich Zeit noch nie begegnet. Ich wusste gar nicht, wo ich mit der Suche beginnen sollte. Eines war jedoch klar: Um sie zu finden, brauchte man eine Menge von ihr.

Ich war froh, dass ich keine Siebensachen hatte, die es zu packen galt. Genau genommen hatte ich keine einzige Sache. In meinem Beruf lernte man früh, auf materielle Dinge nicht allzu viel zu geben. Alles ging immer so schnell kaputt.

Ich hatte auch niemanden, von dem es sich zu verabschieden galt. In der Nacht, in der ich verschwand, waren sämtliche meiner Kollegen zu beschäftigt, um mir einen schönen Urlaub zu wünschen. Vielleicht ahnten sie, dass ich froh darum war. Ein paar Wochen der Abwesenheit können manchmal ganz guttun, wenn man sich seit Jahrmillionen kannte. Ihnen ging es da bestimmt nicht anders.

Als ich aufbrach, hatte ich keine Ahnung, was mich erwartete. Ich konnte nur hoffen, dass Zeit mehr Stil bewies als beispielsweise Glück. Oder Schicksal. Ich hatte wenig Lust, mich mit einer riesigen Kuckucksuhr über den Sinn und Zweck meiner Arbeit zu unterhalten*.

Ich verabschiedete mich von der Erde mit dem ihr gebührenden Respekt, indem ich mich lustlos umsah, kurz mit den Schultern zuckte und dann in die Höhe stieg. Das Tosen des Meeres verklang unter mir, als ich in die feine Wolkendecke eindrang. Ein Flugzeug sah sich milden Turbulenzen ausgesetzt, als es mitten durch mich hindurchflog. Ich beschleunigte mein Tempo ein wenig. Dieses Mal hatte ich keine Seelen dabei, die es zu unterhalten galt, und ich kannte den Weg seit langem auswendig.

Den Weg nach Hause, um genau zu sein.

* Wer sich einmal mit einem Kuckuck unterhalten hat, weiß, dass derlei Gespräche oftmals sehr eintönig ausfallen.

Ich hatte keine Ahnung, wo es *dieses* Mal hinging.

Kurz wandte ich mich um. Der Mond stieg hinter der glatten, blauen Erdkante auf wie ein überdimensioniertes Nachtlicht. Ich wanderte weiter. Erfrischend leblose Planeten tauchten um mich herum auf, runde Bälle aus Gas und kaltem Fels, und verschwanden wieder. Ich schritt fort, ziemlich zuversichtlich, was meine Zeitfindechancen anging.

Nun ja. Relativ zuversichtlich.

Solare Stürme tobten sich an mir aus und empörten sich darüber, dass es ihnen nicht gelang, mich aus dem Gleichgewicht zu werfen*. Elektromagnetische Teilchen schwirrten mir um den Schädel.

Ehrlich gesagt hatte *niemand* jemals erwähnt, wo Zeit zu finden war. Wahrscheinlich hatte sie ihren eigenen Firmensitz, so vermutete ich, oder zumindest irgendeine Art von Büro. Eines war mir jedoch klar: So einfach wie meine anderen Kollegen würde ich sie nicht aufstöbern. Bei Karma hatte es gereicht, ein bisschen zwischen den Schichten herumzuwühlen. Damit würde ich in diesem Fall keinen Erfolg haben. Irgendetwas zog mich in die Ferne.

Es hätte mich nicht gewundert, wenn Zeit nach dem üblichen *ich bin überall zugleich, aber dennoch nirgends* Schema vorging, das für Allgegenwärtigkeit so typisch war. Aber irgendetwas konnte daran nicht stimmen …

Die Oberfläche der Sonne wirbelte aufgebracht um mich herumauf, sah dann ein, dass sie nichts ausrichten konnte und ließ mich passieren, als sei nichts passiert. Nachdenklich schwebte ich durch ihre Gluthitze hinweg und freute mich, als es ruhiger und noch ein bisschen heißer wurde. Nach wenigen Sekunden hatte ich den Kern erreicht und fünfzehn Millionen Grad umschmeichelten sanft mein Haupt.

Leben hatte des Öfteren Andeutungen fallenlassen, die mich darauf hatten hinweisen sollen, dass es so privilegiert war, ab und an ein Pläuschchen mit der Zeit halten zu dürfen. Also musste man sie

* Ätsch.

ja wohl irgendwo antreffen können. Auch die Berge an Anweisungen, die ich zu Beginn einer jeden neuen Schicht erhielt, mussten von irgendwoher kommen.

Die Sonne spuckte mich aus wie einen ungenießbaren Kern und schleuderte mir einen radioaktiven Sturm der Stärke eines Düsentriebwerks hinterher. Sie war nicht gerade mit einem sonnigen Gemüt gesegnet.

Nun, jedenfalls hätte Zeit ruhig ein paar Wegweiser aufstellen können. Oder zumindest ein oder zwei Schilder.

Ich machte mir nicht die Mühe, dem Meteoritenschauer auszuweichen, der mir entgegengerast kam.

Ich mochte das All. Alles war so schön ruhig und unkompliziert. Meiner Meinung nach hätte sich die Erde eine große Scheibe davon abschneiden können. Aber so war das nun mal mit dem Leben: Kaum packte es Dinge an, wurden sie chaotisch. Nichts konnte man ihm anvertrauen, ohne dass es alles vollkommen in Unordnung brachte.

Eine Zeit lang war ich allein mit meinen Gedanken, dann winkte mir ein dunstiger Ausläufer der Venus zu und ich winkte gedankenverloren zurück. Ich kam viel zu langsam voran. Ich musste mich wirklich ein bisschen beeilen, wenn ich dieses Sonnensystem vor Ablauf der vereinbarten vier Wochen verlassen wollte. Zu meiner Linken zischte Mars wie eine große gescheckte Orange durch die Dunkelheit. Jupiter war mir zu dick und schwerfällig und hätte mich bestimmt abgebremst, deshalb ließ ich mich dazu herab, einen kleinen Umweg zu nehmen. Hätte ich nur gewusst, wohin es mich trieb, dann hätte ich ganz einfach dort erscheinen und mir die ganze lange Wanderung sparen können. Ich hielt verbissen die Augen nach irgendeiner Art von Hinweis offen und redete mir ein, dass ich wenigstens mal wieder aus dem Haus kam und das eigentlich auch nicht zu verachten wäre.

Weit, weit am Horizont, wie ein merkwürdig geformtes Karamellbonbon in einer Untertasse voll schwarzem Kaffee, erstreckte sich der Ring des Saturn. Ich legte noch einen Zahn zu. Dann tauchte ich ein in eine dankbare Leere zwischen den Sonnen, und mehrere Augenblicke lang umgab mich Dunkelheit, durchbrochen nur von einigen verirrten Meteoriten.

Eine ähnliche Dunkelheit hatte in den Wochen nach dem letzten großen Knall geherrscht. Dichte Rußwolken hatten sich über den Himmel gelegt und das Sonnenlicht im Keim erstickt, kleine unterirdische kleine Nager hatten sich gefreut, dass niemand mehr versuchte, ihre Baue aufzuwühlen. Die Zeit der großen Pelztiere brach an …

Ein riesiges, gleißendes Licht empfing mich. Ich zog mehr oder weniger gleichgültig an seinem blauen Schimmer vorbei und hielt den Blick in die Leere gerichtet. Eigentlich gab es keinen Grund, ungeduldig zu sein. Bereits jetzt war ich weiter in die Tiefen des Alls vorgedrungen, als es menschlichen Raumschiffen – ungeachtet des Größenwahns ihrer Erbauer – jemals möglich sein würde. Und das in wenigen Minuten.

Ich segelte zwischen den wabernden, funkelnden Sonnen hindurch wie an einer unsichtbaren Schnur gezogen. Strahlender Lichtnebel von der Konsistenz verschütteter Milch umgab mich.

Seit damals hatte sich nicht allzu viel verändert. Gut, vielleicht gab es inzwischen die ein oder andere Spezies an unausstehlichen Besserwissern mehr, aber im Großen und Ganzen schien sich die Erde seit dem Verschwinden der Echsen wieder beruhigt zu haben. Vielleicht hatte sie die Dinos auch einfach nur loswerden wollen – ich hätte es ihr nicht verdenken können. Wer wurde schon gern den ganzen Tag als Fußabtreter für tonnenschwere Fettklopse benutzt? Na also.*

* Eigentlich nur die eine.

Ich trudelte von einer radioaktiven Nebelwolke in die nächste, zwischen bunten Licht- und Gaspartikelchen hindurch, auf direktem Weg durch Planeten aus gefrorenem Gestein und kochendem Wasserstoff (was sich unangenehmer anhört, als es tatsächlich ist. Zumindest, wenn man keinen Körper hat).

Dann und wann kamen Erinnerungsfetzen auf – in einer anderen Zeit, in einer anderen Realität, war ich schon einmal hier gewesen. Jetzt herrschte überall Einöde, wo ich in einem fernen Universum vor Jahrmillionen gearbeitet hatte – oder in Jahrmillionen einmal arbeiten würde.

Manche Dinge geschehen in der Zukunft.

Natürlich spie sie immer noch hin und wieder Gift und Galle, die gute alte Erde – zumeist in Form von Asche und flüssiger Lava –, aber wenigstens schien sie sich endlich für ein konstantes Klima entschieden zu haben. Kühl und trocken in manchen Gegenden, feucht und heiß in anderen, und als ob das der Diversität noch nicht genug gewesen wäre, erfand sie auch noch andere faszinierende Spielarten wie kühl und feucht und heiß und trocken. Es war die perfekte Grundlage für die Bildung von Sümpfen, Mooren, Regenwäldern, Steppen, Savannen, Wiesen und Tundren.

Und die Tiere … veränderten sich. Nirgendwo war man mehr sicher vor ihnen, was bei Insekten noch anging, bei großen, kiloschweren Fleischbrocken mit Krummbeinen aber schon störender war. Sie schwangen sich federbewehrt in die Lüfte, tauchten im Schlick der Waldseen nach Essbarem und erkletterten sogar die Bäume.

Im Nachhinein gesehen, hätte ich sie gleich von Anfang an wieder runterschubsen sollen.

Zwischen den Galaxien erstreckte sich weite, schwerelose Dunkelheit. Sterne waren wie Menschen: absolute Herdentiere, wenn auch weitaus radioaktiver.

Im Nichts der galaktischen Strahlung kam ich wesentlich schneller voran, was möglicherweise daran lag, dass ich keinerlei Umwege zu nehmen brauchte und auch nicht von unbequemen Gravitationsfeldern gestört wurde. Ich glitt durch die Unendlichkeit wie eine Kettensäge durch eine Qualle.

Das Eis breitete sich rasch aus, bis es schließlich die gesamten Landmassen einnahm, die ihr heute als Pole bezeichnet. Gletscher krochen die Berge hinab wie unendlich langsame Riesenschnecken, die angesichts des Tempos ihrer kleineren Verwandten bis zum Schmelzpunkt errötet wären.

Die Evolution tat merkwürdige Dinge …

Irgendwann fühlte ich mich wie ein kleiner Punkt inmitten sehr vieler sehr viel größerer Punkte.

Glimmende Sphären von Licht zogen an mir vorbei, unterbrochen von ewig sirrenden Lücken aus Leere und Dunkelheit. Ich hielt zur Orientierung auf Sonnen zu, die sich beim Näherkommen als vor langer Zeit verglüht herausstellten. Einmal mehr war ich froh darüber, dass ich im Gegensatz zu einem Menschen weder regelmäßige Wegzehrung noch einen mit weichen Kissen ausgestatteten Rastplatz oder ein stilles Fleckchen hinter einem Busch am Wegrand benötigte, nicht zuletzt deswegen, weil es hier draußen keine Büsche gab.

Ich war viel zu lange unterwegs, und ich ertrug die Monotonie nur aus dem Grund, weil sie selbst dem kürzesten Tag auf der Erde bei Weitem vorzuziehen war, angefüllt von Lärm, Hektik und zweifelhafter Gesellschaft, wie er sonst unweigerlich gewesen wäre. Natürlich fragte ich mich, wie es Leben in der Zweigstelle wohl erging und ob es seine Aufgaben einigermaßen zuverlässig erledigte. Der Vorteil daran, einen pedantischen Besserwisser und Perfektionisten zum Kollegen zu haben, war jedoch, dass man sich keinerlei Sorgen zu machen brauchte, was das ordnungsgemäße Abklappern von Pflichten anging. Und deshalb machte ich mir auch keine.

Zeit verging, und dennoch fand ich kein zusätzliches Quäntchen davon. Keine Pforte, keine Tür, kein Gartentor, nicht mal eine Katzenklappe – nichts. Ich durchwanderte riesenhafte schwarze Löcher, sterbende Sonnen, farbenfroh glitzernde Nebel, heiß blubbernde Gasblasen, glühende Asteroidenschwärme, geisterhaft leuchtende Sonnenwinde und blauwalgroße Schwefelkristalle. Strahlende Sterne zogen an mir vorbei; glühend heiße Kolosse, die euer läppisches Sonnensystem zum Frühstück verputzt und danach immer noch über Hunger geklagt hätten, wären sie mit Mund und Magen ausgestattet gewesen*.

Zwergenhafte Planeten, bedeckt von Schnee und tobenden Eisgeysiren, trudelten an mir vorbei wie verirrte Falter. Rote und gelbe Riesen tauchten in der Dunkelheit auf und erstickten beinahe unter ihrer dichten Masse.

Sterne starben einen ganz eigenen Tod.

Wellen aus feinem, weichem Staub umgaben mich. Zum ersten Mal spürte ich eine Einsamkeit, die selbst mir fremd war. Ich erinnerte mich an Dinge weit jenseits der Erinnerung …

Und die Sterne wurden älter.

Die Unendlichkeit wurde dichter. Die Lücken zwischen den Galaxien wuchsen sich in die Länge aus, bis kein Lichtschimmer mehr in der Tiefe des kosmischen Urkaffees zu sehen war. Ich schwamm ganz allein in meiner Untertasse …

Hin auf ein Stück blanken Nichts, das sich irgendwo vor mir auftat. Zunächst war es klein wie ein Staubkorn. Dann wurde es rasch größer und alle Materie um es herum verschwand, als ob es sie nie gegeben hätte.

Es war vage beunruhigend.

Ich hielt darauf zu.

* Kleine Notiz an mich: Erwähne Leben gegenüber bloß nichts von dieser Idee. Es würde auf schlechte Gedanken kommen.

Hätte ich gewusst, dass es sich bei ihnen um Affen handelte, hätte ich die haarigen Biester dahin zurückgeschickt, wo sie hingehörten. Zugegeben, ich hatte keine allzu klare Vorstellung davon, was für ein Ort das sein mochte, aber wenn ich mir ihre dümmlichen kleinen Gesichter ansah, war ich überzeugt, dass es sich dabei gewiss nicht um ein geeignetes Urlaubsziel für ein gehobenes Pläuschchen mit Liebhabern gediegener Philosophie handelte, es sei denn, man diskutierte gerne über die Beschaffenheit und Flugbahn von Kot. Ich konnte nicht sagen, dass ich es nicht hatte kommen sehen – inzwischen war es einige Jahrmillionen her, dass ein Haufen kümmerlicher Nager beschlossen hatte, dass es aufgrund all der Erdbeben bestimmt keine allzu schlechte Idee war, sich auf ein Leben außerhalb ihrer Baue zu verlegen. Manchmal lehnt man sich für einen Augenblick zurück und sieht der Zeit beim Verrinnen zu, und ehe man sich versieht, findet man sich mit den Ausgeburten von Tausenden von Generationen der Evolution konfrontiert, die seither verstrichen sind, und irgendein Idiot hat in der Zwischenzeit den Daumen erfunden. Es war viel zu spät, irgendjemanden dahin zurückzuschicken, wo er hingehörte. Mehr noch: Mit Grauen musste ich feststellen, dass die Primatenidee Erfolg hatte. Sie starben einfach nicht aus.

Wenn ich mich nun daran erinnere, erscheint es mir folgendermaßen: Sie bevölkerten die Wälder, tollten durchs Unterholz und kamen irgendwann auf den Gedanken, sich auf das Grasland zu verlegen. Dies war eine Innovation, die dazu führte, dass sie sich wie selten tolle Kerle fühlten und damit den Grundstein für jegliches spätere menschliche Handeln legten – ihren Enthusiasmus diesbezüglich konnte ich nicht ganz teilen. Andere waren vor ihnen auf die Idee gekommen. Schafe beispielsweise.

Die Affen jedoch gaben sich nicht damit ab, den Gräsern blökend und knabbernd auf die Pelle zu rücken. Das wäre viel zu einfach gewesen. Jemand, dessen Gesicht aussah wie eine rasierte Kokosnuss, war zu Höherem bestimmt. Stattdessen verfolgten sie eine weitaus passivere Strategie, indem sie sich in der Savanne versteckten und unter morschen Bäumen darauf warteten, dass ihnen Früchte ins Maul fielen. Sie knackten Nüsse, durchsuchten Fell und Nasenlöcher nach schmackhaften Zwischenmahlzeiten und bemerkten nach einer Weile, dass es ziemlich nützlich sein konnte, wenn man die Kunst des Balancierens auf den Hinterbeinen beherrschte. Artgenossen verstummten ehrfürchtig und hielten einen für größer, als man tatsächlich war. Bäche ließen sich durchwaten, Gräser überschauen und Früchte viel einfacher pflücken.

Und so fing der ganze Schlamassel an.

Es ging ruckzuck, wie in jeder organisierten Diktatur, in der der Lauteste mit den meisten Zähnen den Takt angibt. Sie taten sich in Herden zusammen. Sie stellten Wachen auf, obwohl es zu Beginn nicht sonderlich viel zu bewachen gab. Sie verteilten Aufgaben untereinander (»Du – Kleiner mit den langen Armen. Lause mich, denn ich habe Muskeln. Du – etwas Größerer mit dem struppigen Hals, kratz mir den Hintern, denn ich kann brüllen. Du mit dem großen Kopf – denk dir neue Methoden aus, unsere Nachbarn mit stinkendem Braunem zu bewerfen, denn ich habe soeben noch mehr davon produziert.« In gewisser Hinsicht unterschieden sie sich bereits damals nicht sonderlich vom Menschen).

Wie Straßenhändler über einen Mann mit Kamera, Sonnenbrille und Stadtkarte fielen sie über das Aas her, das andere, klügere, stärkere Tiere verschmäht hatten, und ich stand kopfschüttelnd daneben. Sie fraßen Maden, Insekten, Wurzeln und kleine Mausartige. Mit dicken Stöcken gruben sie Termiten und Ameisen aus der sonnenverbrannten Erde. Irgendwann, so schleichend und unverständlicherweise wie Hosen mit Löchern im Knie, wurde der bekloppt aussehende zweibeinige Gang von einem Soll zu einem Muss.

Ich wusste nicht, was ich von ihnen halten sollte. Es war schwer, jemanden einzuschätzen, der sich in regelmäßigen Abständen grunzend auf die Brust schlug, nachdenklich feixend an seinen Zehen schnüffelte und sich beim kleinsten Anzeichen von Ärger in die nächstbeste Baumkrone schwang, wo er bis zum Abend argwöhnisch zwischen den Ästen sitzen blieb – meistens erneut mit seinen Zehen beschäftigt, und in vielen Fällen immer noch feixend. Meiner Meinung nach hatte man sich als vielversprechender Günstling der Evolution nicht so zu verhalten. Schon damals merkte ich, dass hier irgendetwas nicht mit rechten Dingen zuging.

»Siehst du?«, sagte Leben eines Tages selbstzufrieden zu mir, als es stolz nickend die drahtigen Gebilde betrachtete, die flaschenbürstenschwänzig von einer Baumhöhle zur nächsten rannten. Was genau die Quelle ihres Eifers war, konnte ich nicht erkennen, aber ich glaubte, dass er mit dem fauligen Etwas zu tun hatte, das einer von ihnen angeschleppt hatte. Es war aufgequollen. Kleine Stückchen davon zogen sich in einer schleimigen Spur über den Boden. »Die Echsen sind weg. Freust du dich? Du konntest sie doch nie leiden. Das hier ist besser, nicht wahr?«

»Ich mochte sie nicht, stimmt. Sie waren mir zu robust.« Ich sah Leben an und grinste wie der Widerling, für den es mich hielt und der ich, bei genauerer Betrachtung, möglicherweise auch war. »Für ein paar tausend Jahre sah es beinahe so aus, als ob du die Wunder der nachhaltigen Bauweise entdeckt hättest. Fast kam es mir sogar so vor, als hättest du ein einziges Mal richtige Arbeit geleistet. Du weißt ja, dass ich den Gedanken nicht ausstehen kann.«

Leben sah mich entrüstet an und ließ mich mit den pelzigen Geburten meiner kühnsten Albträume alleine. Ich wollte nicht zugeben, dass mich die Kotwerfer mehr entsetzten, als es die Dinosaurier jemals vermocht hatten*.

Ich *erinnere* mich. Die Affen veränderten sich, und irgendwann wurden sie zu etwas … Neuem.

* Und zwar nicht nur aus den offensichtlichen Gründen.

Eine der zweibeinigen Modeerscheinungen, ein Weibchen, blickte mich an, als ich sie abholen kam. Es war bemerkenswert. Nie zuvor hatte mich ein Lebewesen so direkt angesehen. Sie sah mich, und kleine Teile der Nacht ballten sich zusammen, als ich näher trat.

Sie war kaum mehr als ein schwarzes verirrtes Fellbündel, das dringend eine Blutspende nötig gehabt hätte. Ich hatte sie beobachtet: Seit Stunden hatte sie sich durch das dürre Unterholz geschleppt, mehr auf drei Pfoten krabbelnd als aufrecht auf zweien stolzierend. In einer schmalen Talsohle hatte ich sie schließlich eingeholt, und dort gab sie mir zum allerersten Mal den Hauch einer Form. Jetzt lag sie auf einer kleinen, weichen Düne zusammengekauert und starrte keuchend ins Leere. Nachdenklich schnaufend ließ sie den Kopf in den nächtlichen Sand fallen. Ich kniete mich nieder und nahm sie mit mir …

… unter einem schwarzen, diamantenbesetzten Himmel.

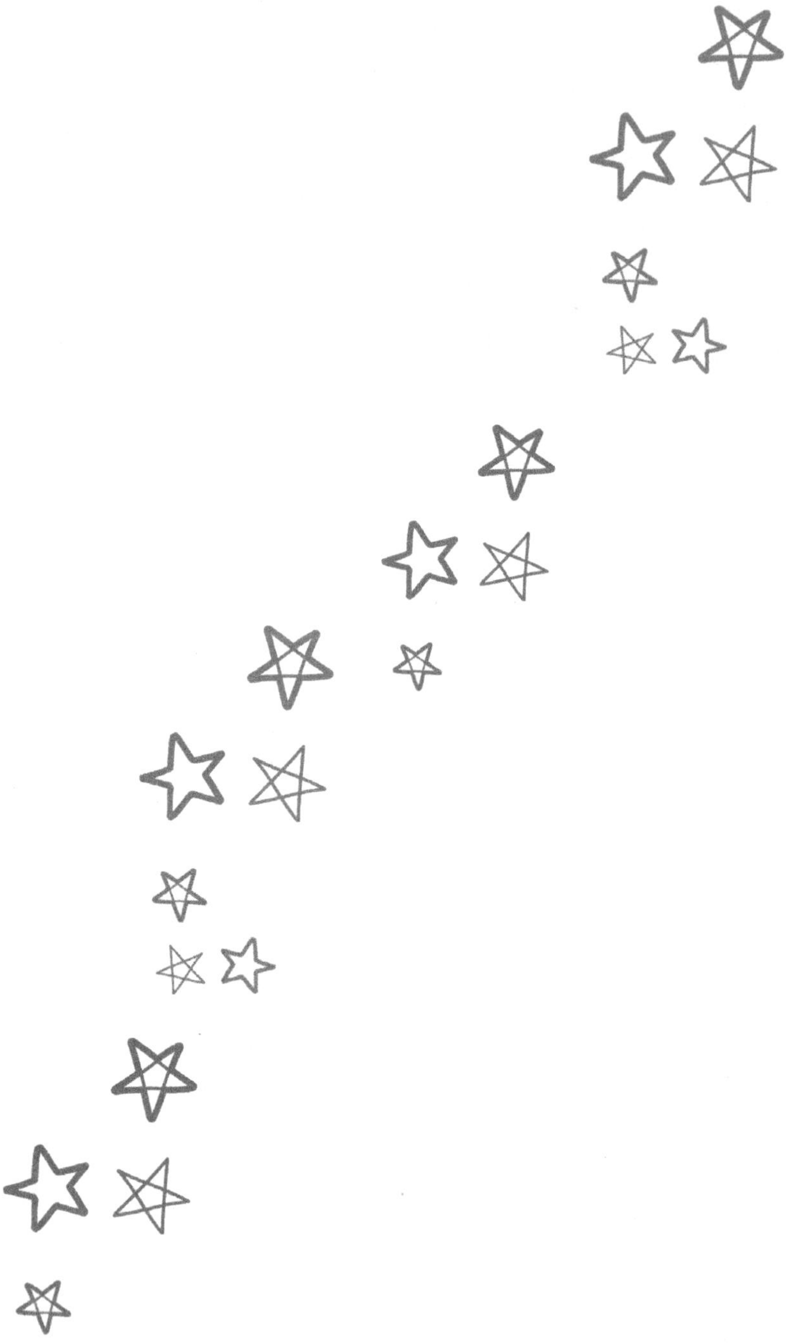

KAPITEL 10

Hätte man mir irgendwann im Laufe meiner langen Karriere gesagt, dass ich eines Tages aus einem Stück verdichteten Nichts in die Sommerresidenz eines Mafiabosses treten würde, hätte ich keinen Moment gestutzt. Möglich ist in meinem Job alles.

Es war nicht meine Umgebung, die mich verwirrte. Sie war unkompliziert genug: Glänzender Marmorboden, stilvoll funkelnde Säulen, die wie auf Hochglanz polierte Mammutbäume in die ominös glitzernde Decke ragten und schmucke Schatten in den Korridor warfen, und in einer Ecke stand eine frisch gegossene Zimmerpflanze. Allerdings … *stimmte* etwas mit dieser Umgebung nicht. Wäre ich ein Mensch gewesen, wäre ich davon ausgegangen, dass es etwas mit der Tatsache zu tun hatte, dass ich noch vor einer Sekunde von einem nicht existenten Fleckchen Antimaterie im Kern des Universums aufgesogen und dreitausendmal von innen nach außen gekrempelt worden war. Aber derlei Vorfälle berührten mich nicht weiter*. Ich tat einen argwöhnischen Schritt nach vorn. Ein Mensch wäre zweifellos auch davon beeindruckt gewesen, sich nach Wochen der Einsamkeit zwischen fein gearbeiteten Statuen und schnörkelig verzierten Wandreliefs wiederzufinden. Mit derlei Kleinigkeiten hielt ich mich nicht auf, und das aus gutem Grund.

Mehrere Details nahmen meine Aufmerksamkeit gefangen:

- Die Statuen hatten keine Gesichter.
- Die Schnörkel auf den Wänden folgten auf irgendwie trotzige Art und Weise keinem erkennbaren Muster.
- Die Realität verhielt sich wie Kaugummi.

* Na schön, vielleicht war mir ein klein wenig schwindlig, aber ansonsten ging es mir gut.

Ich drehte den Kopf. Mein Blick blieb am Lendenschurz einer nichtssagend gearbeiteten Statue kleben* und dehnte sich auf unbequeme Art in die Länge. Dann, mit der Zähflüssigkeit einzulösender politischer Wahlversprechen, riss er sich los und kroch an der Leere entlang an die Säule, auf die ich ihn vor einigen Sekunden gerichtet hatte. Dort blieb er kleben wie eine träge Nacktschnecke. Ah. Mit derlei Unannehmlichkeiten musste man rechnen, wenn man sich außerhalb physikalischen Raums bewegte.

Ich versuchte es noch einmal. Wände, Pfeiler und Pflanzen drehten sich mit mir und rutschten nach einer Weile widerwillig auf ihre Plätze zurück. Sehr interessant. Es machte das Laufen einigermaßen schwierig.

Mit der Vorsicht eines Krokodils in einer Handtaschenfabrik schritt ich durch den stillen Korridor, der sich in unendliche Länge zu dehnen schien. Von Unendlichkeit im Allgemeinen hatte ich das Nasenbein so langsam gestrichen voll, aber wenigstens gab es hier etwas zu sehen. Zwar befand sich nirgends ein graviertes Schildchen, auf dem »Zu Zeits Residenz bitte hier entlang« stand, aber dennoch war ich mir aus offensichtlichen Gründen sicher, dass ich auf dem richtigen Weg war, und er glänzte nur so vor Marmor und Alabaster. Wer sonst hätte sich am Ende des Universums häuslich niederlassen sollen, und dann auch noch auf solch geschmacklose Weise? Zeit musste wohl in einem Buch über die griechische Antike geschmökert haben, oder zumindest in einem Werbekatalog für Inneneinrichtungen teurer Privatuniversitäten.

Meine Schritte hallten mechanisch von den polierten Wänden wider, als ich der langen Reihe aus Säulen in den Schatten folgte. Merkwürdig. Ich konnte mich überhaupt nicht daran erinnern, eine Gestalt angenommen zu haben – dennoch schritt ich für ein körperloses Flimmern in der Luft erstaunlich fröhlich vor mich hin, und das so ganz ohne mein Zutun. Oder Beine. Die Sache machte

* Der Lendenschurz selbst sagte einiges aus, vor allem über die ästhetischen Vorlieben des Bildhauers. Manche Dinge sind physiologisch unmöglich, oder zumindest sehr unangenehm.

mich misstrauisch. Und überhaupt, warum schien eigentlich alles so frei von sämtlichen Komplikationen vor sich zu gehen? Fehlschläge waren in jüngster Vergangenheit mein Spezialgebiet geworden, und das, obwohl ich mein Ziel noch jedes einzelne Mal getroffen hatte. Der Tod, der sich auf die Suche nach der Zeit machte und sie einfach so *fand?* Nun gut, ich hatte einige Supernovae durchwandert und mir ein Kräftemessen mit mehreren schwarzen Löchern geliefert, aber dennoch war alles mehr oder weniger reibungslos vonstatten gegangen. Zur Vorsicht verlangsamte ich meinen Schritt. Es war in etwa so effektiv, wie Seifenblasen mit einer Angel zu fangen. Ich bemerkte erst nach mehreren Anläufen, dass ich rein gar nichts gegen meine Geschwindigkeit ausrichten konnte – ich trippelte so zuverlässig voran wie ein Metronom, und ganz egal, wie sehr ich mich darüber ärgerte, ich konnte nichts daran ändern.

»Bin ich hier überhaupt richtig?!«

Ich bekam meine Antwort.

In das unhörbare Klackern meiner Schritte mischte sich ein vielstimmiges Ticken von Zeigern, zuerst nur ganz leise, wie das Geräusch einer geschlossenen Schreibtischschublade, die irgendein Idiot mit unterschiedlich aufgezogenen Taschenuhren gefüllt hat.

Dann wurde die Schublade geöffnet.

Jetzt ging es *richtig* los. Ich wankte eine breitstufige, weit ausladende Treppe hinab, immer dem unsichtbaren Getöse entgegen, das mir meine Vergänglichkeit nun förmlich ins Gesicht schrie. Ha! Guter Trick. Bei einem Menschen hätte er unter Garantie funktioniert. Ich jedoch bekam allenfalls den dezenten Anflug eines schlechten Gewissens, weil ich mich daran erinnerte, dass ich Leben versprochen hatte, nach Ablauf von vier Wochen erholt und mit gebräunten Knochen wieder zurück zu sein. Eines stand fest: Meine Urlaubsfrist hatte ich bestimmt bereits um ein Vielfaches überschritten. Nicht, dass ich Leben all die zusätzlich aufgehalste Arbeit nicht gegönnt hätte – ganz im Gegenteil. Aber ich würde mir bei meiner Ankunft eine Strafpredigt über Unzuverlässigkeit von gewiss biblischen Ausmaßen anhören dürfen.

Aber es gab Schlimmeres als das. Das Ticken beispielsweise. Es war nicht die Lautstärke, sondern vielmehr die Tatsache, dass keine einzige der unsichtbaren Uhren demselben Rhythmus zu folgen schien – und waren sie mir vor Kurzem noch wie kleine, harmlose Schmuckstücke vorgekommen, die alte Opas an einer Kette befestigt in der Westentasche trugen und Hypnotiseure für zweifelhafte Experimente einsetzten, so klangen sie jetzt eher wie gigantische, seit Generationen von Rost und Fledermausdreck zerfressene Kirchturmuhren. Ich konnte nur hoffen, dass sie nicht anfangen würden zu läuten. Das wäre selbst für jemanden ohne Trommelfell unangenehm gewesen. Das Ticken schwoll an, bis es von allen Seiten auf mich eindröhnte. Es wuchs und wuchs und wuchs, bis es kaum mehr zu ertragen war und mir der Schädel vor Jahreszahlen nur so brummte …

Dann, auf einen Schlag, verstummte der irrsinnige Chor. Die Stille, die folgte, war wie ein Leichentuch.

Vor mir tat sich eine kleine, schmale Tür auf, die sich alle Mühe gab, wie ein ganz gewöhnliches Stück Holz auszusehen. Der Knauf täuschte vor, aus Messing zu sein. Unter ihm prangte ein kleines goldenes Schild.

Z. Zeit, Geschäftsführerin
Sprechstunde rund um die Uhr
Keine Werbeprospekte

Die Inschrift hätte sich nach so einem Empfang eigentlich erledigt. Aber dennoch: Ich hatte es geschafft! Ich war tatsächlich bis zur Zeit vorgedrungen, und das, obwohl ich angeblich gar kein so toller Hecht war wie, um nur ein Beispiel zu nennen, Leben, welches angeblich alle naselang zu ihr zum Tee eingeladen wurde. Trotz aller Genugtuung besaß ich den Anstand, anzuklopfen*.

* Mit Tätigkeiten, die Knöchel erforderten, kannte ich mich bestens aus.

Es antwortete eine überraschend normal anmutende Stimme. Sie antwortete etwas überraschend normal Anmutendes. Was sie antwortete, war Folgendes:

»Ja, bitte?«

Ich grinste. Immerhin würde ich mich nicht mit einer riesenhaften Standuhr herumstreiten müssen, wie ich insgeheim befürchtet hatte. Riesenhafte Standuhren sprachen nicht mit so einer Stimme. Mein großer Moment war gekommen.

Ich öffnete die Tür und trat ein, und dort saß Zeit und sah mich an.

Ein kleiner Rückblick auf diese Szene, von einem älteren und minimal weiseren Tod.

Welch triumphaler Moment. Der Tag, für den ich mich so lange mit dickköpfigen Kollegen, kosmischen Gasnebeln und streitsüchtigen Uhrzeigern herumgeschlagen hatte. Endlich war er gekommen! Ich war voller Vorfreude und Siegesgewissheit.

Wie unglaublich dämlich von mir.

Wie hatte ich hoffen können, nach all den Reinfällen der vergangenen Monate, dass ich ausgerechnet dieses Mal Erfolg haben würde? Das eine Mal, auf das es wirklich ankam? Wie? Wie?

Ich hatte ja keine Ahnung, was mich erwartete.

Zuallererst herrschte Stille. Es war die Art von verlegenem Schweigen, das jedes Mal eintritt, wenn ein Fremder das Zimmer betritt. Einen Moment lang stand ich Zeit stumm gegenüber. Dann, aus lauter Verlegenheit, nahm ich die Gestalt der schlichten, weiß gewandeten

Todesbotin an, die mir in Zeiten slawischen Heidentums so gut gefallen hatte. Ich mochte sie, nicht zuletzt deswegen, weil ihre Knochen eine gewisse Privatsphäre besaßen. Sie war weder hässlich noch besonders böse. Sie war einfach nur … *da.* Genau wie ich.

Und *da* war ich in der Tat. Noch nie war ich mir meines bloßen *Da*seins so bewusst gewesen wie in diesem Moment. Wenn Zeit einen anstarrte, konnte einem ganz anders werden.

Ich schluckte. Ein Tod sollte niemals schlucken müssen, es sei denn, es handelte sich um die Verkostung schmackhafter Seelen.

Ich schämte mich beinahe, es einzugestehen, aber Zeit ließ sich, nun ja … Zeit. Sie musterte mich mit Augen, die jeden einzelnen Moment meiner Laufbahn mit angesehen hatten. Sie durchbohrte mich mit Blicken, die älter waren als die Materie selbst und in denen das Geräusch des Urknalls nachhallte.

Dann, nach qualvollen Momenten der eingehenden Musterung, legte sie sich ein neues Gesicht zu. Ich unterdrückte ein erleichtertes Ächzen. Es war nicht weiter schwer, das eigene Spiegelbild nicht allzu wertzuschätzen, wenn man dazu gezwungen war, als Gerippe durch die Weltgeschichte zu klappern, aber immerhin musste ich mich nicht Tag für Tag mit *so einem* Anblick herumschlagen. Dieser hier war weitaus angenehmer, und so passte sie auch viel besser zu ihrem Schreibtisch.

Verlegen sah ich mich um. Ich war bis zum Ursprung alles Entstehens gewandert. Hatte mich durch marmorne Hallen voller akkustischer Schwertschläge bis ins Innerste von Zeits Heiligtum vorgekämpft. Und gefunden hatte ich ein kleines Büro.

Es war ein ziemlich ernüchternder, mit Akten vollgestopfter Raum mit dekorativ hier und dort verteilten Staubflusen. Ein ovales Fenster beleuchtete adrett die gewölbten Papierstapel, die aus ihren Regalen auf den makellos sauberen Schreibtisch zu stürzen drohten. In der Luft lag der unverkennbare Geruch von Essiggurken.

Ich trat zögerlich näher.

»Setz dich doch.«

Ein grüner Sessel, von dem ich mir ganz und gar nicht sicher war, dass er schon die ganze Zeit über dort gestanden hatte, erwartete mich. Das Polster sah aus, als würde es jucken. Ich räusperte mich ausgiebig, da mein Hals sich plötzlich anfühlte wie von einer Galgenschlinge liebkost, und nahm Platz.

Die Frau auf der anderen Seite der polierten Schreibtischplatte legte einen säuberlich angespitzten Bleistift beiseite. Sie war klein und blond und marterte ihre Kopfhaut mit einem streng zurückgekämmten Knoten. Auf ihrer Nase ruhte eine winzige runde Brille. Sie sah aus wie das menschliche Äquivalent eines Weckerklingelns.

»Guten Morgen, Tod.« Gebannt sah ich zu, wie meine Chefin ein schwarzes Stundenglas aus einer Schublade zog und es zwischen uns auf den Tisch stellte. Der glitzernde Sand rieselte federleicht und irgendwie unhöflich in die untere Hälfte des Glases. Meine kostbaren Momente der Audienz vergingen hier vollkommen lautlos und waren mir somit unheimlich viel lieber als das ewige Ticken. »Wobei das natürlich als metaphorischer Gruß gewertet werden muss. Hier ist es genauso wenig Morgen wie es Vormittag, Mittag, Abend, Nacht oder irgendeine Tageszeit dazwischen ist. Glaub mir, mir fallen da noch um die zehntausend andere Tageszeiten ein, aber ich will dich nicht langweilen. Was möchtest du von mir? Und sag mir bitte nicht, dass du das willst, wovon ich denke, dass du es willst, denn damit kann nicht einmal ich dir weiterhelfen.«

Oh. Da war sich jemand wohl nicht zu kostbar dafür, ohne Punkt und Komma auf mich einzureden. Und da hieß es immer, Zeit sei Geld. Im Moment war Zeit allerdings eher eine Frau, wenn auch eine Frau mit lächerlicher Brille*.

»Was vermutest du denn, das ich von dir will?«

»Nun ja, das liegt auf der Hand. Mehr Zeit.« Im Geiste fügte ich hier einen amüsanten Tusch ein. »Lass mich raten: Es geht um einen Sterblichen. Nein? Eine Sterbliche? Bei dir kann man sich nie sicher sein. Du möchtest meine Hilfe. Möchtest einen Todeszeitpunkt bis in die Unendlichkeit aufschieben.« Das untere Häufchen in der Sanduhr wurde immer größer. »Du möchtest das Unvermeidliche vermeiden.

* Versteht mich nicht falsch, ich war sehr dankbar darum.

Die Irrsinnigkeit dahinter liegt schon in der Wortwahl, da stimmst du mir wohl zu. Siehst du, wie der Sand unaufhörlich seinem Schicksal entgegenrieselt? Und dabei gibt es hier drin noch nicht einmal Schwerkraft. Natürlich ist nichts von dem, was du hier siehst, real. Ich will nur deinen armen Verstand nicht überlasten. Hier gibt es nur mich, und damit würdest du nicht zurechtkommen. Wo war ich? Ach ja, genau. Wie der Sand unaufhörlich rieselt, so wird auch deine Geliebte Schrägstrich dein Geliebter rieseln. Und zwar ins Grab. Früher oder später. Damit musst du dich abfinden.«

Ich glotzte ziemlich hohl aus der Wäsche. Dann entdeckte ich das Lächeln.

»Ach so. Du machst einen Witz.«

»Natürlich mache ich einen Witz. Wir sind hier nicht in einer viel zu oft geschriebenen Geschichte. Tut mir leid, Tod, den musst du dir bestimmt ständig anhören. Ich habe mir sagen lassen, es ist der Lieblingswitz einiger deiner Mitarbeiter. Solch lächerliche Forderungen würde wohl niemand stellen, der noch ganz bei Trost ist. Jetzt mal im Ernst, woher kommt eigentlich das Vorurteil, dass du ständig jungen Frauen nachstellst? Also: Weshalb bist du *wirklich* hier?«

Das letzte Sandkorn fiel. Zeit griff nach der Uhr und drehte sie um, was sich in etwa anhörte wie eine platzende Glühbirne. Ich lehnte mich nach vorn, legte meine Unterarme mit verschränkten Fingern auf den Tisch und gab mir dadurch den Anschein einer unnachgiebigen Geschäftsfrau. Das fiel mir nicht allzu schwer, immerhin hatte ich bereits einige davon umgebracht.

»Ich habe keine Lust mehr auf das ewige Töten.«

Es folgte ein betretenes Schweigen. Dann fing Zeit zögerlich an zu lächeln. Ich ignorierte sie mit Umsicht.

»Ich möchte dich um bessere Arbeitsbedingungen bitten. Ich habe mir Gedanken gemacht und bin zu dem Schluss gekommen, dass ich die ganze Sache höchst unfair finde. Die anderen dürfen ihren Spaß haben und sich vergnügen, aber ich muss immer nur den Müll aus der Welt schaffen. Damit muss Schluss sein.«

Ein wenig mehr betretenes Schweigen, als ob wir davon nicht schon genug gehabt hätten. Langsam, aber sicher entgleiste das Lächeln. Ein Personenzug hätte in derselben Situation kein schrecklicheres Bild abgeben können.

»Wir sind also doch in einer Geschichte?«

»Das hat mit schlechten Geschichten nichts zu tun. Das hier ist … was anderes. Mein Job ist unzumutbar. Die Tatsache, dass alle mich mit *Witzen* vergleichen, ist unzumutbar! Ich bin mehr als nur eine Geschichte, stell dir vor. Wo auch immer man sich umhört, erzählen sich die Leute furchtbare Gerüchte über mich, versuchen sich vor mir zu verstecken, manche bringen sich aus Angst vor mir sogar um – von der fehlenden Logik mal abgesehen, empfinde ich das als Beleidigung. Ich will …«

Ich zögerte. Ja, was genau wollte ich denn eigentlich? Verdammt. Ich hätte vor Reiseantritt einen Vertrag aufsetzen sollen, mit schriftlich festgelegten Klauseln und allem Drum und Dran. Jetzt saß ich hier, rang um Worte und war mir ziemlich sicher, dass es mit der Art und Weise zusammenhing, in der Zeit über den Rand ihrer Brille spähte.

»Ich will, dass du mir mehr Entscheidungsfreiheit gibst. Wen ich umbringe, wann, wo, und so weiter und so fort. Welche Leute ich noch mal zurückholen kann. Äh …«

»Du erwartest von mir also, dass ich dich all deiner Pflichten entbinde und tun lasse, was auch immer dir in den Sinn kommt. Völlig bedingungslos. Ohne Nachfrage, ohne Einschränkung. Ohne irgendeine Art von Kontrolle meinerseits. Ohne Regeln.«

»Äh, ja. So in etwa.«

Jetzt lachte Zeit. Den Umständen entsprechend, erschien es mir nicht als gutes Zeichen. Und die Sanduhr stand still.

»Danke für die Aufheiterung. Das habe ich dringend gebraucht. Und jetzt, könntest du bitte gehen? Ich habe noch einiges zu tun.«

Ich hatte mich garantiert nicht von Kollegen abschlabbern lassen, um hier bereits aufzugeben und ohne viel Aufhebens nach Hause zu gehen. Ich setzte mein bösartigstes Starren auf.

»Das habe ich auch. Aber im Gegensatz zu dir habe ich nicht alle Zeit der Welt.«

»Du denkst also, du bist der Einzige, der es schwer hat? Die anderen bekommen auch keine Sonderbehandlung. Trotzdem bekomme ich von ihnen keine Beschwerden zu hören. Und nun …«

»Die anderen haben auch Spaß an ihrem Beruf.«

»Das hattest du auch mal, wenn ich mich recht erinnere. Es ist nicht meine Schuld, dass du es vermasselt hast. Aber jetzt …«

»Ich bin durch das halbe Universum gereist, nur um mit dir zu sprechen. Nein, durch das ganze! Ich habe unaussprechliche Dinge getan, um mir ein paar freie Tage zu verdienen. Und du schickst mich einfach fort, und dein einziges Argument … sind schlechte Geschichten. Nach *Milliarden* Jahren treuer Mitarbeit! Wenn du demnächst mal die Zeit findest, dich zu schämen, hoffe ich, dass du sie ausgiebig nutzen wirst.«

Leidenschaftliche Reden waren noch immer der Weg zum Erfolg gewesen*. Zeit hielt kurz inne und hob ungläubig – und, wie ich hoffte, beschämt – eine Augenbraue.

»Du bist den ganzen weiten Weg gekommen?«

Ich nickte trotzig. Endlich sah sie mal beeindruckt aus.

»Du hättest auch einfach die Hintertür nehmen können.«

Bei genauerem Hinsehen stellte sich ihr Gesichtsausdruck eher als mitleidig heraus. Ich nickte weniger trotzig und dann gar nicht mehr. Hintertür. Es gab eine Hintertür?

»Es gibt eine Hintertür?«

»Natürlich gibt es eine Hintertür. Ich erwarte nicht, dass irgendjemand tatsächlich den langen Umweg nimmt. Hat dir niemand Bescheid gesagt?«

»Nein.«

»Na ja, macht nichts.«

»Ich finde, das macht sehr wohl was.«

* Ein weiteres Anzeichen davon, dass wir uns tatsächlich in einer schlechten Geschichte befanden.

»Natürlich findest du das, du nimmst dich schließlich viel zu ernst. Nun, Tod, da du schon einmal hier bist und, wie du dir nicht zu schade warst zu erwähnen, immer ein treuer Mitarbeiter warst, tut es mir fast leid, dich unverrichteter Dinge wieder gehen zu lassen. Ich will schließlich nicht, dass du denkst, mir läge nichts an dir. Doch, doch. Ich finde dich ungemein wichtig. Mal sehen. Vielleicht kann ich ja was für dich tun …«

Ein paar Aktenstapel purzelten, Zeits plötzlichem und verdächtigem Sinneswandel gleich, aus einem der Regale und direkt vor die bebrillte Nase. Winzige Staubpartikel wirbelten durch die Luft, als die Daten mit einem schwerfälligen Rumsen auf der Tischplatte zu liegen kamen. Das Geräusch war viel zu laut für ein paar zusammengeheftete Blätter Papier. Ich musterte sie erwartungsvoll.

Eine Weile lang geschah gar nichts. Zeit las sich Vermerke und Einträge in einer mir (zu meinem Entsetzen) unbekannten Schrift durch und ließ ab und zu ein paar vielsagende Kommentare wie »hm« und »soso« hören, und dann kratzte sie sich aussageträchtig an der Nase. So langsam wurde mir die Sache zu bunt. Wollte sie mir nun helfen oder nicht? Die Sanduhr war schon wieder abgelaufen. Ich streckte eine bleiche Hand aus, um sie umzudrehen, und bekam prompt ein zusammengerolltes Blatt Papier auf die Knöchel geklatscht. Beleidigt ließ ich mich zurück in meinen Sessel sinken.

»Also, Tod«, meldete Zeit sich nach einer kleinen Ewigkeit zu Wort (na endlich). In ihren Augen funkelte etwas, das ich damals für die Reflexion ihrer Brillengläser hielt und von dem ich mir im Nachhinein im Klaren bin, dass es sich in Wirklichkeit um Hinterlist handelte. »Es sieht folgendermaßen aus: Ich kann dir natürlich nicht geben, was du von mir verlangst. Das verstehst du sicherlich.«

»Nein.«

»Alles hat seinen passenden Zeitpunkt. Dazu gehört nun mal der Tod – genau wie das Leben. Nun schau nicht so angewidert. Millionen von Todeszeitpunkten ändern sich von Sekunde zu Sekunde, müssen verschoben und neu kalkuliert werden, und du bekommst dann zu gegebener Zeit Bescheid. Du denkst, ich kann alles allein entscheiden, den Lauf des ganzen Universums? Oh nein. Schön wär's. Menschen treffen Entscheidungen, die alles verändern. Tiere schlagen einen anderen Weg ein. Pflanzen wachsen trotz aller Widrigkeiten weiter. Winde drehen sich. Ich weiß nie, wann die Dinge geschehen werden … nur *dass*. Alles geschieht *irgendwann*. Verstehst du?« Zeit zuckte mit den Schultern. »Ich weiß, dass Sonnen vergehen werden. Ich weiß, dass großartige Bauten zerfallen werden. Ich weiß, das für den Schnee das Ende kommt, wenn Wärme den Boden durchdringt, und dass jeder einzelne Bewohner von Hjdokl3 über kurz oder lang seinen Rüssel verlieren wird. Und jetzt überlege dir, wie viel umständlicher das alles wäre, wenn ich noch *weitere* Faktoren einberechnen müsste. Dich zum Beispiel. Dich, wie du dich dafür entscheidest, den richtigen Zeitpunkt nach Belieben zu versetzen, bis er irgendwann nirgendwo mehr Platz findet. Dich, wie du sämtliche Gesetze des Universums durcheinanderbringst. Glaubst du, ich habe nichts Besseres zu tun?« Die Lichtstrahlen, die ovale Muster auf den fleckigen Teppichboden malten, streckten ihre Finger auf den Saum meines Gewandes. Der weiße Stoff verschluckte sie. Es erschien mir als bezeichnend für meine berufliche Laufbahn. »Alles hat seine Ordnung. Alles *muss* seine Ordnung haben. Du hast mich überschätzt. Ich kann dir nicht geben, was du willst.«

»Ich verstehe. Ich bin also den ganzen weiten Weg umsonst gekommen.«

»Ja. Und um dir das zu beweisen … werde ich dir eine Chance geben.«

Von all dem Haarsträubenden, was ich heute gehört und gesehen hatte, schien mir dies am wenigsten Sinn zu ergeben. Ich zögerte jedoch nur kurz, das offiziell anmutende Dokument entgegenzunehmen, das mir Zeit so penetrant unter die Nase hielt. Es schien sich von einem beliebigen Stück wichtigen Papiers der Menschenwelt kaum zu unterscheiden – bis auf ein paar kleine Ausnahmen: Es besaß weder eine Datums- noch eine Ortsangabe, und die Buchstaben wanden sich in beinahe lebendig erscheinenden Linien aus kupfernem Staub über das Papier*. Ich überflog sie rasch, und wohin auch immer ich meinen misstrauischen Blick richtete, erzitterten die Lettern und blieben reglos stehen. Sie lauteten:

Vertrag
über freies Mitbestimmungsrecht im Fall
(bitte Auftragsnummer einsetzen)
zwischen Tod (ggf. vertreten durch ***niemanden***)
- nachfolgend »Auftragnehmer/in« genannt -

und Zeit (s.o.)
- nachfolgend »Auftraggeber/-in« genannt -
wird Folgendes vereinbart:

§ 1 Tätigkeit

Der Auftragnehmer Tod wird weiterhin für die Auftraggeberin folgende Tätigkeiten als Auftragnehmer übernehmen: Tod.
Im Fall *(bitte Auftragsnummer einsetzen)* wird ihm vollkommene Verfügungsmacht über ***den Todeszeitpunkt*** zugeschrieben, sofern ***sich dieser innerhalb eines für die betreffende Spezies sinnvollen biologischen Rahmen bewegt.***

§ 2 Leistungserbringung

Der Auftragnehmer ist verpflichtet, die Arbeitsleistung höchstpersönlich zu erbringen.

§ 3 Vertragsdauer

Der Auftragnehmer hat die Tätigkeit zum ***Beginn des Lebens im Universum*** aufgenommen.
Das Vertragsverhältnis besteht ***auf alle Ewigkeit.***

* Eindeutig der Dramatik halber.

§ 4 Vertragsaushändigung

Jede der Vertragsparteien hat eine schriftliche Ausfertigung dieses Vertrages erhalten.

_________________________ _________________________

Unterschrift Auftraggeberin Z. Zeit	Unterschrift Auftragnehmer

Diskret reichte Zeit mir eine große schwarze Schreibfeder.

»Die dürfte deinem Geschmack entsprechen«, vermutete sie (ebenso ungebetener- wie empörend korrekterweise) und ich nahm sie ihr argwöhnisch aus der Hand.

»Das bedeutet, ich darf einen Todeszeitpunkt bestimmen?«, hakte ich nach. »Nur einen? Und ich darf ihn mir frei aussuchen? Selbst nach deiner großen Rede über die ungeschriebenen Gesetze des Universums und die viele Überstunden, die du schieben müssen wirst?«

Zeit schenkte mir ein verdächtig gönnerisches Nicken und ein Lächeln, das zu unterstellen schien, dass ich ihr dankbar zu sein hatte.

Ein kleiner Tipp für die Zukunft

Es ist nicht ratsam, sich von jemandem mit dem Gesichtsausdruck eines intellektuellen Tigers davon überzeugen zu lassen, einen bindenden Vertrag zu unterschreiben.

Das wusste ich damals noch nicht.

Ich tauchte die Feder in ein Fässchen roter Tinte und krakelte meine Unterschrift auf die dafür vorgesehene Linie.

TOD

»Hier. Ich stimme zu.«

Als Bote von Zerstörung und Fäulnis lernt man recht schnell, Prioritäten zu setzen. Ein mickriges Angebot war immer noch besser als gar keines. Ich hatte mich nicht grabhügelhoch bei Leben verschuldet, um mit leeren Händen wieder zu gehen. Wir wiederholten das Brimborium zwecks Paragraph Vier, und dieses Mal ging die Sache entschieden schneller vor sich. Ich platzierte sowohl Wisch als auch Feder vor mir auf dem Schreibtisch und schenkte dem Vertrag einen letzten vorsichtigen Blick. Papierkram hatte ich noch nie ausstehen können. Er kam mir vor, als hätte er Hintergedanken.

»Nun, da wir beide über ein Exemplar dieser Ausgeburt an literarischer Delikatesse verfügen: Wofür steht eigentlich das Z vor deinem Namen?«

»Nicht weiter wichtig.«

Mit einem selbstzufriedenen Summen ließ Zeit den Vertrag in derselben Schublade verschwinden, aus der er gekommen war. Ich beobachtete sie düster. Möglicherweise hing es mit meinem natürlichen Pessimismus zusammen, aber ich hegte das leise Gefühl, das irgendwas an der Sache nicht stimmte.

»Nun, ich hoffe, du verlässt mein Büro fröhlicher, als du es betreten hast. So eine Ausnahme bekommt nicht jeder von mir.«

»Ich vermute, das Z steht für Zeit. Aber egal: Ich darf mir also ein einziges Lebewesen aussuchen? Nur eines? Weshalb? Und damit meine ich: Weshalb tust du das für mich? Du hättest mich auch einfach wieder nach Hause schicken können, wenn du dir schon alle Mühe gegeben hast, so zu tun, als hättest du das sowieso vor. Führst du was im Schilde?«

Die Brillenfrau zuckte unbekümmert mit den Schultern.

»Es ist nicht sehr höflich, so etwas zu fragen, aber ich schätze, das weißt du. Ich möchte, dass du eines verstehst: Deine Wünsche spielen keine Rolle. Letzten Endes macht es keinen Unterschied für dich, wie und auf wann du einen Todeszeitpunkt verschiebst. Glücklicher machen wird dich das nicht, das wirst du schon noch merken.

Und sieh es mal so: Die Menschheit ist nur eine vorübergehende Erscheinung. Auch das glaube mir bitte. Ich weiß es am besten. In einigen Millionen Jahren wirst du dich schon gar nicht mehr an sie erinnern. Also mach dir keine Sorgen um deinen Ruf. Er wird sich wieder ändern, so wie alles sich irgendwann ändert, ob zum Guten oder zum Schlechten.«

»Ich verlasse mich nicht auf die Däumchendreh-Methode. Lass es mich zusammenfassen: Du gibst mir unter dem Vorwand gnädiger Weisheit eine Chance, nur um mir zu beweisen, dass all mein Wirken von vornherein nutzlos und sinnbefreit ist und mich mit diesem niederschmetternden Wissen zurück in die Unendlichkeit zu entlassen, wo ich mich bis ans niemals eintretende Ende meiner Tage damit herumquälen werde?«

Zeit lächelte wie eine stolze Babysitterin, deren Schützling zum ersten Mal den Zusammenhang zwischen Hintern und Töpfchen verstanden hatte.

»Ganz richtig!«

»Und die zusätzliche Arbeit, die du dir selbst damit aufhalst?«

»Ich muss dir wohl noch viel beibringen. Normalerweise stellt man erst die Fragen, und dann unterschreibt man.«

Ein weiterer Tipp für die Zukunft

Man stellt in der Tat zuerst die Fragen und unterschreibt erst danach.

»Wie dem auch sei: Ich bin mir nicht zu schade, dir eine kleine, hilfreiche Lektion zu erteilen. Nimm mir das nicht übel, aber du bist wie ein junges Küken, das vor Milliarden von Jahren gerade eben erst aus dem Ei geschlüpft ist. Du hast es bitter nötig.«

Ich zog eine unangebrachte Grimasse.

»Es ist nur ein einziger Fall. Das macht mir nichts aus. Die ein oder andere Überstunde, ein paar Nachrichten an deine Kollegen … Solange es nicht zur Gewohnheit wird, ist das in Ordnung.«

Das Lächeln verwandelte sich in ein Grinsen der Sorte, die mir an einem Haifisch besser gefallen hätte.

»Sieh es einfach als … Geschenk an. Sicherlich ist dir die bedeutungsvolle Pause nicht entgangen. Schlussendlich wirst du nämlich vielleicht bemerken, dass große Freiheit, wie klischeehaft es auch klingen mag, immer große Verantwortung mit sich trägt, und dass der Erfolg für deine Mühen eine Welt sein wird, an der sich rein gar nichts geändert hat. Was vielleicht auf den ersten Blick meiner Aussage von vorhin widerspricht, dass *alles* sich früher oder später ändert, aber es gibt da einen feinen Unterschied, der dir noch nicht aufgefallen ist. Die Dinge ändern sich, weil sie sich ändern. Nicht, weil du sie änderst. Denk mal darüber nach.«

Bestimmt, dachte ich mir mit einem vorübergehenden Anflug von Zynismus, hätte Zeit sich bestens mit den revolutionären Anführern der Menschheitsgeschichte verstanden.

»Wir brauchen eine Generalüberholung. Wenn du dich nicht dafür einsetzen willst, dass deine Angestellten fair behandelt werden, muss ich es eben selbst in die Hand nehmen. Null Problemo. Das schaffe ich auch mit nur einer Chance.«

»Das schafft niemand.«

»Ich schon.«

»Nicht einmal du.«

»Ganz besonders ich.«

»Ganz besonders nicht du.«

»Das werden wir ja sehen.«

»Das werden wir.«

Inzwischen hatte unser Gespräch ein wenig an Scharfsinn verloren, weshalb wir uns einen Moment lang wortlos anstierten wie zwei bockige Teenager. Dann räusperte Zeit sich in der verhaltenen Weise, in der sich ein Hausherr räuspert, der seine ungebetenen Gäste loswerden, ein Schnäpschen kippen und sich dann mit einem Kriminalroman über eine vergiftete Dinner-Gesellschaft ins Bett verkrümeln will.

»Gib mir einfach kurz Bescheid, wenn du dich für einen Fall entschieden hast. Und jetzt … geh bitte, und nimm die hier mit.«

Etwas Schweres und Unsichtbares senkte sich in meine Arme, und seufzend verstaute ich es in der Tasche meines weißen Gewandes. Es hatte in etwa die Beschaffenheit eines sehr dicken Wörterbuchs, und zwar einem, in dem selbst die alltäglichsten Wörter mit Fußnoten und Querverweisen erklärt wurden.

»Meine nächsten Aufträge?«

»Ganz genau. Und, ach ja, Tod … weil du es bist, werde ich noch mal ein Auge zudrücken und so tun, als hätte ich nicht bemerkt, dass du dich momentan auf der Erde vertreten lässt. Du bist Leben ganz schön was schuldig. Mir ist zu Ohren gekommen, dass die Menschen einiger westlicher Länder sich bereits über die sinkende Geburtenrate Sorgen machen. Das ändert sich gefälligst, wenn du wieder zurück bist.«

Ich nickte und gab mir dabei alle Mühe, nicht verlegen auszusehen. Meine Schuld war es immerhin nicht, dass mir niemand von der Hintertür erzählt hatte.

»Schon gut, ich habe verstanden.«

Die Todesfee erhob sich von dem kratzigen grünen Polster und ließ ihren grauäugigen Blick durch den kleinen Raum schweifen. Eine Pforte war nirgends zu entdecken, nicht einmal mehr die, durch die ich eingetreten war.

»Äh, wie finde ich denn diese Hintertür?«

»Hm? Oh, ach so. Die befindet sich natürlich in dir drin. Nun schau mich nicht so an. Das lag doch auf der Hand, oder?«

Ich schaute Zeit nicht nur wegen ihrer verwirrenden Wegbeschreibung so an, sondern weil sie wieder die … *Gestalt* angenommen hatte. Die, von der ich schätzte, dass es ihre echte war. Die, die einen anstarren konnte wie ein psychopathischer Goldfisch einen Sushi-Koch. Nur mit Gewalt gelang es mir, ein seiner Arbeitsgeberin gegenüber unangemessenes Schaudern in letzter Sekunde in ein höfliches Frösteln umzuwandeln.

»Ich war mir nicht bewusst, dass ich nebst gähnender Leere auch noch versteckte Hintertüren in meinem Brustkorb verberge.«

»Was für eine unreflektierte Behauptung. Zeit befindet sich in jedem.«

»Du steckst in mir *drin?*«

»Natürlich tue ich das. Zeit, wie möglicherweise bereits erwähnt, ist in *allem.* Nimm's nicht persönlich, ich höre immer weg, wenn du deine selbstmitleidigen Monologe führst.«

»Ich habe noch nie selbstmitleidige Monologe geführt.« Nun, das war ja wieder einmal mehr als typisch. Da machte man sich auf den Weg, um ein paar vollkommen logische Bedingungen zu setzen, seine Arbeit auf langfristige Sicht zu verbessern, ja, die Welt im Allgemeinen ein kleines Stückchen heller zu machen, und was war der Dank dafür? Nichts als Spott und Verleugnung. Selbstmitleidige Monologe, pah!

»Kein Grund, beleidigt zu sein – immerhin steckt ein kleines bisschen von dir auch in mir drin. Wir sind also quitt.«

»Von diesem Austausch weiß ich ja gar nichts.«

»So ist die Beschaffenheit aller Dinge. Im Herzen allen Seins liegt die Endlichkeit. Ich dachte, wenn das irgendjemandem klar sein sollte, dann dir. Wie, du dachtest doch nicht etwa, dass du für immer bleiben wirst? Eines Tages, wenn alles endet, wirst du auch mich abholen kommen … und dann bist du der Letzte, der geht.«

Und Zeit, die, wie ich in diesem Moment verstand, schon immer ein Faible für Dramatik gehabt hatte, wählte dieses Stichwort, um Dunkelheit über mich hereinbrechen zu lassen.

»Ich werde dich daran erinnern, das Licht auszumachen.«

»Wie überaus gewitzt.«

Niemand antwortete. Nach ein paar Augenblicken – nervös flackernden Augenblicken nach allen Seiten, wohlgemerkt – ging hinter dem ovalen Fenster eine bleiche Sonne auf. Der Stuhl auf der anderen Seite des Schreibtischs war leer. Zeit war verschwunden. Ohne Warnung tat das muffige Büro es ihr gleich und löste sich in atemberaubender Geschwindigkeit auf – der Tisch, die raumhohen Regale, die Papierstapel, all dies verging Stück für Stück in einem Wirbel blasser Flocken, wie verkehrt herum fallender Schnee.

Und dann gab es nur noch mich, allein in einer leeren Welt, die metallisch und dünn war wie die Luft vor einem Hagelsturm. Eine Tür war immer noch nicht in Sicht. Ah. Die Abkürzung befand sich doch angeblich in mir, oder? Ich konzentrierte mich auf die Schwärze zwischen meinen Augen, auf sternenlose Schatten, die Sonnen hatten sterben und Welten hatten verglühen sehen und die sich um eine schwindende Seele legten wie eine seidene Umarmung.

Nichts passierte.

»Mist.«

Von irgendwo hinter meinem Rücken traf mich ein Blick, der sich anfühlte wie ein dezentes Hüsteln. Ich drehte mich um. Hinter mir hatten sich einige faustgroße Buchstaben materialisiert, die wie hineingemeißelt in der Luft hingen und auf merkwürdige Art und Weise zu lächeln schienen. Hätten Wörter eine Stimme gehabt, hätte diese sehr aufmunternd geklungen.

KEINE PANIK

stand dort zu lesen.

SIE BEFINDEN SICH IM WARTEZIMMER DER ZEIT.
WENN SIE ZU IHREM AUSGANGSORT ZURÜCKZUKEHREN WÜNSCHEN,
BEFOLGEN SIE DIE FOLGENDEN ANWEISUNGEN:

1. KONZENTRIEREN SIE SICH AUF OBEN GENANNTEN.
2. DAS IST AUCH SCHON ALLES.
3. ICH SCHÄTZE, ICH MUSS IHNEN DAS NICHT EINMAL EXTRA SAGEN.

Ich schloss die Augen und tat ebendies. Und kehrte heim.

KAPITEL II

Bei meiner Ankunft fand ich Leben knietief in einer Horde Schweine versunken. Als es aufblickte, fiel ihm eine schwarz glänzende Locke adrett ins Gesicht, und ich kam nicht umhin, zu bemerken, dass es nicht einmal den Anstand gehabt hatte, sich passend zu seiner derzeitigen Beschäftigung ein paar Schmutzflecken zuzulegen. Erleichterung machte sich auf seinem Gesicht breit wie Hefepilz auf der Haut eines fleißigen Schwimmbadgängers, als es mich entdeckte.

»Tod!«

»Leben! Na, wie ist …«

»Du übernimmst!«

Mit äußerst unlebendiger Grobheit zog es eine rostige Sense aus der Schweinemeute hervor und warf sie mir zu. Während sich Leben am Rand des Geschehens auf einem Strohballen ausruhte und einen Gesichtsausdruck zur Schau stellte wie jemand, der im Begriff war, sich ein gemütliches Pfeifchen anzuzünden, kümmerte ich mich um eine Angelegenheit, die nicht ohne einen gewissen Anteil an Quieken über die Bühne gehen konnte.

Danach ließ ich mich neben Leben im feuchten Stroh nieder und wetzte meine heillos vernachlässigte Sense. Ich musste sagen, ich hatte die Sache vermisst. Es fühlte sich nicht richtig an, sich Tod zu nennen, ohne sich früher oder später zurück an die Arbeit zu machen.

Schweinehirtin und Metzgersbursche saßen gemeinsam an die schimmlige Wand gelehnt und betrachteten das allgemeine Chaos aus Braun- und Rottönen. Ich drehte den Kopf und grinste.

»Und, wie bist du zurechtgekommen? Du siehst schon ganz erschöpft aus. Ist das etwa ein graues Haar? Und von Sensenpflege hast du wohl auch noch nie was gehört. Sieh dir nur all den Rost an.«

»Ich bin so *unglaublich* froh, dass du wieder zurück bist. Bitte nimm nie wieder Urlaub.«

»Ich habe dich auch vermisst.«

»Nein, ich meine – was für ein abartiger Stress! Weißt du, wie anstrengend es ist, gleichzeitig Leben und Tod zu sein?«

»Ich kann es mir vorstellen.«

Ich ließ die Sense für einen Moment in Ruhe und konnte mir ein noch breiteres Grinsen einfach nicht verkneifen. Leben, wie es knietief im Dung watete und zum ersten Mal seit unserer ersten Begegnung richtig Hand anlegte – den Anblick hätte ich gerne noch ein wenig länger genossen. Der einzige Nachteil war, dass mir die Sache Schulden ohnegleichen aufgeladen hatte. Bei jemandem, der achtbeinige Wirbellose für eine gute Idee hielt, wollte man nicht in der Kreide stehen.

»Es scheint aber, als hättest du dich gut geschlagen, wenn ich mir die Sache hier so ansehe.«

»Endlich weiß ich, warum du auf deine Verschnaufpausen so versessen bist. Wie oft ich es mir bei dir zuhause im Dunkeln gemütlich gemacht habe in den paar Wochen … Früher habe ich nie Auszeiten vom Job gebraucht.«

»Hm.«

Der Gedanke an Leben in meinem Zuhause, wie es meine hübsche Dunkelheit durcheinanderbrachte und alles mit seiner Positivität verpestete, wollte mir nicht so recht gefallen. Besser, ich sagte dazu erst mal gar nichts.

»Ich hoffe, du hast dich im Gegensatz zu mir wenigstens gut erholt.«

»Hm.«

»Ich hoffe, du hast dich nicht allzu sehr verausgabt.«

»Hm.«

»Ich hoffe, Zeit hat dir wenigstens weitergeholfen.«

»Hm. *Hm?*«

»Na ja, ansonsten wäre die ganze Sache wohl ziemlich sinnlos gewesen.«

»Warte mal. Du …«

»Ach, komm schon. Als ob ich nicht gewusst hätte, was du die ganze Zeit über *wirklich* getrieben hast. Jemand mit unbegrenzter Freizeit und einem Haus fernab jeder Zivilisation braucht keine Ferien.«

Der Metzgersbursche räusperte sich verlegen. Die rosige Gummischürze spannte sich dabei schmuck über seinem Prellbauch und ließ ein leises Quietschen hören.

»Du nimmst immer an, du wärst so geheimnisvoll und unberechenbar. Es ist wirklich süß. Also: Hat Zeit etwas über meinen Bonus gesagt?«

»Was?«

»Na, meinen Bonus. Weil ich dich vertreten habe. Das waren eintausendvierhundertneunundachtzig Überstunden, rund um die Uhr, in einem Berufsfeld, auf das ich mich nicht spezialisiert habe. Was bekomme ich dafür?«

»Du hast mir nur geholfen, um einen Bonus einzuheimsen?«

»Wofür sonst? Und siehst du: Es geht dir schon viel besser. Offizielle Beschwerden helfen immer, die Arbeitsmoral zu heben. Also, wie lautet die neue Regelung? Wie wird Zeit dir helfen?«

Der Bursche verschränkte trotzig die Arme über der Brust.

»Das sag ich doch nicht ausgerechnet dir.«

»Ach, bitte fang jetzt nicht schon wieder damit an. Also wirklich, nur weil du durchschaut worden bist, musst du doch nicht so eine Grimasse ziehen. Ich habe dir immerhin geholfen, oder? Ohne mich hätten die anderen schon längst eine Klage über dich eingereicht, du wärst nie bis zur Zeit vorgedrungen *und* du hättest keine neue Abmachung mit ihr treffen können. Du kannst es mir also ruhig verraten. Wie lautet die Regeländerung?«

Ein kleiner Fakt am Rande, den es zu erwähnen gilt

Ich mag Leben nicht.

Ich rutschte mürrisch von meinem Strohballen und trat mit dem gummibestiefelten Fuß nach einem angenagten Maiskolben.

»Ich darf mich mit dem Gedanken anfreunden, dass sich nie etwas ändern wird.«

»Oh. Wie enttäuschend.«

»Ich darf mich mit besagtem Gedanken anfreunden, indem ich frei über den Todeszeitpunkt einer einzigen Kreatur entscheiden darf.«

Unsere Blicke trafen sich, und im selben Moment fingen wir beide an zu grinsen.

»Und du bekommst keinen Bonus.«

Jetzt war ich der Einzige, der grinste.

Eigentlich, so wurde mir später klar, hätte ich nicht so überrascht sein müssen.

Letzten Endes kannte eben niemand den Tod besser als das Leben.

Wisst ihr, wie die Dinge sich veränderten? Wisst ihr, wie die *Menschen* sich veränderten?

Natürlich wisst ihr das nicht, denn ihr wart ja nicht da. Ich jedoch, ich war da, und …

Ich bekam alles mit. Es fing an mit ein paar in die Gräber gelegten Pflanzen, und es entwickelte sich zu … dem, was heute ist.

Sie waren merkwürdig, die ersten Menschen. Merkwürdig, aber dennoch erträglich, da sie nicht wussten, wer sie waren und wohin ihr

Weg sie eines Tages führen würde. Ganz im Gegensatz zu ihren Nachfahren. Die waren furchtbar.

Stellt euch ein paar haarige, schmutzige Biester vor, die von Intimwäsche noch nie gehört haben. Stellt sie euch vor, wie sie aus dem Schutz ihrer Felshöhlen müde ins graue Morgenlicht treten. Sie stützen sich auf spitz zugehauene Stöcke. Sie tragen ihren Nachwuchs eng an die Brust geschlungen. Und sie bemerken, dass irgendetwas anders ist zwischen ihnen und den restlichen Tieren, und in erster Linie ist es nicht die Tatsache, dass ihnen gewaltige Stoßzähne oder ausfahrbare Geschlechtsteile fehlen.

Und sie beschließen: Wir sind besser.

Sie blicken zum Himmel. Die nächste Generation wird sich Gedanken darüber machen, was diese unendliche Weite über ihren Köpfen zu bedeuten hat, und die kleinen Lichtpunkte in der Schwärze lassen Ahnungen von Dingen in ihnen entstehen, die nie geschehen sind.

Ich stand daneben und beobachtete. Ich verfolgte die Entdeckung der Stimmbänder, die, wie sich herausstellte, unter günstigen Bedingungen Tonabfolgen von sich geben konnten, die eine Bezeichnung als Lieder nur mit viel gutem Willen verdienten.

Ich hätte ihnen gleich davon abraten können, sich dem Schwefelsee aus kochend heißen Redewendungen und verfänglichen Metapherdämpfen, den man später Sprache nennen würde, auch nur auf zwanzig Schritte zu nähern, aber bereits damals waren die Dinge in mancher Hinsicht schon so, wie sie heute noch sind: Auf meine Meinung gab niemand auch nur eine halbe gegrillte Mammutflanke.

Sie gaben Dingen Wörter, und Wörter gaben ihnen eine Bedeutung und was eine Bedeutung hatte, war … greifbar.

Und sie erzählten die Geschichten der Sterne weiter, und bald brauchten sie sie ebenso dringend zum Leben wie Fleisch und Wasser, denn die Geschichten trugen Hoffnung in ihre Herzen, und ihre Herzen trugen Hoffnung in die Dunkelheit der Höhlen.

Manchmal stolperte jemand über seine eigenen Füße. Das fanden alle Beteiligten lustig.

Tabletten. Sie entschieden sich *immer* für Tabletten, ungeachtet der Tatsache, dass solcherlei Versuche meistens unbefriedigend endeten.

Die Frau war auf Nummer sicher gegangen. Sie hatte sich eine Tüte um den Kopf gebunden. Es war immer schön, jemandem zu begegnen, der sich auf das verstand, was er tat. Es war weniger schön, sich die kläglichen Überreste ansehen zu müssen.

Als ich sie aus dem verkrampften Körper gezogen hatte, war die Seele schwer und düster gewesen, aber jetzt war sie federleicht und strahlte, und alle Trägheit schien von ihr abgefallen zu sein wie Schnee von einem Sprössling. Wie es eben immer war mit dem Sterben, ungeachtet der Umstände.

»Normalerweise mag ich es nicht, wenn man sich die Mühe macht, mir noch mehr Arbeit aufzuhalsen, als ich sowieso schon habe.« Und das tat ich wirklich nicht. Aber die Frau hatte mir die Gestalt eines silbernen Pferdes mit feurig lodernder Mähne gegeben, und das war in Ordnung, wenn auch haarscharf an der Grenze des Geschmacklosen. »Aber ich kann dich verstehen. Leben ist schon ein ziemlicher Idiot. Ich wäre ihm auch nicht gern von morgens bis abends ausgesetzt.«

»Hey!«

»Nichts für ungut, Leben.«

»Warum hast du das getan? Weshalb würde irgendjemand freiwillig seine Zeit auf Erden hergeben? Wurdest du geärgert? Hattest du Schulden? Hängt es mit dem Mädchen zusammen, das dich immer so anlächelt?«

»Halt die Klappe, Leben. Du hast sie schon genug genervt.«

Die Seele verdrückte sich schüchtern in die Tiefen meines glänzenden Fells und ich verfiel in einen lockeren Trab, während Leben eifrig neben mir herhetzte.

»Ganz *offensichtlich*. Aber ich muss doch zumindest irgendeine Art von Feedback erhalten, das siehst du wohl ein. Ich muss wissen, was meinen Kunden gefällt und was nicht.«

»Wie du siehst, hat's ihr nicht gefallen.«

»Aber weshalb?«

Das Pferd blieb kurz stehen und spähte missbilligend an seinen Nüstern entlang auf den Störenfried hinab.

»Das ist ja wohl ganz eindeutig nicht mehr deine Angelegenheit.«

»Aber sie hat sich umgebracht!«

»Deswegen ist es auch nicht mehr deine Angelegenheit.«

»Und ich muss wissen, wieso.«

»Lass sie in Ruhe, Leben. Siehst du, genau deswegen mag ich es nicht, wenn du mich begleitest.«

Eine Zeit lang herrschte Ruhe. Wir wanderten schweigsam dem Sonnenlicht entgegen und es hatte gerade die richtige getragene Atmosphäre eingesetzt, die für solche Anlässe vonnöten ist, da fing Leben wieder von vorne an*.

»Dir ist klar, dass du einen Menschen wirst retten müssen, oder?«

»Ach, tatsächlich? Ich hatte eigentlich vorgehabt, meine einzige Freikarte an eine poplige Stinkmorchel zu verschwenden.«

»Es gibt nichts auszusetzen an Stinkmorcheln.«

»Da hast du recht. Mir sind Stinkmorcheln sehr sympathisch, vor allen Dingen in der Hinsicht, dass sie eine außerordentlich hohe Meinung von mir haben. Menschen hingegen nicht.«

»Du bist momentan ein silbergewirktes Pferd mit flammendem Schweif, das über einen Sonnenstrahl tänzelt.«

»Das ist eine Ausnahme.«

»Hm.«

Damit hatte Leben mir meine Standardantwort geklaut und wir wussten beide für eine Weile nichts zu sagen. Ein leiser Nieselregen

* Und ich wünschte, ich würde von Wiedergeburt sprechen, aber in Wirklichkeit nervte es uns alle nur mit seinem Gelaber.

brachte meine perfekt frisierte Mähne zum Zischen, als wir eine schlecht gelaunte Wolke durchquerten.

»Ich meine ja nur, weil du den Menschen gegenüber generell nicht sehr freundlich gestimmt bist.«

»Bin ich das denn irgendjemandem gegenüber?«

»Nein, du hast recht. Wie dumm von mir.«

»Ich brauche deine Hilfe nicht, weißt du. Oder deine Anwesenheit. Oder überhaupt irgendetwas, das du mir bieten könntest. Nun gut, außer wenn es um Vertretungen geht. Das hast du ganz gut drauf. Du hättest nicht Lust, noch mal …?«

»Nein. Aber wenn du so gut zurechtkommst, dann erklär mir doch noch mal deinen Plan.«

»Nur weil du ihn beim ersten Mal nicht verstanden hast?«

»Nein, weil er schon beim ersten Mal geklungen hat, als ob *du* ihn nicht verstanden hättest. Du willst dich weigern, einen wichtigen Menschen zu töten, und hoffst im Gegenzug darauf, dass er allen anderen Menschen erzählt, was für ein toller Typ du bist.«

Ich räusperte mich, so gut dies einem silbergewirkten Pferd möglich war.

»So in etwa.«

»*Allen* Menschen. Bist du dir darüber im Klaren, wie viele Menschen es gibt? Falls du es nicht weißt, es sind sieben Milliarden, dreihundert Millionen, achthundertzehntausend…«

So langsam wurde ich ein wenig ungeduldig.

»Nicht *allen* Menschen. So dumm bin ich auch wieder nicht. Es reicht, wenn er es ein *paar* Menschen erzählt, und die erzählen es dann ihren Freunden, und die …«

»Aha. Und dann weiß ein Mensch, dass du ein netter Kerl bist, zehn Menschen wissen, dass sie einen Typen kennen, der meint, dass du ein netter Kerl bist, fünfzig Menschen wissen, dass sie irgendwelche Typen kennen, die irgendeinen Typen kennen, der meint, dass du ein netter Kerl bist, und fünfzig weitere Menschen wissen, dass sie irgendwelche Typen kennen, die irgendwelche Typen kennen, die irgendeinen Typen kennen, der total spinnt. Richtig?«

Es trat die Art von Stille ein, die sich nur dann ergibt, wenn eine im Rückenfell eines überirdischen Pferdes verborgene Seele gebannt einer Diskussion zwischen zwei metaphysisch agierenden Personifikationen der ältesten Kräfte des Universums lauscht. Dann lenkte ich ein:

»Das trifft es ziemlich auf den Punkt.«

»Mm.«

»Du glaubst, es wird nicht funktionieren. Na und? Interessiert mich doch nicht. Ich habe eine einzige Chance, zu beweisen, dass Zeit falsch liegt und ich richtig. Was jemand wie du dazu zu sagen hat, geht mir dezent am Steißbein vorbei.«

»Ach was, aber ganz im Gegenteil«, fiel Leben fröhlich ein. »Ich bin sogar überzeugt, dass es klappen wird. Nur nicht unterkriegen lassen. In absehbarer Zukunft wird es einen Haufen beliebiger Individuen geben, die nicht recht wissen, was von dir zu halten ist. Man soll sich bekanntlich realistische Ziele stecken. Ich glaube an dich!«

Damit klopfte es mir freundschaftlich auf die Flanke und verschwand, und ich wusste nicht so recht, was ich davon halten sollte.

Nur die wirklich großen Geheimnisse der Welt blieben unbenannt. All jenes, was einen kleinen Teil irgendwo in den Tiefen des Brustkorbs so sehr schmerzen ließ, dass niemand darüber nachdenken wollte.

- Freude.
- Furcht.
- Abschied.
- Die Lücken zwischen den Sternen.

Sie legten ihre Verstorbenen in flache Gruben, die sie notdürftig mit Staub und Grasbüscheln bedeckten. Sie warfen sie tief in den Schoß der Erde hinab und gaben ihnen kleine Geschenke mit auf die Reise ins nächste Reich, spitz zugeschlagene Steine und schmackhafte Blüten.

Und sie kauerten sich in der Dunkelheit eng zusammen, sie jagten Tiere, die langsamer, dümmer, schwächer oder gutgläubiger waren als sie selbst, und die erbeuteten Knochen brachten Schmuck in die schlichten Behausungen.

Manchmal hielt ich inne und beobachtete sie. Sie hatten ... eine ganz eigene Art zu denken. Es erschien mir, als ob sie die Dinge nicht sahen, wie sie tatsächlich waren, sondern weit darüber hinaus. Sie lasen Bedeutungen und Zeichen wie frische Spuren im morgendlichen Erdboden. Und mit der Zeit begriff ich, dass sie keine Affen mehr waren: Wo sie wanderten, kleideten sie die Welt in Träume.

Selbst mich.

Ich wusste nicht, ob ich es idiotisch oder berührend finden sollte.

Ich mochte die Menschen, als sie noch weniger kompliziert waren. Oh ja, sie gefielen mir. Sie benutzten ihre Gehirne, um neue Dinge zu erfinden und ihnen einen Namen zu geben, und sie benutzten die Gehirne ihrer Feinde für noch viel interessantere Zwecke.

Sie rannten, sangen, lachten, schrien, malten, schnitzten, jagten und tanzten – was jedes Mal ein lustiger Anblick war. Er wurde ein wenig durch die Erfindung der Kleidung geschmälert.*

Eine Weile lang fühlte ich mich ihnen beinahe verbunden, diesen kleinen, vergänglichen Geschöpfen, die einen jeden Dinosaurier in Sachen Dickköpfigkeit übertroffen hätten und deswegen auf die erheiterndsten Arten ums Leben kamen. Sie sahen die Nacht mit Augen, die, obgleich so gut wie blind, dazu gemacht worden waren, sich nicht von der Dunkelheit täuschen zu lassen. Sie trieben in einem ewigen Wirbel aus Geburt und Tod durch die Zeit, und sie verscheuchten die Schatten mit Geschrei und hölzernen Trommeln und irgendwann mit einem allerersten Funken.

* Nicht in allen Fällen war die Haarlosigkeit ein Segen.

Das Feuer fraß ihnen aus der Hand und manchmal fraß es ihre Hände. Der Berg nahm sie auf und manchmal fraß er sie gleich ganz. Berge sind nicht sonderlich zimperlich.

Aber sie lebten. Sie lebten – zumindest für eine Weile und bis etwas Starkes oder Giftiges um die Ecke gewandert kam –, und sie waren sich dessen schmerzhaft bewusst. Sie waren auf die Erde gekommen, um ihre Spuren zu hinterlassen, und dann gingen sie wieder und kehrten zurück nach Hause, wie ungewaschene Nachbarskinder nach einem Tag im Schlamm. Andere folgten ihnen nach und hinterließen ihre Handabdrücke im Innern gewaltiger Felsen, wo der zuckende Feuerschein sie selbst dann noch tanzen ließ, als ihre Körper längst zu Staub zerfallen waren.

Es beeindruckte mich. Es war ihre Weise, zu sagen: Ja, wir sehen dich. Und wir wissen, dass du uns holen kommen wirst, aber wir waren hier und andere werden es sehen.

»Siehst du das Mädchen da drüben?«

»Nein.«

»Natürlich siehst du sie, du schaust genau in ihre Richtung!«

»Ich meinte: Nein. Nein, auf keinen Fall, Leben. Nein, ich werde sie nicht retten.«

»Weißt du, wie klug sie ist? Sie könnte das nächste große Genie ihrer Zeit werden.«

»Sie könnte auch erkennen, dass sie viel klüger ist als alle anderen und der nächste psychopathische Massenmörder ihrer Zeit werden.«

»Es wäre Verschwendung, sie nur elf Jahre alt werden zu lassen.«

»Ich habe nein gesagt.«

»Na schön, aber was ist mit dem älteren Herrn mit den krausen Haaren? Er befindet sich mitten in einer Studie, die die menschliche Medizin für immer verändern könnte. Bitte überleg es dir noch mal, Tod!«

»Ich hätte dir nie von der Abmachung erzählen sollen.«

»Aber es sind immerhin meine Lebewesen. Und du schuldest mir einen Gefallen.«

Eine traurige Tatsache

Es ging schon seit Tagen so.

Eigentlich war ich selbst schuld daran. Ich hatte eine einzige Gelegenheit, der Welt im Allgemeinen zu demonstrieren, dass die alte, vergammelte Fischgräte, die sie in mir sah, in Wahrheit ein ganz toller Hecht war. Und was hatte ich getan? Ich hatte *Leben* davon erzählt. Ausgerechnet!

»Wir suchen schon so lange nach dem Richtigen. Na komm schon. Bitte, Tod. Bitte!«

Ich verwandelte mich kurzerhand in eine Statue der alten Totengöttin Kali, um eine betont steinerne Miene aufsetzen zu können. Nicht, dass Leben sich davon hätte beeindrucken lassen. Immerhin lief es mir bereits seit Sonnenaufgang hinterher und blubberte vor sich hin wie ein verrückt gewordener Bachlauf mit einer seltsamen Vorliebe für kraushaarige Herren.

»Ist dir vielleicht schon mal in den Sinn gekommen, dass es den richtigen Menschen möglicherweise gar nicht gibt? Komm, suchen wir uns einen aus, der uns besonders gut gefällt, und lassen ihn noch ein paar zusätzliche Jahre mit mir genießen. Ach bitte!«

Ich versuchte geflissentlich, dem furchtbaren Drang standzuhalten, Leben mit der Sichel eins überzuziehen, aber ein bisschen juckte es mich schon in meinen zwanzig Fingern.

»Sie sind für mich alle gleich.«

»Dann ist es egal, für wen du dich entscheidest. Nimm das Mädchen! Du findest sowieso niemanden, der deinen Ruf ändern wird. Zeit hatte recht. Es ist vergebens. Nimm das Mädchen! Nimm das Mädchen! Nimm das Mädchen! Nimm …«

Und so weiter und so fort.

Hier sind die Dinge, die Leben nicht verstand:

- Ich war nicht auf der Suche nach einem besonders klugen, schönen oder liebenswürdigen Menschen.
- Ich brauchte einfach nur jemanden mit Einfluss und guten Beziehungen, das war alles.
- Ich musste diese Chance nutzen, um Zeit zu beweisen, dass sie mich gnadenlos unterschätzte und mir ruhig ein wenig mehr Verantwortung hätte übertragen können.

Ach, es wäre so schön gewesen.

Die Menschen hätten anders von mir gedacht. Sie hätten mir mit Hoffnung entgegengeblickt anstatt mit Bangen. Ungerechte Todesfälle hätte es kaum noch gegeben*. Ich hätte den blöden alten Kittel an den Nagel hängen und als singende Schäfchenwolke, Sonnenstrahl, feigenblättriger Jüngling oder Leuchttafel mit niedrigem Benzinpreis in Aktion treten können – oder war auch immer euereins als angenehmen Anblick erachtete.

»Was, glaubst du wohl, erachten die Menschen als angenehmen Anblick?«, fragte ich der Neugier halber. Manchmal lohnte es sich, mit einem Experten der menschlichen Kultur zusammenzuarbeiten.

»Mich«, entgegnete Leben selbstzufrieden und brachte mich damit zu dem Schluss, dass es sich möglicherweise doch nicht lohnte, mit einem Experten der menschlichen Kultur zusammenzuarbeiten. »Aber auch andere Dinge. Licht. Mit schmelzender Schokolade gefüllte Törtchen. Wälder, Wiesen, Vögel in freiem Flug, Blumen, Jünglinge mit Feigenblatt. Und habe ich schon die mit schmelzender Schokolade gefüllten Törtchen erwähnt?«

»Hm. Sehr interessant.«

* Ihr wisst schon, was ich meine. All die werdenden Mütter, auf die sich sämtliche Medien so gerne stürzten. Unschuldige Kinder. Talentierte Jugendliche. Aufstrebende Künstler. Arglose Flüchtlinge. Hungernde Tausende. All jene, über die die Menschen gerne weinten, solange dies nicht bedeutete, dass sie ihnen helfen mussten.

Ich hielt kurz inne, um mich – je nach Arm – nachdenklich am Kinn zu kratzen, mit der Klinge meiner Sichel zu spielen, mir einen verirrten Totenschädel aus dem steinernen Haar zu klauben und mir des humoristischen Effekts wegen in der Nase zu bohren. Manche Erscheinungsformen hatten durchaus ihre Vorteile, obgleich ich mich nicht gerade mit dem Gedanken anfreunden konnte, in Zukunft als schmelzendes Schokoladentörtchen zu agieren.

»Also gut, schließen wir einen Kompromiss«, nervte Leben mich, der imposanten Sammlung an Waffen an meinem Gürtel ungeachtet. »Wir überlegen zusammen. Du brauchst nur den richtigen Ansatzpunkt. Ein System, verstehst du?«

»Und da wird die Sache ein bisschen knifflig.«

»Ach was, bei so viel Auswahl werden wir schon einen finden, der uns beiden gefällt. Möglichkeit eins: Die Mächtigen.«

Ich schnitt eine Grimasse, was in Kalis Fall bedeutete, zur Abwechslung für einen Moment normal dreinzuschauen.

»Die Wortführer«, setzte Leben eifrig hinzu und hielt sich wohl für besonders schlau. »Die Wahlkampfbetreiber!«

»Du meinst die Faktenverdreher.«

»All die imposanten Leute auf den Plakaten!«

»Mit Gesichtern wie Haferbrei.«

»Die großen Politiker unserer Zeit!«

»Der Klüngel.«

Wie? Durchfuhr euch da gerade ein leises Schaudern?

Es hatte eine Weile gedauert, bis ich verstanden hatte, dass die Menschen niemanden mehr verachteten als ihre eigenen Anführer*.

»Was hast du gegen die Politiker?«

»Theoretisch wäre es kein schlechter Gedanke«, räumte ich ein. »Bis auf die ungefähr tausend Nachteile.«

»Nun hab dich nicht so. Auf wessen Versprechen, Fehltritte, Erfolge, Skandale und Reden stürzen sich die Medien lieber als auf die eines

* Vermutlich hatte es damit zu tun, dass nichts ihnen ihre eigene Unzurechnungsfähigkeit deutlicher vor Augen führte als die Fehler eines Hornochsen, den sie selbst gewählt hatten.

Politikers? Wessen Privatleben stand jemals mehr im Mittelpunkt? Zu wem sonst sehen die Menschen so sehr auf? Nun gut, manche tun dies voll schwer unterdrückter Abneigung, aber dennoch …«

»Nein, nein. Das hast du vollkommen falsch verstanden. In Wirklichkeit schauen die Menschen mit einer gehörigen Portion ganz und *gar* nicht unterdrückter Abneigung auf sie *hinab.*«

»Du bist eben ein alter Schwarzseher. Na schön. Dann eben eine Berühmtheit.«

»Der Unterschied zwischen Schauspieler und Politiker ist manchmal nur ein hauchdünner. Du scheinst die Welt nicht besonders gut zu kennen, Leben. Wer auch immer Geld und Ruhm besitzt und sich darüber hinaus noch mit aufregenden Drogenskandalen und interessanten Affären einen Namen macht, zieht ohnehin bereits den Neid der Leute auf sich. Garantiert würde niemand ihnen zu allem Übel auch noch eine unerwartete Rückkehr ins Leben gönnen.«

Leben nickte gedankenverloren.

»Dann nimm einen Schriftsteller. Die sind meistens zu langweilig für Skandale.«

»Oh nein. Nie wieder wage ich mich an so etwas Abscheuliches wie einen Autor heran*.«

»Du machst es einem wirklich nicht einfach.«

»Das dürfte, glaube ich, das Hauptproblem sein.«

Einen Moment lang standen wir da und blickten reglos auf den kraushaarigen Herrn hinab, der vor uns auf dem Boden lag, eine Springmesserklinge tief in seinem Herzen.

Ich zuckte die Schultern.

* Ein paar Tage nach meiner Rückkehr hatte ich erfahren müssen, dass Souplet in meiner Abwesenheit sein Werk herausgegeben hatte und prompt auf irgendeiner hochtrabenden französischen Bestsellerliste gelandet war. In ein paar Monaten, so hatte mir Schicksal recht schadenfroh gesteckt, würde er seine erste Autobiographie mit dem vielversprechenden Titel *Der Hagere. Ein Leben im Schatten unsichtbar drohender Augen* veröffentlichen. Ich war sehr versucht, meine Chance dafür zu verwenden, seinen Todeszeitpunkt zu verlegen – um einige Jahre nach vorn.

»Also dann.«
»Bitte, *bitte* überlege es dir noch mal, Tod.«
Ich überlegte es mir nicht noch mal.

Manchmal überkam mich der Zweifel.

Manchmal wurde mir klar, wie abwegig ich mich aufführte. All die Mühe, nur um einer Handvoll mickriger, vergänglicher Geschöpfe klarzumachen, dass sie sich geirrt hatten. Was interessierte mich die Meinung der Menschen?

Aber dann erinnerte ich mich.

Es ging um *mich*.

Und das war es wert.

Jahre vergingen.

Nach einer Weile ließ Leben mich in Ruhe. Es hatte eines verstanden: Dies war meine Chance, und ich sah ihr beim Verstreichen zu und bemerkte es nicht einmal.

Ich will euch nicht länger auf die Folter spannen. Meine Geschichte ist eine der ältesten des Universums, und dennoch habe ich den Großteil davon in kaum mehr als zweihundert Seiten zusammengefasst. Das muss mir erst mal einer nachmachen.

In Wahrheit verging die Zeit wie Staub oder wie Sonnenlicht im Winter. Aus Jahren wurden Jahrzehnte. Oberhäupter kamen und gingen. Berühmtheiten taten es ihnen nach und verschwanden so rasch aus dem Gedächtnis der Menschheit, dass ich insgeheim froh war, mein Vetorecht nicht aus lauter Leichtsinn für einen von ihnen verspielt zu haben.

Und was meine Chance anging: Auch sie tat es den Toten gleich und versank in Vergessenheit.

Es war, wie es oftmals ist: Nun, da ich sie endlich hatte, wusste ich nichts mit ihr anzufangen.

Und die Menschen scherten sich nicht weiter um mich.

Ah, dachte Mathis Souplets Seele verlegen, als ich sie ein halbes Menschenleben später abholen kam, und dem folgte eine leichtes Schaudern, das sich am besten mit *»Sag mal, du bist mir doch nicht etwa böse, dass ich, äh, du weißt schon«* übersetzen ließ.

»Nein«, seufzte ich. Sterblichen gegenüber Groll zu hegen, war furchtbar unbefriedigend. Es endete sowieso jedes Mal auf dieselbe Weise. »Na schön, vielleicht hättest du die Titel deiner Bücher ein bisschen weniger reißerisch gestalten können, aber vom letzten war ich sehr beeindruckt. *Finstere Mächte in den Ecken meines Wohnzimmers*. Sag mal, seit wann stellst du dir mich eigentlich als kleine, alte Hundedame vor?«

Der Cockerspaniel schüttelte verwirrt die gelockten Ohren und nahm Souplets Seele behutsam zwischen die Lefzen. Ich kannte die Antwort. Vor einigen Jahrzehnten hatte er sich einen Hund zugelegt. Ich schätzte, dass sich der Titel *Finstere Promenadenmischungen mit ernsthaften Hüftproblemen in den Ecken meines Wohnzimmers* bei Weitem nicht so gut verkauft hätte. Ich hoffte um seinetwillen, dass sie ihm keines seiner peinlichen Buchzitate auf den Grabstein schreiben würden. Das wäre selbst für einen alten Widersacher der Demütigung zu viel gewesen.

Nun gut, ab und an flackerte plötzlich der Gedanke von Zeit in meinem Schädel auf, wie sie in ihrem Aktendschungel von Büro saß und sich heimlich ins Fäustchen lachte, weil sie mir ein für alle Male bewiesen hatte, dass es sowieso keinen Unterschied machte, für wen ich mich entschied.

Und dann nahm ich die Suche umso entschlossener auf, zumindest für einige Tage.

Einige Jahre später

»*Guten Tag*«, sagte ich.

Es war ein schöner, sonnendurchtränkter Abend von der Sorte, wie sie in alten Liedern besungen wird, und die Katze schnurrte friedlich am Fußende des Bettes, in der Art und Weise, in der Katzen schnurren, wenn Trost vonnöten ist. »*Ich bin der Tod, und dein Leben hat sich seinem Ende zugeneigt. Aber halt, sag nichts: Womöglich noch nicht ganz.*«

Hier legte ich eine Kunstpause ein, um die Spannung bis ins Unerträgliche zu steigern. Es schien mir nicht ganz zu gelingen. Die Seele betrachtete mich mit unverhohlener Skepsis und sandte leise Wellenbewegungen aus, die mich an ein schwer unterdrücktes Lachen erinnerten. Ich räusperte mich.

»*Ahem. Wenn du noch einmal zurückkehren willst, werde ich dir mit der unendlichen Kraft des Universums, die mir gegeben ist, äh … dazu verhelfen. Erzähle deinen Freunden … Anhängern … deiner Fanbasis … na ja, eben allen, die dich mögen … von meiner Güte und lebe ein gutes Leben, damit man dich in angenehmer Erinnerung behält. Nutze diese Chance, o Sterblicher, die nur dir allein gegeben ist. Ich weiß, du wirst mich nicht enttäuschen. Sei nicht traurig: Dies ist kein Abschied für immer.*« Ich hielt erwartungsvoll inne. Obgleich Seelen keinen Körper besaßen, hatte ich das Gefühl, dass mich diese von den Zehenknochen bis zu der dunklen Kapuze musterte und dann kritisch den Kopf schüttelte. Ich ließ die Schultern hängen, dass die Gelenke nur so knackten. Auf dem Bett spitzte die Katze eines ihrer Ohren. Manchmal hörten mich die Biester, wenn ich nicht vorsichtig genug war. »Nicht gut?«, fragte ich mit weitaus weniger getragener Stimme. Die Seele strahlte mir entgegen wie ein Leuchtfeuer wohlwollenden Mitleids.

»Oh. Na schön.« Ich stellte die Sense vorsichtig ab und zog einen kleinen Notizblock und eine geschwungene schwarze Schreibfeder hervor. Es war erstaunlich, was sich in den Taschen meines Umhangs alles unterbringen ließ – selbst jahrhundertealte Klischees. »Aber wenn die Rede *tatsächlich* an dich gerichtet gewesen wäre, hätte sie dir dann gefallen?«

Erneut erschien es mir, als ob die Seele ihren Kopf schüttelte. In der materiellen Welt, nur eine Haaresbreite von uns entfernt, bemerkte jemand, was soeben geschehen war. Ein lautes Schluchzen erklang. Ich strich verlegen ein paar der Formulierungen durch, wobei ich die Feder absichtlich laut übers Papier kratzen ließ, um die peinliche Stille zu überbrücken. Ich arbeitete schon viel zu lange an meiner Rede, aber sie schien niemandem so recht gefallen zu wollen.

»Na schön. Einen letzten Versuch noch. Angenommen, ich käme auf dich zu und sage mit meiner vorbildlichsten Grabesstimme: Ahem. *Guten Tag, Sterblicher. Dein irdischer Körper befindet sich im Begriff, ein für alle Mal zu entschlummern. Nein, das klingt total bescheuert, du hast recht. Wie wäre es mit: Sterblicher. Guten Tag. Du bist soeben entschlafen* – wie? Ah. Du willst gehen. Na gut. Wir machen auf dem Weg weiter, einverstanden? Wir haben jede Menge Zeit … Erzähl mir doch mal: Was versprichst du dir vom Jenseits?«

Der Notizblock verschwand in meiner Tasche.

Eine Tür tat sich auf.

Die Seele lächelte.

»Hast du dasselbe Problem?«

Der Morgennebel erstreckte sich vor uns wie der Geist verschütteter Kaffeesahne. Hier und da ragte ein dunkles Stück Holz oder tauglänzender Marmor aus den klammen Wogen auf.

»Dass die Menschen dich verdrängen?«

Schicksal antwortete nicht. Eine kleine Ewigkeit lang standen wir schweigend da.

Dann sagte es: »Nein.«

»Du lügst.«

Wir alle hatten dasselbe Problem. Selbstbestimmung stand nun ganz oben im Trend. Von uns wollten die Menschen nichts mehr wissen. Die Sense hatte mich immer genervt, aber im Laufe der Jahre hatte ich begonnen, mit leeren Händen zu arbeiten, schließlich ganz ohne Hände, und dann hatte ich meine Arme auch noch verloren … und ganz zuletzt mein Gesicht.

Damals, zu Beginn der Zeit, war ich die Stille gewesen.

Das allerälteste Tabu.

Und nun war ich es erneut.

»Ich bin ein Niemand.«

»Na komm schon. Es gibt Schlimmeres als die Unsichtbarkeit.«

»Ja. Nicht mehr gebraucht zu werden.«

»Ist es nicht genau das, was du wolltest?«

In gewisser Weise, dachte ich mir, war es das. Aber nicht so. Wo war der Sinn darin, jemandem entgegenzutreten, der nicht an einen glaubte? Was war ein Gespräch mit jemandem, der mich mit aller Macht zu verdrängen versuchte? Selbst die Grabstätten hatten sich verändert, fügte ich mit einem raren Anflug von Nostalgie hinzu. Einst waren sie … bombastisch gewesen. Voll mit Stolz zur Schau gestellter Trauer, voller Trotz und voll verzweifelter Hoffnung. Nun waren sie anonyme Grasflecken ohne Namen. Ich war verschwunden.

Aus irgendeinem Grund frustrierte mich das mehr als die Sache mit dem Umhang.

»Gibt es sie?«, fragte ich leise. »Die Menschen, die etwas verändern können? Die wichtig genug sind, um anderen zu raten, was sie fühlen sollen?«

Nachdenkliches Schweigen breitete sich zwischen uns aus wie zwischen zwei Bauarbeitern nach dem achten Bier, die soeben bemerkt hatten, dass der Bauplan seit einer Woche verkehrt herum auf dem Tisch lag. Dann schüttelte Schicksal das verschleierte Haupt und flüsterte:

»Wenn du sie gefunden hast, sag mir Bescheid.«

Und heute

Damals war damals.

Heute war heute.

Vor langer Zeit hatten die Menschen begonnen, sich der Welt zu verschließen. Inzwischen gefielen sie sich in ihrer selbst gewählten Einsamkeit.

Wir werden allein geboren, sagten sie, und alleine sterben wir.

Was für ein grenzenloser Schwachsinn.

Niemand wurde allein geboren. Die Minimalquote der Beteiligten an einer Geburt lag bei einem durchschnittlichen Menschen bei zwei Personen. Drei, wenn ihr das Leben mitzählt.

Und das Leben nahm euch von Beginn an in seine Arme, hegte und pflegte euch, und wenn es an der Zeit war, löste ich es ab.

Niemand wurde jemals allein geboren. Niemand starb jemals alleine.

Ich war doch da.

Gebt euch nicht der Einsamkeit hin.

Ich verpasste meine Chance.

In einer Welt, in der die Menschen nicht mehr an mich glaubten, war ich fehl am Platz. In einer Welt, in der ich kam wie der Wind und ging wie der Wind, konnte ich nichts ändern. Man hatte mich verdrängt. Man wollte mit solcher Bestimmtheit nichts mehr mit mir zu tun haben, dass man mir sogar dann aus dem Weg ging, wenn ich so unverkennbar da war wie nie zuvor.

Und ich verstand eines: Dies war die Natur der Menschen. Sie taten, was sie wollten. Sie hatten mir eine Gestalt gegeben, und nun nahmen sie sie mir wieder weg. Möglicherweise war es eine Befreiung.

Eine Liste von Begegnungen

In den Jahrzehnten meiner Suche war ich auf viele Menschen gestoßen. Ich hatte sie gesehen, und ich würde mich erinnern – an jedes einzelne Gesicht.

An die Gesichter aufopfernder Eltern, die ihren letzten Hosenknopf in die Bildung ihres Kindes investierten.

An Nachkommen, die verstanden, wie sehr sich das Leben ändern konnte, als große Entscheidungen getroffen werden mussten, bei denen ich zugegen war.

An hungerleidende Mütter, die weinten, als ich sie besuchte.

An picklige Jugendliche, die ihr Leben aufs Spiel setzten, um magere Kätzchen vor dem Ertrinken zu retten.

An alte Männer, die sich zitternd an hölzerne Kreuze schmiegten und auf feuchter Erde einschliefen, zwischen Blumenkränzen und Kerzen in rot schimmernden Gläsern.

An kleine Mädchen, die sich bückten und Käfer sicher auf die andere Straßenseite trugen, wo sie Minuten darauf von dankbaren Vögeln verputzt wurden.

Es gefiel mir nicht, aber ich sah Menschen, die sich zusammentaten, um andere glücklich zu machen, und viele von ihnen hätten weit mehr verdient, als ihnen gegeben wurde.

So viel zum Guten.
Ich sah auch viel Schlechtes.

Ich sah viel Schlechtes, das in anderen den Wunsch entfachte, kleine Lichter anzuzünden und ein wenig nachdenklicher zu Bett zu gehen.

Und in gewisser Weise änderten sich die Dinge doch.

Ich *sah plötzlich* …

… was ich vorher noch nicht gesehen hatte.

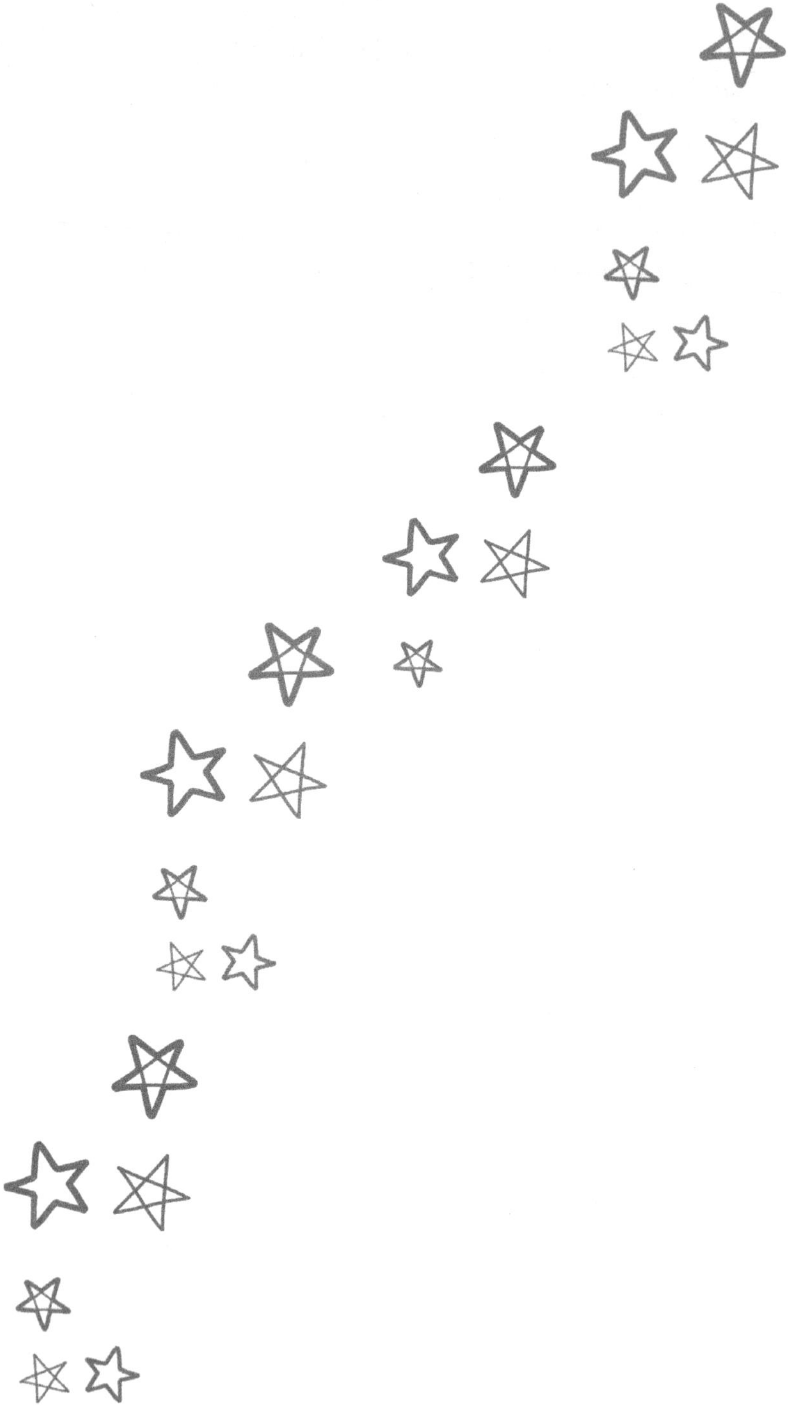

KAPITEL 12

Eines Tages

Die Frau war jung und ihr Haar schwarz und kraus. In ihrem Gehirn knisterte es leise, als sie mich sah. Stunden, Tage des Leidens fielen von ihr ab wie ein verbrannter Kokon, als ich sanft pendelnd mein gewaltiges Haupt erhob und sie mit einem strengen, lidlosen Blick fixierte, den wirklich nur Schlangen draufhaben.

»Oh«, röchelte sie, und dann löste sich ihre Seele von ihrem gemarterten Körper. Sie war bereit, mir in ein anderes, angenehmeres Land zu folgen. Ich wiegte mich im Takt unhörbarer Musik hin und her, als ob ich ihr unterschwellig zu vermitteln versuchte, dass die Leute dort, wohin wir aufbrachen, wenigstens zu feiern verstanden. Ein jeder Sambatänzer hätte mich um meine dreihundertachtzig geschmeidigen Rückenwirbel beneidet.

»Guten Tag. Ich muss dir leider mitteilen, dass du tot bist.«

Die Seele schien es nicht allzu schwerzunehmen. Sie war eine der klugen Sorte.

Die Schlange grinste doppelzüngig.

»Wie fühlst du dich?«

Seelen konnten nicht sprechen, aber ich verstand sie trotzdem, und was ich hörte, stimmte mich zufrieden.

Mit einem Zucken meiner Schwanzspitze forderte ich sie dazu auf, auf meinem Rücken Platz zu nehmen.

»Weißt du, du bist eine der Wenigen, die noch wissen, dass es mich gibt. Wohin bringe ich dich? Ich will es wissen. Zeig es mir …«

Ihre letzten Sekunden waren gewesen wie eine Welle. Ich hatte es gesehen. Die gesamte Wucht des Lebens hatte sich vor ihr aufgetürmt und sie ertränkt, und ein letztes Mal hatte sie das schmerzhafte Schlagen ihres menschlichen Herzens gespürt.

Mir fehlten die zuständigen Drüsen für Angst, aber ich konnte nachempfinden, was es bedeutete, sich vor lauter Furcht ein Paar Windeln zu wünschen.

Erinnerungsfetzen prügelten auf mich ein. Ich sah –

Gesichter, dunkle Augen, eine handgefertigte Flöte, ein weißzahniges Lächeln, Berghänge, Dornbüsche, einen Halbmond, der wie ein merkwürdig geformtes, fahles Ei am Himmel stand, und rote Erde ohne Ende …

Die Welle stürzte mit der Wucht eines Mineneinsturzes auf mich hinab. Für einen Moment stand die Welt Kopf. Ich wurde auf die Größe einer Streichholzschachtel gepresst. Erstaunlicherweise war es zu allumfassend, um zu schmerzen.

Dann kehrte Ruhe ein und ich schwebte weitab der Klippen in einem stillen, kristallklaren Blau. Das Licht brach sich tausendfach in der Schwerelosigkeit des Wassers, ein unendlicher Strom vergangener Seelen, der mich freudig umspülte. Das Ufer war ein Menschenleben weit entfernt. Ich ließ mich treiben. Die Seele lachte. Ich öffnete meine Augen.

»Ach so«, stellte ich fest. Schlangen lispeln ein wenig, weshalb es klang wie »ach fo«.

»So fühlte sich das Sterben also für dich an? Möglicherweise sollte ich mich öfter in die letzten Augenblicke eines Lebens einweihen lassen.«

Die Seele saß still und waberte in stummer, zuversichtlicher Weise. Die Schlange schenkte ihr ein beeindrucktes Nicken.

»Gar nicht mal so schlecht. Weißer Sand und glitzernde Wellen? Ich glaube, dir steht eine schöne Reise bevor. Also dann. Halt dich gut fest …«

Schlange und Seele schwammen hinauf in den goldenen Himmel, einem silbernen Strand entgegen.

Wie sich die Dinge entwickelten

Seid mir nicht böse, aber je genauer ich hinschaute, umso mehr schien mein Beruf an Schönheit zu gewinnen.

Ich verfolgte die Lebensstränge der Menschen wie Folgen einer interessanten Fernsehserie und grinste mir ins Fäustchen, weil ich genau wusste, wie sie enden würden.

Es war sehr unterhaltsam.

Aber ich will euch nicht zu viel verraten.

Und dann, eines Tages, wurde mir alles klar. Es war eine dieser ärgerlichen Erkenntnisse, die einen aus dem Nichts treffen wie ein tonnenschwerer Güterzug, der Baumstämme, Ambosse und Hanteln geladen hat und von einem betrunkenen Lokführer gesteuert wird, der obendrein noch einen zentnerschweren Schmerbauch vor sich herwuchtet.

Ich wusste, was ich tun musste.

Am Ende tat ich es, aber ich tat es mit derselben Begeisterung, mit der man einer alten Dame einen ekligen Furunkel ausgedrückt hätte.

Als ich mich auf den Weg machte, seufzte ich schwer und knirschte laut mit den Zähnen. Aber dennoch machte ich mich auf den Weg.

Ich konzentrierte mich, nahm die Abkürzung und …

… erschien mit einem selbstgefälligen Grinsen in Zeits Büro.

»Tagchen«, begrüßte ich sie. »Ich glaube, ich habe mich entschieden. Ach ja, ich bräuchte einen Gefallen von dir. Kannst du einen kleinen Zeitsprung für mich organisieren? Ich müsste dringend verreisen. Sagen wir, viertausend Millionen Jahre?«

Ein weiteres belauschtes Gespräch, oder: Was man nicht alles lernen kann, wenn niemand einen beachtet.

Schicksal und Karma trafen sich in einer Bar.

Was, ihr haltet dies für den Anfang eines Witzes? Ihr solltet mich inzwischen besser kennen. Ich mache keine Witze*.

Möglicherweise war es Zufall zu schulden, dass ich mich in diesem Moment an der Theke befand, um eine verirrte Mücke aus einem Bierglas zu fischen – erstaunlicherweise in Gestalt einer Spinne. Man lernte nie aus. Wenigstens Insekten schienen sich noch ein klares Bild von mir zu machen, und gegen Spinnen hatte ich eigentlich nichts auszusetzen. Unschuldig spann ich ein Netz aus Neugier, Tücke und List, als ich meinen beiden Kollegen bei ihrem Pläuschchen zuhörte, das zugegebenermaßen recht einseitig ausfiel. Schicksal war wirklich nicht zu beneiden – ich wusste aus eigener Erfahrung, wie trocken sich solche Dialoge mit Karma gestalten konnten.

»Ich bin froh, dich hier zu sehen. Wir … wir müssen das jetzt endlich klären. Eigentlich sollten wir die besten Freunde sein – niemand eignet sich so gut für eine Zusammenarbeit wie wir beide. Wieso bist du bloß so schlecht auf mich zu sprechen?«

»…«

»Ich verstehe dich nicht, Karma. Also nicht nur, weil du nichts gesagt hast, haha. Spaß beiseite: Wir sollten uns zusammentun, oder? Wir sollten gemeinsam am selben Strang ziehen! Allen anderen eins auswischen! Nein?«

»…«

* Solcherlei Späße finde ich knochentrocken.

»Ich kann einfach nicht umhin, zu bemerken, dass … dass … du scheinst so großen Gefallen daran zu haben, mir in der Arbeit herumzupfuschen. Weißt du, es macht mir wirklich große Mühe, einen Schicksalsstrang zu konstruieren … so viele Parabeln, die ich einberechnen muss … so viele Absprachen mit den Kollegen … so viele Details – und dann kommst du vorbei und …«

»…«

»Liegt es daran, dass ich am Anfang nicht nett zu dir war? Ist es das? Ich musste mich doch auch erst mal eingewöhnen, alter Kumpel. Das verstehst du doch bestimmt, oder? Jugendsünden – längst wieder verflossen – nein? Ist es … ist es die Sache mit … ach je, da gibt es so vieles, das dir nicht gefallen könnte. Wo soll ich bloß anfangen? Hah.«

»…«

Hier senkte Schicksal die Stimme und die Spinne spitzte gespannt ihre Horch-Härchen.

»Na schön. Ich weiß Bescheid. Aber hör mal: Das war nicht meine Schuld, in Ordnung? Das musst du mir glauben, Karma. Ich bin das Schicksal! Ich kann kein schlechtes Karma haben, ich … und selbst wenn, warum bestrafst du Glück dann nicht ebenfalls? Es war nämlich alles seine Idee. Wir haben uns eben gedacht … sieh mal, damals hatten wir schon alle Hände voll auf Andromeda zu tun, und … Leben wird doch sowieso wieder eingestellt, dachten wir uns, und wer musste das wieder ausbaden? Wir waren schon in genügend Zweigstellen aktiv, auch ohne die Erde. Und letztendlich war sie nur ein Klumpen Dreck mit ein paar Pfützen drauf, und wir hatten eigentlich auf einen Planeten mit weniger Schwerkraft gehofft … mehr Handlungsfreiheit, verstehst du?«

»…«

»Es war Glücks Idee. Wirklich. Versprochen. Es war nicht meine Schuld.«

»*Was war Glücks Idee?*«

»Auch das noch. Die Sache mit dem Einstellungsgespräch!«

»*Die Sache mit dem Einstellungsgespräch war mindestens genauso deine Idee wie meine!*«

»Nein, war es nicht! Du hast gesagt, dass wir einschreiten sollten. Du warst derjenige, der Leben nicht ausstehen konnte! Bringen wir ihm einfach ein bisschen Pech, hast du gesagt. Was kann das schon schaden, hast du gesagt. Siehst du, Karma? Du hast keinen Grund, das alles nur an mir auszulassen. Sieh dir Glücks Grinsen an! Natürlich ist die Sache auf seinem Mist gewachsen!«

»*ICH BIN HEUTE EIN HONIGKUCHENPFERD, DIE MÜSSEN SO GRINSEN, DU ALTE ROSINENHEXE.*«

»Ich bin eine Parze, du unverschämter Gaul …«

»…«

»*ICH KOMME NUN EINMAL AUS MEINER HAUT NICHT HERAUS. MANCHMAL MUSS SELBST DAS LEBEN PECH HABEN.*«

»Es war nur eine einzige dämliche Zelle – wie kann man dermaßen versagen?«

»*ICH WEISS AUCH NICHT, WARUM ES NICHT GEKLAPPT HAT, ABER LASS ES JETZT NICHT AN MIR AUS. IMMERHIN IST DIE SACHE SCHON EINIGE MILLIARDEN JAHRE HER. HÄTTEST DU DIR MAL MEHR MÜHE GEGEBEN, HÄTTEN WIR ES VIELLEICHT GESCHAFFT. EIN PLÖTZLICH MALMENDER WASSERSTROM, EIN BISSCHEN WENIGER LICHT, EIN SAUERSTOFFARMES GEWÄSSER … HE, WO IST KARMA HIN?*«

»*Na, vielen Dank auch. Du hast es vergrault. Jetzt stehe ich doppelt so schlecht da. Warum musstest du auch unbedingt hier aufkreuzen? Fast hätte ich es überzeugt gehabt, nicht mehr ständig auf mir herumzuhacken. Wie lange kann man sich eigentlich auf derart alte Geschichten versteifen? Alles Bagatellen.*«

»*NAJA, ZUGEGEBEN, DU WOLLTEST SÄMTLICHES LEBEN AUF ERDEN AUSLÖSCHEN.*«

»Aber du doch genauso! Und dich lässt es in Ruhe! Ich bin mal wieder der Einzige, der büßen muss.«

»*NA, WAS FÜR EIN PECH FÜR DICH …*«

»Ich werde es schon noch mal finden. Verlass dich drauf. So kann die Sache einfach nicht weitergehen. Erst gestern hat es den Zug entgleisen lassen, in dem dieses vielversprechende Liebespärchen saß …«

Die Spinne dümpelte nachdenklich im Schaum des Bierglases und ließ zu, dass die winzige Mückenseele ausgelassen auf ihrem pelzigen Rücken umherkullerte. Ich fragte mich, woran es lag, dass derlei bösartige Pläne immer in einer Bar zu besprechen waren und vermutete, dass einer meiner Kollegen die Finger im Spiel hatte. So etwas war noch nie mit rechten Dingen zugegangen.

Eine Stille durchbrach meine Gedankengänge. Mücken sind cleverer als mancher Mensch, deswegen verbarg sich die Seele zur Vorsicht hinter einer meiner besonders beeindruckenden Rückenborsten. Kleine Blasen platzten, als ich mich schwerfällig umdrehte.

»...«

»Ah.«

Die Spinne tat etwas Unappetitliches mit ihrem Hinterteil, das den rapiden Ausstoß von Luft beinhaltete und einem Seufzen gleichkam*.

»Geschickt eingefädelt. Ich muss schon sagen. Wie du die beiden hierher gelotst hast, einfach nur, um dich in meine Angelegenheiten einzumischen ... Hut ab. Das muss dir erst einmal jemand nachmachen.«

Karma hatte nicht sonderlich viel dazu zu sagen. Strenge schwarze Augen spiegelten sich in den Myriaden kleiner Biertropfen auf meinen Vorderbeinen. Erneut kam mein Gesäß zum Einsatz.

»Na schön, du willst mir irgendetwas sagen. Schicksal war zu Anfang ein fauler Bursche, und Glück auch. Da kannst du ihnen keine Vorwürfe machen, wir hatten wirklich viel zu tun zu der Zeit. Du warst nicht dabei. Leben hat so eine Art an sich, die man manchmal einfach gern ein bisschen sabotieren würde. Na und? Dann wollten sie eben seinen Einstellungstest ruinieren. Dann wollten sie eben seine erste Zelle abmurksen. Ganz offensichtlich hat es nicht geklappt, sonst wären wir jetzt nicht hier. Kein Grund zur Sorge ...«

Ich war mir bewusst, dass ich mich vollkommen umsonst zu sträuben versuchte. Ich wusste, worum es hier ging, und Karmas Nicken verriet mir, dass ich recht hatte.

* Tracheenatmung war noch nie eine besonders elegante Idee gewesen.

»Du hast mich schon einmal überredet, oder?«, fragte ich schwächlich und beneidete die sorglose Mücke, die sich nicht mit Zeitparadoxa und dergleichen herumschlagen musste. Für sie hatte sich die ganze Sache hier erledigt. Ich hingegen, ich stand erst ganz am Anfang.

»Von so etwas bekomme ich immer Schädelbrummen. Also schön, Kumpel, hör zu: In Ordnung, ich verstehe, was hier vorgeht. Du weißt, wie ich mich entscheiden werde, weil ich mich schon einmal entschieden habe. Blablabla. All das stereotypische Zeitreisezeug. Das Leben auf Erden existiert noch, weil ich es gerettet habe, und jetzt soll ich es noch mal tun. Und noch einmal und noch einmal, bis in alle Ewigkeit, und du wirst immer wieder der Anstoß dafür sein. Genau hier, in dieser schäbigen Bar. Du wirst mich immer wieder dazu überreden, in die Vergangenheit zu reisen und Glück und Schicksal aufzuhalten, und ich werde mich niemals dagegen entscheiden können …«

Karma nickte. Ich tat es ihm nach. Eines meiner Beinhaare stach mir fast in eines meiner Augen.

»Woher weißt du von meiner Chance?«

»…«

»Hat Zeit dir davon erzählt?«

»…«

»Das kannst du nicht von mir verlangen. Ja, ja, ich weiß – bestimmt hast du dir ausführlich Gedanken gemacht. Bestimmt handelst du im Interesse der Allgemeinheit, wenn man bedenkt, dass du davon ausgehst, dass *du* die Allgemeinheit bist. Schicksal und Glück waren böse, deswegen musst du dich an ihnen rächen, und ich soll dir helfen, ihre finsteren Machenschaften der Vergangenheit zu durchkreuzen. Sehr gerissen. Ganz gewiss würde jeder dir zustimmen, dass dies ein wunderbarer Plan ist, aber …«

»…«

»Aber ich bin der Tod. Zum Helden bin ich nicht gemacht. Soll jemand anderes die Erde retten, ja? Geh zur Zeit und hol dir selber eine Erlaubnis ab, dich einzumischen. Du kannst das. Ich glaube an dich. Du kriegst das auch allein auf die Reihe, oder? Oder?«

Wer sich jemals mit dem anklagenden Blick einer Auster während ihrer ersten Begegnung mit Zitronensaft auseinandersetzen musste, kennt sich mit Scham gut aus. So ähnlich fühlte ich mich nun, nur dass es in meinem Fall um weitaus mehr ging. Ich konnte nicht einfach meine einzige Chance auf Besserung für ein paar aufsässige Kollegen vergeuden. Nein. Das konnte ich nicht. Nicht nach all den Jahren. Nicht, nachdem ich den ganzen weiten Weg gekommen war.

»Und überhaupt, was spielst du dich plötzlich als Rächer der Geächteten auf? Du konntest Leben doch selbst nie leiden. Du konntest noch *nie* jemanden leiden. Es wäre doch auch in deinem Interesse, es mal so richtig auf der Schnauze landen zu sehen.«

»...«

»Und du denkst, das genügt? Dass du hier herumstehst und schweigst? Du denkst, ich lasse alles stehen und liegen, nur, damit du den beiden eins auswischen und dich dabei wie der größte Wohltäter der Urgeschichte fühlen kannst? Du denkst, mir liegt etwas an dem Laden hier? Angenommen, ich rette den blöden Einzeller, den ich sowieso noch nie leiden konnte. Was springt dabei für mich heraus? Ein Universum, an dem sich nichts geändert hat. Ein hektischer Job voller Monotonie und Stress. Mit nörgelnder Kundschaft und Aufgaben, die keiner erledigen will. Mit dem schlechtesten Ruf aller Zeiten, den ich in diesem Fall noch viel *weniger* verdient hätte als ohnehin schon. Und auf der anderen Seite? Angenommen, ich gehe zurück zur Zeit, lehne das Angebot ab und warte ab, was passiert? Achtung, pass auf. Der Typ da will uns trinken.«

Spinne, Karma und Seele katapultierten sich auf die klebrige Bar, als das Glas ruckartig in die Höhe gehoben und an einen stoppligen Mund gesetzt wurde. Wir landeten elegant in einer Schale schimmliger Erdnüsse, sodass die Sporen nur so stoben.

»Auf der anderen Seite«, fuhr ich ungerührt fort. »Auf der anderen Seite erwartet mich ewige Seelenruhe. Wundervoller Frieden. Ich könnte endlich mal wieder das gigantische schwarze Loch im Großen Bären besuchen gehen, wir beide verstehen uns. Es geht nichts über eine Schultermassage von der Zerstörung höchstpersönlich, lass dir das gesagt sein. Die Welt wäre endlich so, wie ich sie haben möchte. Keine nervtötenden Kollegen mehr.«

»…«

»Gelassenheit.«

»…«

»Erholung.«

»…«

»Beschauliches Schweigen. Unerschütterlichkeit.«

Stress, flüsterte eine leise Stimme zwischen meinen Hörborsten. *Plackerei. Strapaze.*

»Entspannung. Zurückgezogenheit. Gleichmut.«

Frohn und Mühsal. So, wie es sein sollte. So, wie es immer war. So, wie es immer sein wird. Das Richtige … das einzig Anständige.

Eine dumme Entscheidung

Ich seufzte tief. Aufgrund meiner derzeitigen Anatomie klang es nicht wie ein Seufzen.

»Na schön«, flüsterte ich mandibelknirschend zurück. Es war schwierig, sich mit Karma zu streiten. »Ich werde es mir überlegen. Aber gib mir Bedenkzeit. Ich muss mir über ein paar Sachen klar werden.«

Wenn Zeit nicht existiert hätte, vermutlich hätte ich mich anders entschieden.

Verdammte ungeschriebene Gesetze von Ursache und Wirkung. Verfluchte, noch viel unausstehlichere, mir die Entscheidung abnehmenden Gesetze von Handlung und Konsequenz!

Ich wollte in folgender Reihenfolge:

a) einen Liegestuhl und

b) mich zurücklehnen und dabei zusehen, wie der Ursprung des Lebens auf Erden seinen hastigen, schmachvollen Rückzug antrat.

Aber ich hatte nichts davon. Was ich hatte, war:

a) eine überbevölkerte Weltkugel,

b) ein nagend schlechtes Gewissen, und

c) einen Haufen hoffnungslos inkompetenter Kollegen.

Jetzt mal ehrlich. Die Wahrscheinlichkeit, dass Leben das Einstellungsgespräch ohne meine Hilfe bestanden hätte, ging gegen null. Aber es hatte den Test überlebt, trotz all der Chancen einer eingewanderten Diplomingenieurin mit Doktortitel, dunkler Haut und fremdartig klingendem Namen. Es hatte es geschafft, trotz aller Sabotage.

»*Es ist eine Zelle, die sich teilen kann!*«, hörte ich es in den folgenden Tagen in meiner Erinnerung stolz vor sich herschwatzen. »*Damit hätte ich den Einstellungstest wohl bestanden. Es ist eine Basis, die sich in der Vergangenheit schon oft bewährt hat.*«

Ein Treffen in einem winterlichen Wald, drei Tage darauf

Schneeflocken fielen wie leise Sterne, als ich Leben wiederbegegnete.

Ich rückte gleich damit heraus.

»Wieso hast du dich damals für Einzeller entschieden?«, fragte ich.

Es sah mir nicht in die Augen. Nach einer Weile murmelte es:

»Ich wollte diesen Job wirklich haben.«

Und das wusste ich. Natürlich wusste ich das.

»Du hattest Angst, zu versagen, nicht wahr? Die Erde sah aus wie ein verkrustetes Stück Brot. Du hattest nicht erwartet, Erfolg zu haben. Und anstatt so richtig aufzutrumpfen, wie du es an deinem ersten Tag normalerweise tust, hast du dich für die einfachste Variante entschieden, nur um sicherzugehen. Dabei schneidest du doch normalerweise so gerne auf. Es sieht dir gar nicht ähnlich.«

Allein an der Tatsache, dass Leben mir nicht antwortete, erkannte ich, dass ich recht hatte.

Ich wollte nicht fragen. Ich wollte mich wieder umdrehen und gehen. Ich wollte nicht fragen, weil ich die Antwort nicht hören wollte. Aber ich fragte.

»Wäre es denn wirklich so schlimm gewesen, wenn du die Erde nicht bekommen hättest?«

Und Leben sah mit leuchtenden Augen auf und ließ seinen silbernen Blick über die verschneiten Äste wandern. Über seinem Haupt spannte sich der endlose, wolkenliebkoste Himmel und unter seinen Füßen, tief in der gefrorenen Erde, träumten Sprösslinge leise knackend vom Frühling. Auf seiner Handfläche fing es eine einzelne Schneeflocke, die dort liegen blieb wie ein strahlender Traum in einer schwarzen Nacht, und seine Lippen verzogen sich zu einem Lächeln.

»Oh ja«, flüsterte es.

Du meine Güte.

Es machte es einem wirklich nicht einfach.

Ich saß in der Dunkelheit meines Heims und grübelte. Vor mir spannte sich das endlose schwarze Wasser, als hätte jemand die gesamte Weite des Nachthimmels in einen Teich gefüllt.

»*Ich kann in alles hinein*«, hatte Schicksal mir vor langer Zeit verraten. »*In so ziemlich alles, Tod. Köpfe, Herzen. Träume. Synapsen. Zellen. Die Zukunft … Körperzellen, ja. Aber auch Gefängniszellen, wenn ich nur will. Solarzellen. Parzellen. Alles olle Kamellen. Wie gesagt: Ich komme überall rein.*«

»Vermutlich auch in einen popligen Einzeller, nicht wahr?«, flüsterte ich in die Leere. »Kein Problem. Du kannst in alles hineinkriechen. Sogar in die Köpfe der Leute.«

Zwischen meinen Fingern rieb ich einen flachen Stein.

»*ICH KANN NUN EINMAL AUS MEINER HAUT NICHT HERAUS. MANCHMAL MUSS SELBST DAS LEBEN PECH HABEN. ICH WEISS AUCH NICHT, WARUM ES NICHT GEKLAPPT HAT, ABER LASS ES JETZT NICHT AN MIR AUS. IMMERHIN IST*

DIE SACHE SCHON EINIGE MILLIARDEN JAHRE HER. HÄTTEST DU DIR MAL MEHR MÜHE GEGEBEN, HÄTTEN WIR ES VIELLEICHT GESCHAFFT. EIN PLÖTZLICHER MALMENDER WASSERSTROM, EIN BISSCHEN WENIGER LICHT, EIN SAUERSTOFFARMES GEWÄSSER… HE, WO IST KARMA HIN?«, nörgelte Glück unhörbar in mein Ohr.

»*Tja, wenn man bedenkt, wie unterhaltsam die Viecher sind, ist es vielleicht doch nicht so schlecht, dass Lebens Einzeller das Jobinterview damals bestanden hat*«, plauderte Schicksal, während es einem Dinosaurier einen Felsen in die Schädeldecke jagte.

Und: »*Ja. Wer hätte das gedacht.*«, entgegnete ich ihm.

Und in einer fernen Erinnerung mahnte Zeit: »*Du bist Leben ganz schön was schuldig.*«

Ich wusste nicht, wer das Klischee der sich ständig im Geiste wiederholenden Stimmen erfunden hatte, aber ich verfluchte nicht nur die ungeschriebenen Gesetze von Ursache und Wirkung, sondern auch ihn.

Zu Beginn meiner Geschichte versprach ich euch vier Dinge. Ich versprach euch, zu erklären:

- warum ich aussah wie ein Besen,
- warum ich die schwarze Katze beneidete,
- warum ich, als Besen, dennoch sprechen konnte
- und wem ich dies alles zu verdanken hatte.

Wenn ihr aufgepasst habt, werdet ihr eure Antworten gefunden haben.

Nun verlange ich im Gegenzug etwas von euch.

Erklärt mir, da ihr euch so gerne den Kopf zerbrecht, welchen Sinn meine Geschichte hat. Erklärt mir, warum ich Jahrmillionen erschöpfender Evolution durchgehalten hatte. Erklärt mir, warum ich versuchte, leichtsinnige Menschen vor ihrem Ende zu beschützen und sie zurück ins Leben zu rufen, nur um einmal mehr einsehen zu müssen, dass der einzige Schutz, den ich bieten konnte, das Jenseits war. Erklärt mir den Sinn all meiner knochenerweichend frustrierenden Diskussionen mit meinen Kollegen, erklärt mir, warum ich Nahtoderlebnisse ruiniert, mich in aller Öffentlichkeit gedemütigt und jeglichen Respekt verloren hatte. Warum ich Leben in die Geheimnisse meines Berufs eingeweiht hatte, warum ich durch das Universum gereist war und mit der Zeit selbst verhandelt hatte. Um am Ende wieder am Ursprung anzukommen.

Dort, wo alles begonnen hatte.

Dort, wo ich beschlossen hatte, dass ich Leben auf den Tod nicht ausstehen konnte.

Dort, wo ich Stunden um Stunden damit verbracht hatte, kleine, nutzlose Zellen aus dem finsteren Wasser zu picken und mir zu wünschen, dass irgendwer vorbeikäme, um mich von meinem Leid zu erlösen.

Erklärt es mir.

Bitte.

Eines war sicher: Es war viel heruntergekommener hier unten, als ich es im Gedächtnis gehabt hatte. Ein bisschen Licht, ein Haufen Wasser, eine Menge Gestein. Mehr hatten wir uns damals nicht leisten können. Wir waren weit gekommen, Leben und ich.

Viertausend Millionen Jahre in der Vergangenheit blickte ich mich zögerlich um.

Das Meer war weit und leer und dunkel. Ich tauchte hinab auf den Grund und nahm einen schwarzen Stein vom Boden auf. Nachdenklich wog ich ihn in der Hand und spürte das Gewicht seiner Jahre, und das noch viel erdrückendere Gewicht all der Jahre, die noch kommen sollten.

Dann ließ ich ihn fallen. Ein feiner Schleier aus grauem Sand blühte rings um ihn herum auf, als er auf dem Boden aufkam, und legte sich dann sacht.

Zeit hatte nicht gelogen. Ich konnte die Dinge tatsächlich verändern. Dieses Mal, dieses eine Mal.

Ich sah mich schweigsam um. Doch, dies war der Ort, ich war mir ganz sicher. Dies war der Zeitpunkt. Jeden Moment nun musste es geschehen.

Ein furchtbares Gefühl breitete sich in mir aus, ähnlich der erwartungsvollen Stille in dem Moment, in dem ein Zwanzigerkarton Eier zu Boden fällt. Hatte ich ihn etwa …?

Ich sah mich noch ein bisschen hektischer um. Und dann hielt ich inne. Beinahe wäre ich durch ihn hindurchgeschwommen. Ich hatte doch von Anfang an gesagt, die Dinger waren viel zu leicht zu übersehen!

Vorsichtig schwamm ich näher. Er war viel zu unscheinbar für all die Strapazen, die ich seinetwegen durchgemacht hatte. Er schwebte vor mir im Wasser wie ein Staubkorn, viertausend Millionen Jahre in der Vergangenheit. Vier Milliarden Jahre im *Jetzt.*

»Merkwürdiges Ding«, murmelte ich ihm zu, obgleich er gewiss keine Ohren hatte, um es zu hören. »Kaum mehr als ein dünnes Häutchen, das einen einzigen DNA-Strang ummantelt. Lächerlich. Idiotisch. Du weißt es nicht, aber du beinhaltest eine ganze Geschichte der Evolution. Es ist dir unmöglich, von ihnen zu träumen – von all denen, die nach dir kommen werden. Viren, Quallen, Schwämme, Fische, Algen, Molche, Echsen, Vögel, Bäume, Ratten, Affen, Mammuts, Wölfe, Farne, Fadenwürmer … und die Menschen. Sie alle stecken bereits in dir. Du bist nicht gerade zu beneiden. Sei froh, dass du keinen Darm hast, denn all das Gewimmel hätte dir bestimmt furchtbare Blähungen verursacht.«

Ich streckte eine körperlose Hand aus und fing die Zelle mit zärtlichen Fingern. Hätte sie auch nur das geringste Fünkchen Verstand besessen, gewiss hätte sie mir geraten, es nicht zu tun. Ich wünschte, es wäre jemand vorbeigekommen, um mir ins Ohr zu brüllen, nicht so furchtbar dumm zu sein.

Ich konnte kaum glauben, was ich vorhatte.

Eine kleine Anmerkung

Ich.
Der Tod.

Oh. Es tat sich etwas. Es war wie ein Riss in der Oberfläche eines Wassertropfens – es hätte nicht existieren dürfen. Es war falsch. Ich spürte das winzige Reißen auf einer Ebene, die sonst nur für gespaltene Atome und Höflichkeitsumarmungen zwischen Fremden zuständig war – für die allerkleinsten, unfühlbarsten Dinge.

Die Zelle begann zu sterben. Das Wasser wurde kälter. Das Licht wurde kälter. Und Leben, das ich irgendwo in der Nähe wusste, kam beinahe um vor Schmerzen.

Es brauchte nicht *viel* Pech, um einen Einzeller erfrieren zu lassen. Es war nur ein *winziges bisschen* Schicksal nötig, um zu beweisen, dass die Erde kein lebensfähiger Ort war.

Noch konnte ich gehen.

Noch konnte ich gehen.

Noch konnte ich gehen.

Kehr um, befahl ich mir zornig. *Dreh dem ganzen Schlamassel den Rücken zu. Du musst das hier nicht tun. Du musst es nicht. Geh zurück in deine Zeit …*

Mein Moment war gekommen.

Die Zelle sank langsam Richtung Meeresboden.

Ich hatte doch nur beweisen wollen, dass ich gar nicht so ein übler Kerl war. Ich hatte doch nur beweisen wollen, dass ich den schlechten Ruf nicht verdient hatte …

Tu es.

Der letzte Sonnenstrahl verdunkelte sich.

Dies war sie. Meine Chance, es zu beweisen.

Tu es.

… Auch wenn niemand da war, um es zu bezeugen. Es gab nur mich. Nur ich würde es wissen. Es wäre alles umsonst gewesen, und niemand würde es jemals erfahren.

Leben wandte sich suchend ab – es schien zu bemerken, dass es nicht alleine war. Gleich vier von uns drängten sich um ein sterbendes Wesen, das sanft in die Dunkelheit abdriftete.

Die Zeit lief ab.

Ach, was soll's.

Als es dann geschah

Wie fühlt es sich an, sämtliches Leben auf Erden zu retten?

Gar nicht mal so schlecht.

Als ich die dahinschwindende Zelle schließlich mit der Spitze meines unsichtbaren Fingers antippte, geschah es mit einer Zärtlichkeit, die ich zuvor an mir gar nicht gekannt hatte. Einen Moment lang passierte nichts.

Dann breitete sich ein unmerkliches Zittern durch das Universum aus, wie von einer Menge Moleküle, die zurück an ihren Platz glitten, oder wie von einem auf dem Meeresboden aufkommenden Stein. Weit über dem Meer lichteten sich die Wolken und das Wasser hellte sich auf …

Ich lächelte ein Lächeln, das jedem Anglerfisch Konkurrenz gemacht hätte. Es war schon in Ordnung so.

Es war in Ordnung, weil ich es so wollte.

Ich holte meinen Vertrag hervor. Ganz von selbst erschien die Nummer in der kleinen Lücke, die ich so viele Jahrzehnte lang nicht auszufüllen gewagt hatte.

Vertrag über freies Mitbestimmungsrecht im Fall *1*
zwischen Tod
ggf. vertreten durch ***niemanden***
- nachfolgend »Auftragnehmer/in« genannt -

und Zeit (s.o.)
- nachfolgend »Auftraggeber/-in« genannt - …

Etwas geschah –

Viertausend Millionen Jahre der Evolutionsgeschichte lasteten auf meinen Schultern.

Irgendwo kamen metaphorische Mühlsteine knirschend zum Stillstand und begannen sich nach kurzem Zögern kaum merklich wieder zu drehen. Milliarden von Türen öffneten sich lautlos und gaben den Blick auf unzählige Möglichkeiten frei.

Na schön, vielleicht war es eine idiotische Entscheidung gewesen.

Aber es war *meine* Entscheidung.

Ein einziges Mal gab ich Leben, anstatt es zu nehmen.

Ein kleiner Einschub – der Dramatik halber

Ich finde, so gehört es sich.

Man erzählt sich viele Dinge über den Tod. Eines jedoch wissen alle: Er ist immer da.

Es war keine Frage von Ob und Warum.

Mitte, Anfang und Ende. Alles drehte sich um das Wie und Wann, aber niemals um das Ob.

Von nun an würde es immer so sein.

Heute, nur heute, war ich das Wie, das Wann und das Ob …

Ich hätte nicht bleiben sollen, aber ich musste es sehen. Wie sich die Zelle zitternd teilte, und erneut, und erneut, bis ich die Bühne zum *zweiten Mal betrat …*

Leben ging es sichtlich besser. Es musterte mich mit Erleichterung, die ich damals mit Herablassung verwechselt hatte.

»Ach, hallo. Du musst Tod sein. Das ist mein erstes Projekt. Es ist eine Zelle, die sich teilen kann. Damit hätte ich den Einstellungstest wohl bestanden.«

»Na ja. Wenn du meinst, dass du damit Erfolg hast.«

»Es ist eine Basis, die sich in der Vergangenheit schon oft bewährt hat. Manche Ideen lassen sich einfach immer wieder anwenden. Einzeller sind leicht herzustellen und sogar tauglich zur Massenproduktion. Aber das Beste ist, dass man sie getrost sich selbst überlassen kann. Der Bestand wird auf jeden Fall fortgeführt. Schau, die da drüben habe ich auch alle hergestellt, und zwar heute Morgen. Noch bevor du gekommen bist!«

»Huch!«

»Tja!«

»Wer soll das alles denn aufräumen?«

»Die da kannst du gleich wieder mitnehmen.«

»Hättest du die nicht ein bisschen stabiler bauen können?«

»Man merkt, dass du noch nicht lange im Job bist. Das kann ich nicht selber entscheiden. Ich habe auch meine Vorgaben. Das regelt hier alles die Zeit.«

»Zeit? Na, da könnte man doch mal mit ihr reden. Ihr sagen, dass wir bei dem Materialverbrauch …«

»Du willst eine Audienz mit der *Zeit* ausmachen? Wenn mir das Wortspiel gestattet ist …«

Ich grinste leise in mich hinein und wich in die Dunkelheit zurück. Mein junges, hoffnungsvolles Ich. Die beiden würden noch viel Spaß miteinander haben, wenn man davon ausging, dass Spaß unter dieselbe Kategorie wie rhythmische Gymnastik und Schlange stehen gezählt wurde.

Nun hieß es, zu verschwinden und die Bildfläche einem anderen, naiveren Tod zu überlassen, der keine Ahnung hatte, was ihn erwartete. Es blieb nur zu hoffen, dass er niemals herausfinden würde, dass *ich* ihm die ganze Suppe eingebrockt hatte.

Irgendwo hinter mir erklang ein aufgebrachtes Murmeln.

»*He, was soll denn das? Du hast gesagt, es würde funktionieren!*«

Ich schloss die Augen und machte eine Audienz mit der Zeit aus.

Es war schon merkwürdig. Leben hatte sich solche Mühe gegeben, mir zu entkommen, dass es zur allersichersten Variante gegriffen hatte.

Es hatte ja keine Ahnung gehabt, dass ich diese Variante gewesen war. Damals. Am Anbeginn der Zeiten.

Kapitel 13

Anfang und Ende

Manche Geschichten brauchen kein glückliches Ende.

Manchmal reicht es schon, wenn sie niemals enden.

Vier Milliarden, fünfhundertdreiundsiebzig Millionen und sechshunderttausendfünfundachtzig Jahre* nach meinem selbstlosen Einsatz in den Tiefen des Meeres machte mich Leben inmitten eines Ameisenhügels ausfindig und schenkte mir ein strahlendes Lächeln. Wie es der Zufall oder das ameisische Gehirn so wollte, waren wir beide Sonnenstrahlen. Für Ameisen beginnt und endet alles mit der Sonne.

»Ach, Tod! Würdest du mal eben mitkommen? Du schuldest mir noch einen Gefallen …«

Sonnenstrahlen konnten weder stöhnen noch entnervt mit den Augen rollen**, deshalb folgte ich Leben, ohne mich zu beschweren, aus den Tiefen der Erde hinaus ins Licht und in den süßen Duft des Sommers.

Viele Dinge waren gleich, und vieles hatte sich verändert.

* Und zwei Wochen, vier Tage, dreizehn Stunden, sieben Minuten und achtundzwanzig Sekunden, falls ihr es genau wissen wollt.

** In einem Universum, das dem unseren gar nicht so unähnlich ist, ist dies jedoch möglich. Erinnert mich bei Gelegenheit daran, dass ich es euch erzähle.

Was war das Leben ohne den Tod? Besser gesagt, was war der Tod ohne das Leben?

Die Geschichte ging weiter und ein Ende war nicht abzusehen. Zwischen sanft wogenden Grashalmen verrichtete ich eine unliebsame Arbeit, die ich hier nicht genauer beschreiben will und die in erster Linie mit Blattlausmilch zu tun hatte.

Dann schulterte ich mein Schwert und kehrte dahin zurück, wo man mich *wirklich* brauchte.

»Hey, Tod!«, rief Leben mir hinterher. »Was ist eigentlich aus deiner Chance geworden? Du hast mir in letzter Zeit so gar nichts mehr davon erzählt.«

Kurz blieb ich stehen.

»Ach, das.«

Das Skelett drehte sich um und zuckte mit den knochigen Schulterblättern. Eigentlich war diese Gestalt schon längst aus der Mode gekommen, aber wenn niemand hinsah, nahm ich sie immer noch gerne an. Sie war mir irgendwie ans Herz gewachsen.

»Das hat sich wohl wieder verjährt.«

Ein Nachteil meiner Erscheinungsform war der eklatante Mangel an Augenlidern, aber hätte ich welche gehabt, hätte ich der Seele verschwörerisch zugeblinzelt, die sich zwischen meine Rippen schmiegte wie ein Marmeladenfleck an eine kostbare Buchseite.

Ich sandte sie auf den Weg der Sterne, dann wandte ich mich ab und schlenderte die von Bienen umsummte Wiese entlang Richtung Arbeit.

Und ich tat es mit einem Grinsen.

Weshalb also die ganze Aufregung? Könnt ihr es mir inzwischen verraten?

Auf den ersten Blick gesehen, änderte sich nicht viel. Ab und zu lud ich mich bei Zeit zu einem gemütlichen Schwätzchen ein, und meistens ging es dabei um ihren scheußlichen Brillengeschmack*. An Tagen, an denen Leben ganz besonders unausstehlich war, kam ich manchmal immer noch in die Versuchung, meine Kopie des Vertrages zufällig irgendwo liegen zu lassen, wo es sie unter Garantie finden würde. Aber maßlose Selbstbeweihräucherung war noch nie mein Ding gewesen, und wenn ich ehrlich sein soll, wollte ich den Wisch sowieso behalten. Irgendetwas musste es ja geben, das ich in Momenten des Zweifels aus der Tasche holen konnte, um mich daran zu erinnern, was für ein großzügiger, selbstloser Typ ich war.

Die Erde kreiste weiterhin, ganz entgegen der Meinung einiger hartnäckiger Zweifler, um die Sonne, und Seelen wurden geboren und gingen wieder. Und die Gestalt mit dem Kapuzenmantel verschwand in der Versenkung.

Letzten Endes hatte Zeit recht behalten, in gewisser Weise. Die Dinge änderten sich von allein, sobald der richtige Moment gekommen war. Für unsereins blieb nicht allzu viel zu tun, außer ab und zu ein bisschen Yoga zu treiben, der Entspannung halber, oder möglicherweise ein Buch zu schreiben. Aber das war ein vollkommen abwegiger Gedanke. Wer würde so etwas schon lesen wollen?

»Und Karma?«, fragte ich. »Woher wusste es von dem Vertrag? Woher wusste es, wann der richtige Zeitpunkt gekommen war, mich zu piesacken? Woher wusste es, was Glück und Schicksal damals geplant hatten? Woher wusste es *irgendwas?«*

»Nun ja«, sagte Zeit in einer Art und Weise, die bei einem Menschen ein verlegenes Füßescharren nach sich gezogen hätte. »Nun ja.«

»Nun ja bedeutet, eigentlich hast du hinter der ganzen Sache gesteckt, stimmt's?«

»Nun ja.«

* Inzwischen war sie auf Hornbrillen umgestiegen.

»Und du wusstest von Anfang an, wie ich mich entscheiden würde?«

»Nun ja.«

»Und deswegen hast du mir das Angebot überhaupt erst *gemacht?«*

»Nun.«

»Es war also eigentlich eher ein Geschenk an Leben als an mich?«

»Nu... – ja.«

»Ich verstehe.«

Ich lehnte mich zurück und kniff die Augen zusammen, als lauerte ich nur darauf, mich mit den Zähnen voran in Zeits Eingeweiden zu vergraben. Schakalköpfige Dämonen waren ziemlich gut in so etwas.

»Du musst das verstehen, Tod. Leben hat schon seit Ewigkeiten für mich gearbeitet. Metaphorisch gesprochen, natürlich. Ich kann mich noch ganz genau an seinen ersten Tag erinnern! Ein Jubiläum stand bevor. Es hatte einen schönen Mitarbeiterbonus verdient ... Nenn es korrupt, wenn du möchtest, aber meiner Meinung nach war eine angemessene Belohnung angesagt.«

»Und genau da trübt sich mein Verständnis. Du bist die *Zeit.* Du hättest mich nicht gebraucht, um Leben zu retten. Wozu all der Aufwand? Du wusstest, was damals vor sich ging. Du hättest einfach selbst eingreifen und Schicksal und Glück ein bisschen auf die Finger hauen können. Das hätten sie verdient. Du brauchtest mich nicht wirklich.«

Zeit grinste ein Grinsen, das mich an einen absichtlich ungeschickt arrangierten Busfahrplan erinnerte.

»Natürlich hätte ich es auch ohne dich geschafft. Aber das Geschenk war nicht der Schutz vor Intrigen. Das Geschenk war ein Kollege, der nicht ständig nur schlechte Laune hat und immer von Vernichtung spricht. Und in gewisser Weise war es auch ein Geschenk an dich, denn macht dir deine Arbeit nicht inzwischen schon wieder viel mehr Spaß?«

»Oh.«

»Nein, frag mich nicht, woher ich wusste, wie du dich entscheiden würdest. Die kurze Antwort lautet: Weil du es zuvor schon einmal getan hattest. Die lange Antwort kann ich dir gerne aufschreiben, aber du musst sie nicht in deine Memoiren aufnehmen – oder was auch immer das sein soll, an dem du da schreibst. Man würde sie nicht verstehen. Um ehrlich zu sein, ich verstehe sie selber nicht so recht. Zeitkomplikationen und so weiter, du weißt schon. Manchmal bin ich sogar für mich selbst zu kompliziert.«

Einen Moment lang saßen wir uns schweigend gegenüber. Ich brauchte eine Weile, um das alles zu verdauen. Dann schlug ich die Beine übereinander und sträubte meinen Pelz.

»Ich finde immer noch, dass du ohne Brille besser aussiehst.«

Viele Monate, nachdem sämtliche Ameisen des Baus im winterlichen Frost erfroren waren, kam Krankheit auf mich zu. Sie hatte sich neuerdings ein paar zerrupfte Schmetterlingsflügel zugelegt, die sich mit einem eitrigen Schmatzen schlossen und wieder öffneten. Wie nett.

»Tod«, sagte sie höflich.

»Krankheit«, erwiderte ich steif.

Sie flatterte widerwillig mit den Flügeln.*

»Ich habe da eine neue Idee in der Testphase. Willst du sie dir ansehen? Wie gefällt dir der Begriff *Sanfter Tod …?*«

Und was wurde aus den Menschen, die mir vor langer Zeit so gut gefallen und die ihre Spuren in den Schoß der Erde geschrieben hatten?

Sie richteten sich auf, bis sie so groß waren, dass sie vergaßen, dass sie ein Teil der Welt waren, die sie umgab, und die Welt ein Teil von ihnen. Die meisten von ihnen waren verhätschelt und verwöhnt und trugen Bretter von solch beeindruckenden Maßen vor dem Kopf, dass ganze Holzwurmkolonien über Generationen hinweg sorglos davon hätten naschen können. Und sie erfanden

* Schmatz. Schmatz.

Gurkenschäler, sie traten sich in Straßenbahnen gegenseitig auf die Zehen, und sie *nörgelten.*

Aber …

… aber sie träumten und stellten Entdeckungen an, und sie machten sich Gedanken. Manche davon waren weniger idiotisch als erwartet.

Ich empfing sie mit offenen Armen.

Drei wissenswerte Tatsachen

1. Dies ist eine Geschichte über den Tod.
2. Dies ist eine Geschichte über den Tod,
und sie endet ganz am Anfang.
3. Dies ist eine Geschichte über den Tod, der auszog,
um die Zeit zu suchen, und Folgendes erkannte:
Letzten Endes seid ihr gar nicht so übel.

EPILOG

Hier ist eure Erde, von oben gesehen. Sie ist mehr oder weniger kugelförmig. Manche Gegenden sind verdammt heiß, andere sind verflucht kalt. Es gibt dunkle Wälder und tiefe Ozeane. Es gibt weite Steppen und verschneite Berge. Majestätische Wolken ziehen über die Landmassen hinweg und unendliche Brandungen zerschellen an winzigen

Klippen. Tief in der Erde steckt der zu Stein gewordene Beweis, dass Leben und ich hier waren, lange bevor es irgendeine Form der Erinnerung gab. Dies ist eure Erde, umgeben von Tausenden von Sternen.

Der unsichtbare Kameramann schluckt ängstlich, schnallt sich einen Fallschirm um und stürzt sich nervös schwitzend dem Boden entgegen. Das Bild wird größer. Ländergrenzen verschwimmen, Dunstfetzen rasen vorbei und das Erdreich winkt einladend. Rasch nähert es sich. Die Kamera flitzt über Landschaften, Gebäude und Straßen hinweg; durch Wälder, Berge und Wände, bis sie nach einer Weile langsamer wird.

Da seid ihr, mit eurem Buch in der Hand, und ganz in der Nähe bin ich. Wie so oft bemerkt ihr mich nicht. Freundschaftlich hebe ich die Hand und klopfe euch auf die Schulter. Ihr dreht den Kopf und seht euch verwundert um, aber da bin ich schon verschwunden.

Der Kameramann bremst in letzter Sekunde ab.

Im tiefschwarzen Kaffee des Universums gibt es einiges an Arbeit zu erledigen. Seelen wachsen in die Höhe wie Bäume. Sterne vergehen. Interessante Steine warten darauf, genauer unter die Lupe genommen zu werden.

Hier lasse ich euch alleine. Ich habe noch einiges zu tun.

Wie? Aber nicht doch. Kein Grund, traurig zu sein. Wir sehen uns todsicher wieder.

Dies ist kein Abschied für immer.

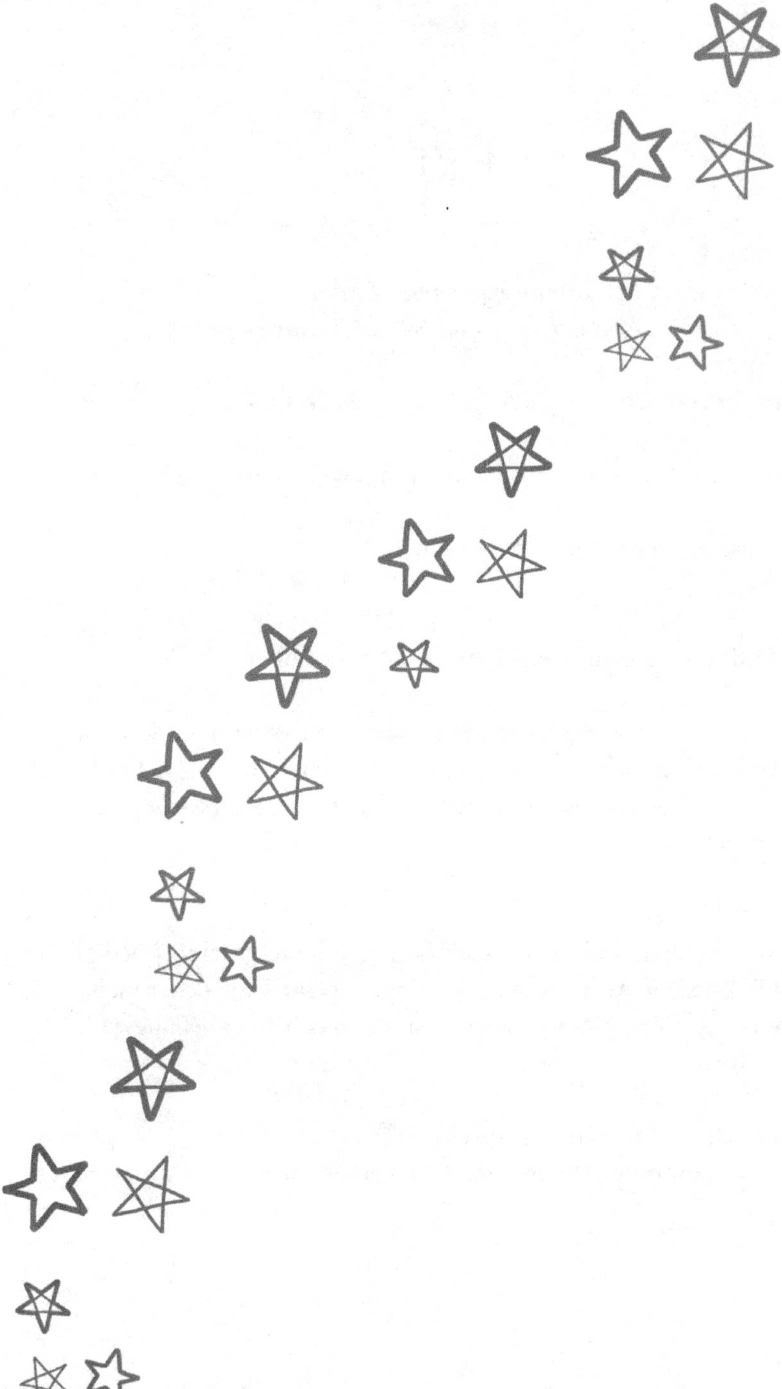

FAQ

Zur aufmerksamen Lektüre.
Lies es dir durch bis zu unserer nächsten Begegnung.

Q: Hast du wirklich niemals Mitleid mit deinen Opfe… mit deinen Kunden?
A: Hast du Mitleid mit jedem Unkraut, das du um die Ecke bringst?

Q: Glaubst du an ein Leben nach dem Tod?
A: Ha ha.

Q: In Ordnung, lass mich die Frage anders formulieren – gibt es ein Jenseits?
A: Ich bin nur der Zusteller. Fragen Pakete den Postboten, was mit ihnen geschieht, nachdem er sie ausgeliefert hat? Hm … vielleicht sollte ich mit Wörtern wie »ausliefern« in Interviews ein bisschen vorsichtiger sein.

Q: Gibt es Geister?
A: Geister sind ein Zeichen, dass ich meinen Job nicht richtig erledigt habe. Die offizielle Antwort lautet deswegen: Nein, ganz sicher nicht. Und wenn du einen Geist gesehen hast, dann behalt' es gefälligst für dich, du Petze.

Q: Kann ich ein Selfie mit dir machen?
A: Sicher, wenn du es schaffst, im richtigen Moment die Kamera zu zücken.

Q: Tut Sterben weh?
A: Lass dich überraschen.

Q: Willst du mein Memento Mori-Tattoo sehen?
A: Nein.

Q: Sind wir Freunde, jetzt, wo ich dein Buch gelesen habe?
A: Nein.

Q: Wenn ich dir meine Seele verkaufe, lässt du mich dann ein bisschen länger leben?
A: Nein.

Q: Wenn du eine Sense siehst, juckt es dich dann nicht wenigstens ein ganz, ganz kleines bisschen in den Fingern?
A: Nein. Es sei denn, du stellst weiterhin so viele Fragen.

Q: Gibt es irgendwo ein Universum, in dem du mit dem Leben befreundet bist?
A: Nein.

Q: Sind dir Menschen nicht vielleicht doch insgeheim lieber als Fadenwürmer?
A: Nein.

Q: Wenn Menschen wie Pakete sind und du der Postbote bist, bedeutet das, dass wir aus einem ganz bestimmten Grund, äh, ausgeliefert werden? Ich meine, gibt es einen großen Plan? Hat man noch etwas mit uns vor? Wird am Ende alles Sinn ergeben? Geht es *irgendwie* weiter?
A: Wenn du es willst.

Sentimentales Gedöns und dergleichen!

Wenn ihr das hier lest, soll ich euch ein großes Dankeschön aus den tiefsten Tiefen Tods gefühllosen Brustkorbs aussprechen – dafür, dass ihr euch bis ganz zum Schluss durch seine Geschichte gekämpft habt. Na schön, ich geb's zu, das war gelogen. Ich habe mir zwar alle Mühe gegeben, den kleinen Grinseschädel vorbildlich zu erziehen, aber das Dankeschön kam eigentlich von mir. Danke, dass ihr fast dreihundert Seiten an zum Sterben komischen Wortwitzen ertragen habt, dass ihr so einen vortrefflichen Büchergeschmack besitzt und dass ihr – wenn ihr diesen Satz immer noch lest – trotz aller Selbstbeweihräucherung meinerseits anscheinend immer noch nicht beschlossen habt, den Schinken hier einfach in die nächstbeste Ecke zu pfeffern. Ich würde die Gelegenheit auch gerne nutzen, um mich bei jedem Leser zu entschuldigen, der sich auch nur im Geringsten für die Evolutionstheorie interessiert und sich mit derart vielen Klischees herumschlagen musste.

Aber mein allergrößtes Lob gebührt wohl dir, Astrid – dafür, dass du diesem kleinen, merkwürdigen Büchlein nicht nur grenzenlose Aufmerksamkeit und Zuneigung geschenkt, sondern eine Wunsch-ISBN verpasst, um den Titel gekämpft und es in die allerbesten Hände gegeben hast, die man sich nur wünschen kann. Du bist nicht nur die leidenschaftlichste, großzügigste Verlegerin aller Zeiten, sondern auch eine wundervolle Freundin.

Ich danke Marie Graßhoff für das sternenstrahlende, umwerfend schöne Kleidchen, das sie meinem Tod geschneidert hat (besser als der blöde alte Umhang ist es allemal). So ein absolutes Traum-Cover hätte sonst niemand zaubern können!

Ich danke Alexandra Fuchs, meiner lieben Lektorin, für ihre Geduld, ihr Verständnis, ihre Liebe zum Sarkasmus und ihr wunderbares Sprachverständnis. Das Chaos mit den Fußnoten! Die Absätze! Die viel zu vielen *»so«*s und *»ziemlich«*s – es tut mir leid! Du hast diese Geschichte kompakter, flüssiger und viel einfacher zu lesen gemacht. Dich geb' ich nicht mehr her.

Ein großes Dankeschön geht natürlich auch an meine Korrektorin Michaela Retetzki, für ihre unerschütterliche Tapferkeit in Angesicht der haarsträubenden Rechtschreibfehler im Mystik-Forum und die Tatsache, dass sie selbst dann einen kühlen Kopf bewahrt hat, wenn ich zum zehnten Mal eine Redensart durcheinandergebracht oder einen Schachtelsatz von derartiger Länge aufs Papier geklatscht habe, dass einem vom bloßen Durchlesen schon ganz schwindlig wurde. Na schön, das war jetzt aber wirklich der letzte Monstersatz in diesem Buch. Versprochen.

Ich danke meiner allerbesten Freundin Helena! Danke für deinen felsenfesten Glauben, den unermesslichen Zuspruch und die scharfäugige Kritik, die vielen langen Gespräche und deine Liebe für die unzähligen Metaphern, die ich manchmal selber nicht ganz verstehe. Ohne dich und deine geduldigen Antworten auf all meine aufgeregten Skype-Nachrichten wäre dieses Buch nie zu dem geworden, was es heute ist. Und deine Eltern sind übrigens auch nicht ohne!

Danke an dich, Leon, dafür, dass du Tod selbst dann schon mochtest, als seine Geschichte noch grottenschlecht war und mir selbst im Nachhinein noch Schauer der Scham über den Rücken jagt.

Danke, Mama, dass du mein Geschreibsel so oft gelesen, dabei laut gelacht und kleine Anmerkungen auf das Papier geschrieben hast. Eitel wie ich bin, hat mir das gut gefallen. Danke, Papa, dass du Tod mit in den Urlaub genommen hast – er muss sich schließlich auch mal die Knochen von der Sonne bleichen lassen. Ich danke euch beiden dafür, dass ihr die Idee von Anfang an mit Interesse verfolgt habt, dass ihr da wart, als aus ihr dann schließlich eine Geschichte, dann ein Buch, und dann ein *richtiges* Buch wurde. Danke für das überaus erquickende Essen im besten Restaurant der Welt (würg…), für eure geduldigen Ohren, die all das »blablabla, Knochenjob hier,

Knochenjob da« ertragen haben – und natürlich für eure tollen Gene, die aus mir so einen talentierten, liebenswürdigen und vor allem bescheidenen Menschen gemacht haben. Und danke an Marlene und Matteo, die das ganze Geschehen mit enthusiastischer Verwirrung verfolgt haben und mich inzwischen wohl nur noch als mürrisches Geknurre hinter dem Laptop kennen, wenn ich wieder stundenlang an meinen Geschichten sitze, die einfach nicht so wollen, wie ich will. Hey, sag mal, Marlene, fängst du das Buch eigentlich gerade wieder von hinten an?

Es gibt viel zu viele Leute, bei denen ich mich bedanken sollte, aber dann würde das Dankwort am Ende noch länger werden als das Buch, und das wäre mir etwas peinlich. Mein Dank gebührt allen Mitgliedern meiner Familie, meinen Freunden beim Theater im Steinbruch in Emmendingen und der Welt im Allgemeinen – dafür, dass es mir gut genug geht, überhaupt so viel Zeit mit dem Schreiben verbringen zu können. Und (wie könnte ich ihn vergessen) meinem Hund Ernie: Meiner Muse, meinem Kissen, meinem Hauptgrund, ab und zu mal wieder etwas frische Luft zu schnappen.

Ihr seid alle todschick, todlieb, todtoll und todwunderbar. Die Wörter gibt's nicht? Na und? Die Welt braucht mehr todbejahende Adjektive!

Sarah

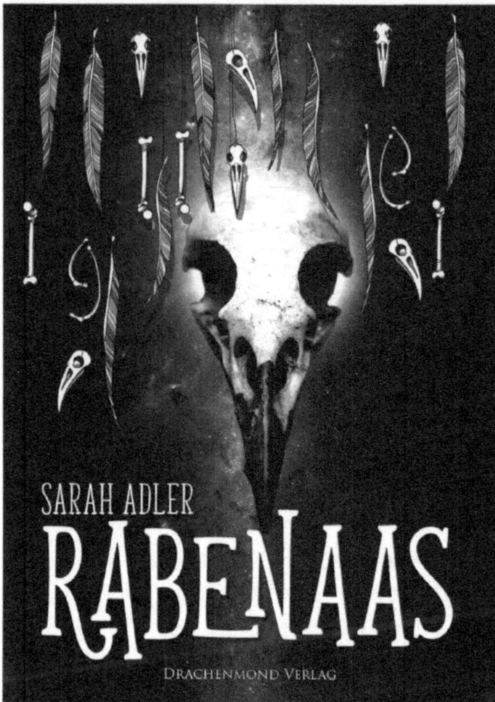

Sarah Adler: Rabenaas

ISBN 978-3-95991-194-8, circa 450 Seite, € 14,90, kartoniert

Wo der Himmel schwarz ist, finden wir ihn.

Eine Banshee. Eine Hexe. Ein Seuchenbringer. Ein Wer-Stier. Eine Vampirin. Ein Cowboy. Eine Anti-Sphinx. Ein Teenager. Und ein Rabe.

Dreitausend Jahre in der Zukunft sucht man nach Antworten in der Dunkelheit. Denn irgendwo in der Unendlichkeit des Universums lauert der meistgesuchte Dieb, Meuchelmörder und Betrüger seiner Generation – und das seit über siebenhundertsiebenunddreißig Jahren. Zeit, das zu ändern, findet der Cowboy, und trommelt die aberwitzigste Truppe Kopfgeldjäger zusammen, die man sich vorstellen kann.

Es warten Ruhm und Geld. Es wartet eine Reise voller fremder Sterne, Intrigen, Weltraumpiraten, atemberaubender Kämpfe und Drachen mit Sonnenbrillen. Und es wartet eine Jagd auf Leben und Tod.

Denn Corax ist gefährlich. Corax kennt keine Gnade. Und Corax wird nicht davor zurückschrecken, erneut zum Mörder zu werden.
Oder?